三羌文化
SAN QIANG CULTURE
中国传统文化传播者
SAN QIANG CULTURE

青梅往事

十八对民国才子佳人最美情书集

鱼建华 编著

群言出版社
QUNYAN PRESS
·北京·

图书在版编目（CIP）数据

青梅往事 / 鱼建华编著 . -- 北京 ：群言出版社，2016.4

ISBN 978-7-5193-0066-1

Ⅰ . ①青… Ⅱ . ①鱼… Ⅲ . ①书信集－中国－现代 Ⅳ . ① I266.5

中国版本图书馆 CIP 数据核字 (2016) 第 055115 号

责任编辑： 潘　昊
封面设计： 胡椒设计

出版发行： 群言出版社
社　　址： 北京市东城区东厂胡同北巷1号（100006）
网　　址： www.qypublish.com
自营网店： http://qycbs.shop.kongfz.com（孔夫子旧书网）
http://www.qypublish.com（群言出版社官网）
电子信箱： qunyancbs@126.com
联系电话： 010-65267783　65263836
经　　销： 全国新华书店
法律顾问： 北京天驰君泰律师事务所

印　　刷： 北京华联印刷有限公司
版　　次： 2016年5月第1版　2016年5月第1次印刷
开　　本： 880mm × 1230mm　1/32
印　　张： 8.75　彩插印张：0.25
字　　数： 222千字
书　　号： ISBN 978-7-5193-0066-1
定　　价： 32.80 元

目　录

第一章

徐志摩与林徽因

也许，从现在起，爱、自由、美将成为我终其一生的追求，但我以为，爱还是人生中第一件伟大的事业。生命中没有爱的自由，也就不会有其他自由了；烈士殉国、教家殉道、情人殉情，说到底是一个意思，同一种率真、同一种壮烈。

如果有一天我获得了你的爱，那么我飘零的生命就有了归宿，只有爱才能让我匆匆行进的脚步停下，让我在你的身边停留一小会儿吧，你知道忧伤正像锯子锯着我的灵魂……

命运的交集线

林徽因，1904 年 6 月出生于浙江杭州豪门中，从小就熟读诗书，16 岁时随父游历欧洲，攻读建筑学。期间，结识了诗人徐志摩，对新诗产生浓厚兴趣，同时也与徐志摩擦出了爱情的火花。

徐志摩，1897 年 1 月 15 日出生在浙江省海宁县硖石镇，自小过着舒适优裕的生活。沈钧儒是他的表叔，金庸是他的姑表弟，琼瑶是他的表外甥女。一家亲戚都是名人大腕。

1915 年，徐志摩考入上海浸信会学院暨神学院（现为上海理工大学），同年 10 月，徐志摩与上海的张幼仪结婚。然而，徐志摩除了履行最基本的婚姻义务之外，与张幼仪的感情并不好。

1920 年 10 月，徐志摩从美国来到伦敦，入伦敦大学政治经济学院读书。在一个国际联盟的讲演会上与林家父女相识。

林徽因被徐志摩渊博的知识、风雅的谈吐、英俊的外貌所吸引。徐志摩也被林徽因出众的才华与美丽所吸引，对她评价甚高，还为林徽因写过很多情诗。与林徽因的相遇，甚至激发了徐志摩的新诗创作。

徐志摩很快便向林徽因发起了爱的攻势。当时他已是一个两岁孩子的父亲，比林徽因大了将近 8 岁，而且妻子张幼仪也在伦敦。

林徽因便被徐志摩的执着和激情所打动，但写信给徐志摩要他在自己与张幼仪之间作出选择。

因此，徐志摩曾向张幼仪提出离婚。后来，张幼仪便带着孩子去了德国。

1921 年 10 月林徽因随父回国。第二年，徐志摩回国，但等他赶到北京时，林徽因已与梁思成订了婚。

同时，徐志摩也接到了老师梁启超的劝说信，然而徐志摩并没有太听梁启超的劝慰。毕竟林徽因是与梁启超的儿子梁思成订的婚。他也接到了林徽因的父亲林长民的请帖，也是婉转地拒绝了他和林徽因之间的相处，如此如此也未打消徐志摩的执意。

当时林徽因与梁思成的恋爱关系已相当稳固了，余暇时间两个人常在北海公园里的快雪堂一起谈情说爱。徐志摩也去那里找林徽因，次数多了，自然引起梁思成的反感，梁便在门上贴一纸条，大书：Lovers want to be left alone.（情人不愿受干扰）

徐志摩见了，只得怏怏而去。

1924 年，泰戈尔访华期间，又给了徐林接触的机会，他们一起接待进出会场，一起演出英文戏剧，又恢复了昔日的情感。

然而，没有多久，两个人又分开了。徐志摩陪同着泰戈尔一行离开了北京，林徽因之后随梁思成去美国留学了。

徐志摩也认识到了，林徽因不可能做他的妻子，他们必须“离别”。

1928 年，林徽因与梁思成在渥太华梁思成姐夫任总领事的中国总领事馆举行婚礼。婚后梁对林呵护备至，夫妻二人致力于他们所热爱的建筑事业。同年 8 月回国，一起受聘为东北大学教授，并创办了中国大学的第一届建筑系。

1931 年，徐志摩听说林徽因病重，还专门去看望。两人的接触又多了，加之志摩与陆小曼感情不睦，两人又时常走动，颇有旧情复萌的趋势。

1931 年 11 月 19 日，徐志摩为了赶上林徽因那天晚上在北京协和小礼堂向外宾作的关于中国古代建筑的讲演，迫不及待地搭乘了一架邮政机飞往北京。结果飞机失事身亡，彻底结束了这“一段不幸的曲折的旧历史”。

徐志摩死后，梁思成去了济南，从出事地点捡了一块飞机的残片，直到去世林徽因都把它挂在卧室的墙上。

1934 年 11 月 19 日，林徽因和梁思成去南方考察路过硖石，林徽因曾下车，独自站在车外，望着昏沉的夜色。也算是一种对徐志摩的缅怀。

1935 年志摩忌日，林徽因写了《纪念志摩去世四周年》一文表达她的悼念之情。之后又发表诗作《别丢掉》，表达自己的心声。

从 1930 年到 1945 年，梁思成林徽因夫妇二人共同走了中国的 15 个省，190 多个县，考察测绘了 2738 处古建筑物，很多古建筑就是通过他们的考察得到了世界、全国的认识，从此加以保护。同时，林徽因也创作了大量的诗歌、散文、小说、戏剧和文学评论。颇受文学界和广大读者的赞赏。

1955 年 4 月 1 日 6 时 20 分，林徽因病逝于同仁医院，享年 51 岁。

经典情书

/ 1 /

《偶然》/ 徐志摩

我是天空里的一片云，

偶尔投影在你的波心——
你不必讶异，
更无须欢喜——
在转瞬间消灭了踪影。

你我相逢在黑夜的海上，
你有你的，我有我的，方向；
你记得也好，
最好你忘掉，
在这交会时互放的光芒！

/ 2 /

《我有一个恋爱》/ 徐志摩

我有一个恋爱——
我爱天上的明星；
我爱它们的晶莹；
人间没有这样异样的神明。

在冷峭的暮春的黄昏，
在寂寞的灰色的清晨。
在海上，在风雨后的山顶——
永远有一颗，万颗的明星！

我袒露我的坦白的胸襟，
献爱与一天的明星，
任凭人生是幻是真——
地球在或消泯——
太空中永远有不昧的明星！

/ 3 /

《情愿》/ 林徽因

我情愿化成一片落叶，
任风吹雨打到处飘零；
或流云一朵，在澄蓝天，
和大地再没有些牵连。

但抱紧那伤心的标志，
去触遇没着落的怅惘；
在黄昏，夜半，蹑着脚走，
全是空虚，再莫有温柔；

忘掉曾有这世界，有你；
哀悼谁又曾有过爱恋；
落花似的落尽，忘了去，
这些个泪点里的情绪。

到那天一切都不存留，
比一闪光，一息风更少
痕迹，你也要忘掉了我
曾经在这世界里活过。

/ 4 /

《一星弱火》/ 徐志摩

我独坐在半山的石上，
看前峰的白云蒸腾，
一只不知名的小雀，
嘲讽这我迷惘的神魂。

白云一饼一饼地飞升，
化入了辽远的无垠；
但在我逼仄的心头，啊，
却凝敛着惨雾与愁云！

皎洁的晨光已经透露，
洗净了青屿似的前峰；
像墓墟间的磷光惨淡，
一星的微焰在我的胸中。

但这惨淡的弱火一星，
照射着残骸与余烬，
虽则是往迹的嘲讽，
却绵绵的长随时间进行！

/ 5 /

《噩梦》/ 徐志摩

我梦见你……呵，
你那憔悴的神情！——
手捧着鲜花腼腆的做新人；
我恼恨，我恨你的负心，
我又不忍，不忍你的疲损。

你为什么负心？我大声的呵问，——
但那喜庆的闹乐侵蚀了我的恚愤，
你为什么背盟？我又大声的呵问，——
那碧绿的灯光照出你两腮的泪痕！

/ 6 /

《你去》/ 徐志摩

你去，我也走，我们在此分手；
你上那一条大路，你放心走，
你看那街灯一直亮到天边，
你只消跟从这光明的直线！
你先走，我站在此地望着你：
放轻些脚步，别教灰土扬起，
我要认清你远去的身影，
直到距离使我认你不分明。
再不然，我就叫响你的名字，
不断的提醒你，有我在这里，
为消解荒街与深晚的荒凉，
目送你归去……
不，我自有主张，
你不必为我忧虑；你走大路，
我进这条小巷。你看那株树，
高抵着天，我走到那边转弯，
再过去是一片荒野的凌乱；
有深潭，有浅洼，半亮着止水，
在夜芒中像是纷披的眼泪；
有乱石，有钩刺胫踝的蔓草，
在守候过路人疏神时绊倒，
但你不必焦心，我有的是胆，
凶险的途程不能使我心寒。
等你走远，我就大步的向前，
这荒野有的是夜露的清鲜；
也不愁愁云深裹，但求风动，
云海里便波涌星斗的流汞；
更何况永远照彻我的心底，
有那颗不夜的明珠，我爱你！

/ 7 /

《云游》/ 徐志摩

那天你翩翩的在空际云游，
自在，轻盈，你本不想停留
在天的那方或地的那角，
你的愉快是无拦阻的逍遥。

你更不经意在卑微的地面
有一流涧水，虽则你的明艳
在过路时点染了他的空灵，
使他惊醒，将你的倩影抱紧。

他抱紧的只是绵密的忧愁，
因为美不能在风光中静止；
他要，你已飞渡万重的山头，

去更阔大的湖海投射影子！

他在为你消瘦，那一流涧水
在无能的盼望，盼望你飞回！

/ 8 /

《死是安慰》/ 林徽因

个个连环，永不打开，
生是个结，又是个结！
死的实在，一朵云彩。

一根绳索，永远牵住，
生是张风筝，难得飘远，
死是江雾，迷茫飞去？

长条旅程，永在中途，
生是串脚步，泥般沉重，
死是尽处，不再辛苦。

一曲溪涧，日夜流水，
生是种奔逝，永在离别！
死只一回，它是安慰。

/ 9 /

《你是人间的四月天》/ 林徽因

我说你是人间的四月天；
笑音点亮了四月风；
轻灵在春的光艳中交舞着变。

你是四月早天里的云烟，
黄昏吹着风的软，
星子在无意中闪，
细雨点洒在花前。

那轻，那娉婷，你是，
鲜妍百花的冠冕你戴着，
你是天真，庄严，
你是月月的月圆。

雪化后那片鹅黄，你像；
新鲜初放芽的绿，你是；
柔嫩喜悦水光浮动着你梦中期待的白莲。

你是一树一树的花开，
是燕在梁间呢喃，
——你是爱，是暖，是希望，
你是人间的四月天。

/ 10 /

《悼志摩》/ 林徽因

十一月十九日我们的好朋友，许多人都爱戴的新诗人，徐志摩突兀的，不可信的，残酷的，在飞机上遇险而死去。这消息在二十日的早上像一根针刺触到许多朋友的心上，顿使那一早的天墨一般地昏黑，哀恸的哽咽锁住每一个人的嗓子。

志摩……死……谁曾将这两个句子联在一处想过！他是那样活泼的一个人，那样刚刚站在壮年的顶峰上的一个人。朋友们常常惊讶他的活动，他那像小孩般的精神和认真，谁又会想到他死？

突然的，他闯出我们这共同的世界，沉入永远的静寂，不给我们一点预告，一点准备，或是一个最后希望的余地。这种几乎近于忍心的决绝，那一天不知震麻了多少朋友的心？现在那不能否认的事实，仍然无情地挡住我们前面。任凭我们多苦楚的哀悼他的惨死，多迫切的希冀能够仍然接触到他原来的音容，事实是不会为我们这伤悼而有些许活动的可能！这难堪的永远静寂和消沉便是死的最残酷处。

我们不迷信的，没有宗教地望着这死的帷幕，更是丝毫没有把握。张开口我们不会呼吁，闭上眼不会入梦，徘徊在理智和情感的边沿，我们不能预期后会，对这死，我们只是永远发怔，吞咽枯涩的泪；待时间来剥削着哀恸的尖锐，痂结我们每次悲悼的创伤。那一天下午初得到消息的许多朋友不是全跑到胡适之先生家里么？但是除去拭泪相对，默然围坐外，谁也没有主意，谁也不知有什么话说，对这死！

谁也没有主意，谁也没有话说！事实不容我们安插任何的希望，情感不容我们不伤悼这突兀的不幸，理智又不容我们有超自然的幻想！默然相对，默然围坐……而志摩则仍是死去没有回头，没有音讯，永远地不会回头，永远地不会再有音讯。

我们中间没有绝对信命运之说的，但是对着这不测的人生，谁不感到惊异，对着那许多事实的痕迹又如何不感到人力的脆弱，智慧的有限。世事尽有定数？世事尽是偶然？对这永远的疑问我们什么时候能有完全的把握？

在我们前边展开的只是一堆坚质的事实：

“是的，他十九晨有电报来给我……

“十九早晨，是的！说下午三点准到南苑，派车接……

“电报是九时从南京飞机场发出的……

“刚是他开始飞行以后所发……

“派车接去了，等到四点半……说飞机没有到……

“没有到……航空公司说济南有雾……很大……”只是一个钟头的差别；下午三时到南苑，济南有雾！谁相信就是这一个钟头中便可以有这么不同事实的发生，志摩，我的朋友！

他离平的前一晚我仍见到，那时候他还不知道他次晨南旅的，飞机改期过三次，他曾说如果再改下去，他便不走了的。我和他同由一个茶会出来，在总布胡同口分手。在这茶会里我们请的是为太平洋会议来的一个柏雷博士，因为他是志摩生平最爱慕的女作家曼殊斐儿的姊丈，志摩十分的殷勤；希望可以再从柏雷口中得些关于曼殊斐儿早年的影子，只因限于时间，我们茶后匆匆地便散了。晚上我有约会出去了，回来时很晚，听差说他又来过，适遇我们夫妇刚走，他自己坐了一会儿，喝了一壶茶，在桌上写了些字便走了。我到桌上一看：

“定明早六时飞行，此去存亡不卜……”我怔住了，心中一阵不痛快，却忙给他一个电话。

“你放心。”他说，“很稳当的，我还要留着生命看更伟大的事迹呢，哪能便死？……”

话虽是这样说，他却是已经死了整两周了！

现在这事实一天比一天更结实，更固定，更不容否认。志摩是死了，这个简单残酷的实际早又添上时间的色彩，一周，两周，一直的增长下去……

我不该在这里语无伦次的尽管呻吟我们做朋友的悲哀情绪。归根说，读者抱着我们文字看，也就是像志摩的请柏雷一样，要从我们口里再听到关于志摩的一些事。这个我明白，只怕我不能使你们满意，因为关于他的事，动听的，使青年人知道这里有个不可多得的人格存在的，实在太多，绝不是几千字可以表达得完。谁也得承认像他这样的一个人世间便不轻易有几个的，无论在中国或是外国。

我认得他，今年整十年，那时候他在伦敦经济学院，尚未去康桥。我初次遇到他，也就是他初次认识到影响他迁学的狄更生先生。不用说他和我父亲最谈得来，虽然他们年岁上差别不算少，一见面之后便互相引为知已。他到康桥之后由狄更生介绍进了皇家学院，当时和他同学的有我姊丈温君源宁。一直到最近两个月中源宁还常在说他当时的许多笑话，虽然说是笑话，那也是他对志摩最早的一个惊异的印象。志摩认真的诗情，绝不含有任何矫伪，他那种痴，那种孩子似的天真实能令人惊讶。源宁说，有一天他在校舍里读书，外边下起了倾盆大雨——惟是英伦那样的岛国才有的狂雨——忽然他听到有人猛敲他的房门，外边跳进一个被雨水淋得全湿的客人。不用说他便是志摩，一进门一把扯着源宁向外跑，说快来我们到桥上去等着。这一来把源宁怔住了，他问志摩等什么在这大雨里。志摩睁大了眼睛，孩子似的高兴地说“看雨后的虹去”。源宁不止说他不去，并且劝志摩趁早将湿透的衣服换下，再穿上雨衣出去，英国的湿气岂是儿戏，志摩不等他说完，一溜烟地自己跑了。

以后我好奇地曾问过志摩这故事的真确，他笑着点头承认这全段故事的真实。我问：那么下文呢，你立在桥上等了多久，并且看到虹了没有？他说记不清但是他居然看到了虹。我诧异地打断他对那虹的描写，问他：怎么他便知道，准会有虹的。他得意地笑答我说："完全诗意的信仰！"

"完全诗意的信仰"，我可要在这里哭了！也就是为这"诗意的信仰"他硬要借航空的方便达到他"想飞"的宿愿！"飞机是很稳当的，"他说，"如果要出事那是我的命运！"他真对运命这样完全诗意的信仰！

志摩我的朋友，死本来也不过是一个新的旅程，我们没有到过的，不免过分地怀疑，死不定就比这生苦，"我们不能轻易断定那一边没有阳光与人情的慰藉"，但是我前边说过最难堪的是这永远的静寂。我们生在这没有宗教的时代，对这死实在太没有把握了。这以后许多思念你的日子，怕要全是昏暗的苦楚，不会有一点点光明，除非我也有你那美丽的诗意的信仰！

我个人的悲绪不竟又来扰乱我对他生前许多清晰的回忆，朋友的原谅。

诗人的志摩用不着我来多说，他那许多诗文便是估价他的天平。我们新诗的历史才是这样的短，恐怕他的判断人尚在我们儿孙辈的中间。我要谈的是诗人之外的志摩。人家说志摩的为人只是不经意的浪漫，志摩的诗全是抒情诗，这断语从不认识他的人听来可以说很公平，从他朋友们看来实在是对不起他。志摩是个很古怪的人，浪漫固然，但他人格里最精华的却是他对人的同情，和蔼，和优容；没有一个人他对他不和蔼，没有一种人，他不能优容，没有一种的情感，他绝对地不能表同情。我不说了解，因为不是许多人爱说志摩最不解人情么？我说他的特点也就在这上头。

我们寻常人就爱说了解；能了解的我们便同情，不了解的我们便很落寞乃至于酷刻。表同情于我们能了解的，我们以为很适当；不表同情于我们不能了解的，我们也认为很公平。志摩则不然，了解与不了解，他并没有过分地夸张，他只知道温存，和平，体贴，只要他知道有情感的存在，无论出自何人，在何等情况下，他理智上认为适当与否，他全能表几分同情，他真能体会原谅他人与他自己不相同处。从不会刻薄地单支出严格的迫仄的道德的天平指摘凡是与他不同的人。他这样的温和，这样的优容，真能使许多人惭愧，我可以忠实地说，至少他要比我们多数的人伟大许多；他觉得人类各种的情感动作全有它不同的，价值放大了的人类的眼光，同情是不该只限于我们划定的范围内。他是对的，朋友们，归根说，我们能够懂得几个人，了解几桩事，几种情感？哪一桩事，哪一个人没有多面的看法？为此说来志摩的朋友之多，不是个可怪的事；凡是认得他的人不论深浅对他全有特殊的感情，也是极为自然的结果。而反过来看他自己在他一生的过程中却是很少得着同情的。不止如是，他还曾为他的一点理想的愚诚几次几乎不见容于社会。但是他却未曾为这个鄙吝他给他人的同情心，他的性情，不曾为受了刺激而转变刻薄暴戾过，谁能不承认他几有超人的宽量。

志摩的最动人的特点，是他那不可信的纯净的天真，对他的理想的愚诚，对艺术欣赏的认真，体会情感的切实，全是难能可贵到极点。他站在雨中等虹，他甘冒社会的大不韪争他的恋爱自由；他坐曲折的火车到乡间去拜哈岱，他抛弃博士一类的引诱卷了书包到英国，只为要拜罗素做老师，他为了一种特异的境遇，一时特异的感动，从此在生命途中冒险，从此抛弃所有的旧业，只是尝试写几行新诗——这几年新诗尝试的运命并不太令人踊跃，冷嘲热骂只是家常便饭——他常能走几里路去采几茎花，费许多周折去看一个朋友说两句话；这些，还有许多，都不是我们寻常能够轻易了解的神秘。我说神秘，其实竟许是傻，是痴！事实上他只是比我们认真，虔诚到傻气，到痴！他愉快起来他的快乐的翅膀可以碰得到天，他忧伤起来，他的悲戚是深得没有底。寻常评价的衡量在他手里失了效用，利害轻重他自有他的看法，纯是艺术的情感的脱离寻常的原则，所以往常人常听到朋友们说到他总爱带着嗟叹的口吻说：“那是志摩，你又有什么法子！”他真的是个怪人么？朋友们，不，一点都不是，他只是比我们近情，比我们热诚，比我们天真，比我们对万物都更有信仰，对神，对人，对灵，对自然，对艺术！

朋友们我们失掉的不止是一个朋友，一个诗人，我们丢掉的是个极难得可爱的人格。

至于他的作品全是抒情的么？他的兴趣只限于情感么？更是不对。志摩的兴趣是极广泛的。他始终极喜欢天文，他对天上星宿的名字和部位就认得很多，最喜暑夜观星，好几次他坐火车都是带着关于宇宙的科学的书。他曾经译过爱因斯坦的相对论，并且在一九二二年便写过一篇关于相对论的东西登在《民铎》杂志上。他常向思成说笑：“任公先生的相对论的知识还是从我徐君志摩大作上得来的呢，因为他说他看过许多关于爱因斯坦的哲学都未曾看懂，看到志摩的那篇才懂了。”今夏我在香山养病，他常来闲谈，有一天谈到他幼年上学的经过和美国克莱克大学两年学经济学的景况，我们不禁对笑了半天，后来他在他的《猛虎集》的“序”里也说了那么一段。可是奇怪的！他不像许多天才，幼年里上学，不是不及格，便是被斥退，他是常得优等的，听说有一次康乃尔暑校里一个极严的经济教授还写了信去克莱克大学教授那里恭维他的学生，关于一门很难的功课。我不是为志摩在这里夸张，因为事实上只有为了这桩事，今夏志摩自己便笑得不亦乐乎！

此外他的兴趣对于戏剧绘画都极深浓，戏剧不用说，与诗文是那么接近，他领略绘画的天才也颇为可观，后期印象派的几个画家，他都有极精密的好恶，对于文艺复兴时代那几位，他也很熟悉，他最爱鲍蒂切利和达文骞。自然他也常承认文人喜画常是间接地受了别人论文的影响，他的，就受了法兰（ROGER FRY）和斐德（WALTER PATER）的不少。对于建筑审美他常常对思成和我道歉说："太对不起，我的建筑常识全是RUSKINS那一套。"他知道我们是讨厌RUSKINS的。但是为看一个古建的残址，一块石刻，他比任何人都热心，都更能静心领略。

他喜欢色彩，虽然他自己不会作画，暑假里他曾从杭州给我几封信，他自己叫它们做"描写的水彩画"，他用英文极细致地写出西（边？）桑田的颜色，每一分嫩绿，每一色鹅黄，他都仔细地观察到。又有一次他望着我园里一带断墙半晌不语，过后他告诉我说，他正在默默体会，想要描写那墙上向晚的艳阳和刚刚入秋的藤萝。

对于音乐，中西的他都爱好，不止爱好，他那种热心便唤醒过北京一次——也许唯一的一次——对音乐的注意。谁也忘不了那一年，克拉斯拉到北京在"真光"拉一个多钟头的提琴。对旧剧他也得算"在行"，他最后在北京那几天我们曾接连地同去听好几出戏，回家时我们讨论的热闹，比任何剧评都诚恳都起劲。

谁相信这样的一个人，这样忠实于"生"的一个人，会这样早地永远地离开我们另投一个世界，永远地静寂下去，不再透些许声息！

我不敢再往下写，志摩若是有灵听到比他年轻许多的一个小朋友拿着老声老气的语调谈到他的为人不觉得不快么？这里我又来个极难堪的回忆，那一年他在这同一个的报纸上写了那篇伤我父亲惨故的文章，这梦幻似的人生转了几个弯，曾几何时，却轮到我在这风紧夜深里握吊他的惨变。这是什么人生？什么风涛？什么道路？志摩，你这最后的解脱未始不是幸福，不是聪明，我该当羡慕你才是。

1931年12月7日

/ 11 /

《别丢掉》/ 林徽因

这一把过往的热情，
现在流水似的，
轻轻
在幽冷的山泉底，
在黑夜在松林，
叹息似的渺茫，
你仍要保持着那真！
一样是月明，
一样是隔山灯火，
满天的星只有人不见，
梦似的挂起，
你问那黑夜要回
那句话——
你仍得相信
山谷中留着
有那回音！

/ 12 /

《纪念志摩去世四周年》/ 林徽因

今天是你走脱这世界的四周年！朋友，我们这次拿什么来纪念你？

前两次的用香花感伤地围上你的照片，抑住嗓子底下叹息和悲哽，朋友和朋友无聊地对望着，完成一种纪念的形式，俨然是愚蠢的失败。因为那时那种近于伤感，而又不够宗教庄严的举动，除却点明了你和我们中间的距离，生和死的间隔外，实在没有别的成效；几乎完全不能达到任何真实纪念的意义。

去年今日我意外地由浙南路过你的家乡，在昏沉的夜色里我独立火车门外，凝望着那幽暗的站台，默默地回忆许多不相连续的过往残片，直到生和死间居然幻成一片模糊，人生和火车似的蜿蜒一串疑问在苍茫间奔驰。我想起你的：

火车擒住轨，在黑夜里奔

过山，过水，过……

如果那时候我的眼泪曾不自主地溢出睫外，我知道你定会原谅我的。你应当相信我不会向悲哀投降，什么时候我都相信倔强的忠于生的，即使人生如你底下所说：

就凭那精窄的两道，算是轨，

驮着这份重，梦一般的累赘！

就在那时候我记得火车慢慢地由站台拖出，一程一程地前进，我也随着酸怆的诗意，那“车的呻吟”，过荒野，过池塘……过噤口的村庄”。到了第二站——我的一半家乡。

今年又轮到今天这一个日子！世界仍旧一团糟，多少地方是黑云布满着粗筋络往理想的反面猛进，我并不在瞎说，当我写：

信仰只一细炷香，

那点子亮再经不起西风

沙沙的隔着梧桐树吹

朋友，你自己说，如果是你现在坐在我这位子上，迎着这一窗太阳：眼看着菊花影在墙上描画作态；手臂下倚着两叠今早的报纸；耳朵里不时隐隐地听着朝阳门外“打靶”的枪弹声；意识的，潜意识的，要明白这生和死的谜，你又该写成怎样一首诗来，纪念一个死别的朋友？

此时，我却是完全的一个糊涂！习惯上我说，每桩事都像是造物的意旨，归根都是运命，但我明知道每桩事都有我们自己的影子在里面烙印着！我也知道每一个日子是多少机缘巧合凑拢来拼成的图案，但我也疑问其间的摆布谁是主宰。据我看来：死是悲剧的一章，生则更是一场悲剧的主干！我们这一群剧中的角色自身性格与性格矛盾；理智与情感两不相容；理想与现实当面冲突，侧面或反面激成悲哀。日子一天一天向前转，昨日和昨日堆垒起来混成一片不可避脱的背景，做成我们周遭的墙壁或气氲，那么结实又那么缥缈，使我们每一人站在每一天的每一个时候里都是那么主要，又是那么渺小无能为！

此刻我几乎找不出一句话来说，因为，真的，我只是个完全的糊涂；感到生和死一样的不可解，不可懂。

但是我却要告诉你，虽然四年了你脱离去我们这共同活动的世界，本身停掉参加牵引事体变迁的主力，可是谁也不能否认，你仍立在我们烟涛渺茫的背景里，间接地是一种力量，尤其是在文艺创造的努力和信仰方面。间接地你任凭自然的音韵，颜色，不时的风清月白，人的无定律的一切情感，悠断悠续地仍然在我们中间继续着生，仍然与我们共同交织着这生的纠纷，继续着生的理想。你并不离我们太远。你的身影永远挂在这里那里，同你生前一样的飘忽，爱在人家不经意时莅止，带来勇气的笑声也总是那么嘹亮，还有，还有经过你热情或焦心苦吟的那些诗，一首一首仍串着许多人的心旋转。

说到你的诗，朋友，我正要正经地同你再说一些话。你不要不耐烦。这话迟早我们总要说清的。人说盖棺论定，前者早已成了事实，这后者在这四年中，说来叫人难受，我还未曾读到一篇中肯或诚实的论评，虽然对你的赞美和攻讦由你去世后一两周间，就纷纷开始了。但是他们每人手里拿的都不像纯文艺的天平；有的喜欢你的为人，有的疑问你私人的道德；有的单单尊崇你诗中所表现的思想哲学，有的仅喜爱那些软弱的细致的句子，有的每发议论必须牵涉到你的个人生活之合乎规矩方圆，或断言你是轻薄，或引证你是浮奢豪侈！朋友，我知道你从不介意过这些，许多人的浅陋老实或刻薄处你早就领略过一堆，你不止未曾生过气，并且常常表现怜悯同原谅；你的心情永远是那么洁净；头老抬得那么高；胸中老是那么完整的诚挚；臂上老有那么许多不折不挠的勇气。但是现在的情形与以前却稍稍不同，你自己既已不在这里，做你朋友的，眼看着你被误解，曲解，乃至于谩骂，有时真忍不住替你不平。

但你可别误会我心眼儿窄，把不相干的看成重要，我也知道误解曲解谩骂，都是不相干的，但是朋友，我们谁都需要有人了解我们的时候，真了解了我们，即使是痛下针砭，骂着了我们的弱处错处，那整个的我们却因而更增添了意义，一个作家文艺的总成绩更需要一种就文论文，就艺术论艺术的和平判断。

你在《猛虎集》“序”中说“世界上再没有比写诗更惨的事”，你却并未说明为什么写诗是一桩惨事，现在让我来个注脚好不好？我看一个人一生为着一个愚诚的倾向，把所感受到的复杂的情绪尝味到的生活，放到自己的理想和信仰的锅炉里烧炼成几句悠扬铿锵的语言（哪怕是几声小唱），来满足他自己本能的艺术的冲动，这本来是个极寻常的事。哪一个地方哪一个时代，都不断有这种人。轮着做这种人的多半是为着他情感来得比寻常人浓富敏锐，而为着这情感而发生的冲动更是非实际的——或不全是实际的——追求，而需要那种艺术的满足而已。说起来写诗的人的动机多么简单可怜，正是如你“序”里所说“我们都是受支配的善良的生灵”！虽然有些诗人因为他们的成绩特别高厚广阔包括了多数人，或整个时代的艺术和思想的冲动，从此便在人间披上神秘的光圈，使“诗人”两字无形中挂着崇高的色彩。这样使一般努力于用韵文表现或描画人在自然万物相交错时的情绪思想的，便被人的成见看做夸大狂的旗帜，需要同时代人的极冷酷地讥讪和不信任来扑灭它，以挽救人类的尊严和健康。

我承认写诗是惨淡经营，孤立在人中挣扎的勾当，但是因为我知道太清楚了，你在这上面单纯的信仰和诚恳的尝试，为同业者奋斗，卫护他们的情感的愚诚，称扬他们艺术的创造，自己从未曾求过虚荣，我觉得你始终是很逍遥舒畅的。如你自己所说："满头血水"，你"仍不曾低头"，你自己相信"一点性灵还在那里挣扎"，"还想在实际生活的重重压迫下透出一些声响来"。

简单地说，朋友，你这写诗的动机是坦白不由自主的，你写诗的态度是诚实，勇敢而倔强的。这在讨论你诗的时候，谁都先得明了的。

至于你诗的技巧问题，艺术上的造诣，在这新诗仍在彷徨歧路的尝试期间，谁也不能坚决地论断，不过有一桩事我很想提醒现在讨论新诗的人，新诗之由于无条件无形制宽泛到几乎没有一定的定义时代，转入这讨论外形内容，以至于音节韵脚章句意象组织等艺术技巧问题的时期，即是根据着对这方面努力尝试过的那一些诗，你的头两个诗集子就是供给这些讨论见解最多材料的根据。外国的土话说"马总得放在马车的前面"，不是？没有一些尝试的成绩放在那里，理论家是不能老在那里发一堆空头支票的，不是？

你自己一向不止在那里倔强地尝试用功，你还会用尽你所有活泼的热心鼓励别人尝试，鼓励"时代"起来尝试，——这种工作是最犯风头嫌疑的，也只有你胆子大头皮硬顶得下来！我还记得你要印诗集子时我替你捏一把汗，老实说还替你在有文采的老前辈中间难为情过，我也记得我初听到人家找你办《晨报副刊》时我的焦急，但你居然板起个脸抓起两把鼓槌子为文艺吹打开路乃至于扫地，铺鲜花，不顾旧势力的非难，新势力的怀疑，你干你的事"事有人为，做了再说"那股子劲，以后别处也还很少见。

现在你走了，这些事渐渐在人的记忆中模糊下来，你的诗和文章也散漫在各小本集子里，压在有极新鲜的封皮的新书后面，谁说起你来，不是马马虎虎地承认你是过去中一个势力，就是拿能够挑剔看轻你的诗为本事（散文人家很少提到，或许“散文家”没有诗人那么光荣，不值得注意），朋友，这是没法子的事，我却一点不为此灰心，因为我有我的信仰。

我认为我们这写诗的动机既如前面所说那么简单愚诚；因在某一时，或某一刻敏锐地接触到生活上的锋芒，或偶然地触遇到理想峰巅上云彩星霞，不由得不在我们所习惯的语言中，编缀出一两串近于音乐的句子来，慰藉自己，解放自己，去追求超实际的真美，读诗者的反应一定有一大半也和我们这写诗的一样诚实天真，仅想在我们句子中间由音乐性的愉悦，接触到一些生活的底蕴参合着美丽的憧憬；把我们的情绪给他们的情绪搭起一座浮桥；把我们的灵感，给他们生活添些新鲜；把我们的痛苦伤心再揉成他们自己忧郁的安慰！

我们的作品会不会再长存下去，就看它们会不会活在那一些我们从来不认识的人，我们作品的读者，散在各时、各处互相不认识的孤单的人的心里的，这种事它自己有自己的定律，并不需要我们的关心的。你的诗据我所知道的，它们仍旧在这里浮沉流落，你的影子也就浓淡参差地系在那些诗句中，另一端印在许多不相识人的心里。朋友，你不要过于看轻这种间接的生存，许多热情的人他们会为着你的存在，而加增了生的意识的。伤心的仅是那些你最亲热的朋友们和同兴趣的努力者，你不在他们中间的事实，将要永远是个不能填补的空虚。

你走后大家就提议要为你设立一个“志摩奖金”来继续你鼓励人家努力诗文的素志，勉强象征你那种对于文艺创造拥护的热心，使不及认得你的青年人永远对你保存着亲热。如果这事你不觉得太寒伧不够热气，我希望你原谅你这些朋友们的苦心，在冥冥之中笑着给我们勇气来做这一些蠢诚的事吧。

二十四年十一月十九日北平

人物评说

林徽因是中国最优秀的女现代诗人之一，同时也是作家、教授，是中国近代以来的最优秀的建筑、美术学家之一。我国现行国徽、人民英雄纪念碑的浮雕、人民大会堂“内装修”，都是她带领清华大学设计组设计的。为了保护古建筑，她跟梁思成甚至跑遍了全中国。生得美丽，同时又有才学，再加上出身名门的高贵气质，自然让人爱怜。

徐志摩和林徽因有几分相似，均是罕见的情种，女有美貌，男有才情，原本是佳人一对的。徐志摩向来将爱情当作一件伟大的事业，“真生命自奋斗自求得来，真幸福亦必自奋斗自求得来，真恋爱亦必自奋斗自求得来”，所以，他把满腔的情和全部的爱都献给了林徽因。

然而一个是有夫之妇（和梁思成有婚约），一个是有妇之夫（和张幼仪已婚），“我于茫茫人海中访我唯一灵魂之伴侣，得之，我幸；不得，我命”。或许，冥冥之中注定了两个人的命运线没有重合，只是有着一个纠结的交叉。

第二章

徐志摩与陆小曼

我的肝肠寸寸的断了。今晚再不好好的给你一封信，再不把我的心给你看，我就不配爱你，就不配受你的爱。我的小龙呀，这实在是太难受了。我现在不愿别的只愿我伴着你一同吃苦……

备受争议的旷世之恋

陆小曼，1903年农历九月十九日出生于上海。从小就受到过良好的教育，通英、法两国语言，还弹得一手好钢琴，又精于油画。常被推荐参加接待外国使节的工作，担任口语翻译，参加外交部举办的舞会等。18岁时，陆小曼已逐渐名闻北京社交界。

1922年，19岁的陆小曼，在清华大学毕业后，曾到美国的西点军校攻读军事，并同与美国名将艾森豪威尔是同学的王赓“闪婚”。

然而，两个人结婚半年，就出现了危机——陆小曼遇到了徐志摩。

徐志摩与王赓同是梁启超的学生，他们经常相聚，王赓因专注于工作和前途，因此常要陆小曼陪伴徐志摩。

于是，两个人经常有机会会面，甚至一起游长城，逛天桥，到来今雨轩喝茶，去西山上看红叶……两个人很快相爱了，并且在历尽周折之后，陆小曼终于离了婚。

但徐志摩的父亲却提出了三个条件：一、结婚费用自理，家庭概不负担；二、婚礼必须由胡适做介绍人，梁启超证婚，否则不予承认；三、结婚后必须南归，安分守己过日子。这三条徐志摩都答应了。

1926 年农历七夕，在北京北海公园，徐志摩终于与陆小曼举行了盛大的婚礼。

证婚人梁启超的新婚祝词，却让所有人惊愕不已。他说：“徐志摩，你这个人性情浮躁，所以在学问上没有成就，你们两个人都属用情不专，以至于离婚后再娶再嫁，以后务要痛改前非，重新做人。”

作为老师的梁启超其实对于他们的婚姻，有着担忧甚至是反对。他希望能够给他们两个人当头一棍，盼望他们能有所觉悟。

婚后，他们一起生活在海宁硖石，过了一段甜蜜的日子。但是徐志摩的父亲始终看不惯陆小曼。

1926 年 5 月，北伐战争开始，时局动乱不堪，随着战事的临近，徐志摩和陆小曼被迫移居上海。陆小曼很快就如鱼得水，重新开始了她喜爱并擅长的社交生活。舞厅、戏院经常能看到她的身影，甚至在当时的社交圈里有了“南唐北陆”之说，分指她和唐瑛。

徐志摩想过平静的生活，他一边在大学教书，一边继续诗歌创作。

陆小曼经常过午才起床，下午作画、写信、会客，晚上大半是跳舞、打牌、听戏、到戏院里去捧角，甚至是登台做秀。

虽然，徐志摩常常婉转地劝告陆小曼，但效果不大。然而，两个人的感情还是很好的，甚至在这一段时间各以《爱眉小札》《眉轩琐记》和《陆小曼日记》等篇问世，成为社会流传的美谈。

不过这让徐志摩的父亲对陆小曼更是不满，断了他们夫妇的经济支持。徐志摩不得不同时在各地讲学，还要赶写诗文，以赚取稿费，即便如此，仍不够陆小曼挥霍。

1930 年后，徐志摩经常上海南京两地来回跑，以挣家用，仅 1931 年的上半年就奔波了 8 次。他曾极力要求陆小曼随他一起，然而陆小曼执意不肯离开上海。

1931 年 11 月，陆小曼难以维持在上海的排场，于是连续打电报催促徐志摩南返。11日，徐志摩搭乘张学良的专机飞抵南京，于13日回到上海家中。

原本还以为是小别胜新婚，结果却是一番吵架，彻底撕裂了两个人的情感。愤怒绝望的徐志摩决定离开。

1931年11月18日，徐志摩来到南京，本打算乘张学良的福特式飞机回北京，临行前，张学良通知他因事改期。于是第二日，徐志摩搭乘了一架邮政机飞往北京。

因为大雾影响，飞机到了中午12点半时在济南党家庄附近失事。飞机上的两名驾驶员与徐志摩一起遇难。这一年徐志摩仅36岁。

当陆小曼得知这个噩耗的时候，一下昏厥了。醒来后，号啕大哭，直到眼泪哭干。陆小曼坚持要去山东党家庄接徐志摩的遗体，被朋友们和家里人死命劝住。

徐志摩死后，陆小曼痛悔不已，她在书桌前写下“天长地久有时尽，此恨绵绵无绝期”，从此不再出去交际。同时，她也默默忍受着外界对她的批评和指责。

在徐志摩死后一个多月，陆小曼写了《哭摩》，这篇文章写得情真意切，可谓悲伤痛苦跃然纸上。随后的几十年时间里，陆小曼致力于整理出版徐志摩的遗作。

1965年4月3日，一代名媛陆小曼在上海华东医院悄然过世。

经典情书

/1/

龙龙：

我的肝肠寸寸地断了，今晚再不好好地给你一封信，再不把我的心给你看，我就不配爱你，就不配受你的爱。我的小龙呀，这实在是太难受了，我现在不愿别的，只愿我伴着你一同吃苦——你方才心头一阵阵地作痛，我在旁边只是咬紧牙关闭着眼替你熬着。龙呀，让你血液里的讨命鬼来找着我吧，叫我眼看你这样生生地受罪，我什么意念都变了灰了！你吃现鲜鲜的苦是真的，叫我怨谁去？

离别当然是你今晚纵酒的大原因，我先前只怪我自己不留意，害你吃成这样，但转想你的苦，分明不全是酒醉的苦，假如今晚你不喝酒，我到了相当的时刻得硬着头皮对你说再会，那时你就会舒服了吗？再回头受逼迫的时候，就会比醉酒的病苦强吗？咳，你自己说得对，顶好是醉死了完事，不死也得醉，醉了多少可以自由发泄，不比死闷在心窝里好吗？所以我一想到你横竖是吃苦，我的心就硬了。我只恨你不该留这许多人一起喝，人一多就糟，要是单是你与我对喝，那时要醉就同醉，要死也死在一起，醉也是一体，死也是一体，要哭让眼泪合成一起，要心跳让你我的胸膛贴紧在一起，这不是在极苦里实现了我们想望的极乐，从醉的大门走进了大解脱的境界，只要我们灵魂合成了一体，这不就满足了我们最高的想望吗？

啊！我的龙，这时候你睡熟了没有？你的呼吸调匀了没有？你的灵魂暂时平安了没有？你知不知道你的爱正含着两眼热泪在这深夜里和你说话，想你，疼你，安慰你，爱你？我好恨呀，这一层的隔膜，真的全是隔膜，这仿佛是你淹在水里挣扎着要命，他们却掷下瓦片石块来算是救渡你，我好恨呀！这酒的力量还不够大，方才我站在旁边我是完全准备了的，我知道我的龙儿的心坎儿只嚷着：“我冷呀，我要他的热胸膛偎着我；我痛呀，我要我的他搂着我；我倦呀，我要在他的手臂内得到我最想要的安息与舒服！”——但是实际上我只能在旁边站着看，我稍微一帮助就受人干涉，意思说：“不劳费心，这不关你的事，请你早去休息吧，她不用你管！”

哼，你不用我管！我这难受，你大约也有些觉着吧！

方才你接连叫着“我不是醉，我只是难受，只是心里苦”，你那话一声声像是钢铁锥子刺着我的心：愤、慨、恨、急，各种情绪就像潮水似的涌上了胸头；那时我就觉得什么都不怕，勇气像天一般的高，只要你一句话出口什么事我都干！为你我抛弃了一切，只是本分为你我，还顾得什么性命与名誉——真的假如你方才说出了一句半句着边际着颜色的话，此刻你我的命运早已变定了方向都难说哩！

你多美呀，我醉后的小龙，你那惨白的颜色与静定的眉目，使我想象起你最后解脱时的形容，使我觉着一种逼迫赞美崇拜的激震，使我觉着一种美满的和谐——龙，我的至爱，将来你永诀尘俗的俄顷，不能没有我在你最近的旁边，你最后的呼吸一定得明白报告这世间你的心是谁的，你的爱是谁的，你的灵魂是谁的！龙呀，你应当知道我是怎样地爱你，你占有我的爱，我的灵，我的肉，我的“整个儿”。永远在我爱的身旁旋转着，永久地缠绕着，真的，龙龙，你已经激动了我的痴情。我说出来你不要怕，我有时真想拉你一同死去，去到绝对的死的寂灭里去实现完全的爱，去到普遍的黑暗里去寻求唯一的光明——咳，今晚要是你有一杯毒药在近旁，此时你我也许早已在极乐世界了。说也怪，我真的不沾恋这形式的生命，我只求一个同伴，有了同伴我就情愿欣欣地瞑目；龙龙，你不是已经答应做我永久的同伴了吗？我再不能放松你，我的心肝，你是我的，你是我这一辈子唯一的成就，你是我的生命，我的诗；你完全是我的，一个个细胞都是我的——你要说半个不字叫天雷打死我完事。

我在十几个钟头内就要走了，丢开你走了，你怨我忍心不是？我也自认我这回不得不硬一硬心肠，你也明白我这回去是我精神的与知识的“散拿吐瑾”。我受益就是你受益，我此去得加倍地用心，你在这时期内也得加倍地奋斗，我信你的勇气这回就是你试验、实证你勇气的机会，我人虽走，我的心不离开你，要知道在我与你的中间有的是无形的精神线，彼此的悲欢喜怒此后是会相通的，你信不信？（身无彩凤双飞翼，心有灵犀一点通。）我再也不必嘱咐，你已经有了努力的方向，我预知你一定成功，你这回冲锋上去，死了也是成功！有我在这里，龙龙，放大胆子，上前去吧，彼此不要辜负了，再会！

摩

（一九二五年）三月十日早三时通

/ 2 /

小龙：

你知道我这次想出去也不是十二分心愿的，假定老翁（泰戈尔——编者注）的信早六个星期来时，我一定绝无顾恋的想法走了完事（徐志摩与陆小曼相爱的事，在陆小曼丈夫王赓知情以后，几人处于非常尴尬难堪的境地。恰好泰戈尔约他去意大利会晤，于是这年 3 月 10 日徐就走上了欧游之途——编者注）；但我的胸坎间不幸也有一个心，这个脆弱的心又不幸容易受伤，这回的伤不瞒你说又是受定的了，所以我即使走也不免咬一咬牙齿忍着些心痛的。这还是关于我自己的话；你一方面我委实有些不放心，不是别的，单怕你有限的勇气敌不过环境的压迫力，结果你竟许多少不免明知故犯，该走一百里路也只能走满三四十里，这是可虑的。

龙呀：你不知道我怎样深刻的期望你勇猛的上进，怎样的相信你确有能力发展潜在的天赋，怎样的私下祷祝有啊一天叫这浅薄的恶俗的势利的“一般人”开着眼惊讶，闭着眼惭愧——等到那一天实现时，那不仅你的胜利也是我的荣耀哩！聪明的小曼：千万争这口气才是！我常在身旁自然多少于你有些帮助，但暂时分别也有绝大的好处，我人去了，我的思想还是在着，只要你能容受我的思想。我这回去是补足我自己的教育，我一定加倍的努力吸收可能的滋养，我可以答应你我决不枉费我的光阴与金钱，同时我当然也期望你加倍的勤奋，认清应走的方向，做一番认真的工夫试试，我们总要隔了半年再见时彼此无愧才好。你的情形固然不同，但你如其真有深彻的觉悟时，你的生活习惯自然会得改变的，我信 F 也能多少帮助你。

我并不愿意做你的专制皇帝，落后叫你害怕讨厌，但我真想相当的督饬着你，如其你过分顽皮时，我是要打的吓！有一件事不知你能否做到，如能倒是件有益而且有趣的事，我想要你写信给我，不是平常的写法，我要你当作日记写，不仅记你的起居，等等，并且记你的思想情感——能寄给我当然最好，就是不寄也好，留着等我回来时一总看，先生再批分数，你如其能做到这点意思，那我就高兴而且放心了。同时我当然有信给你，不能怎样的密，因为我在旅行时怕不能多写，但我答应选我一路感到的一部分真纯思想给你，总叫你得到了我的消息，至少暂时可以不感觉寂寞，好不好，曼？关于游历方面，我已经答应做《现代评论》的特约通讯员，大概我人到眼到的事物多少总有报告，使我这里的朋友都能分沾我经验的利益。

顶要紧是你得拉紧你自己，别让不健康的引诱摇动你，别让消极的意念过分压迫你，你要知道我们一辈子果然能真相知真了解，我们的牺牲，苦恼与努力，也就不算是枉费的了。

摩

一九二五年三月四日自北京

/ 3 /

小曼：

W 的回电来后，又是四五天了，我早晚忧巴巴的只是盼着信，偏偏信影子都不见，难道你从四月十三写信以后，就没有力量提笔？W 的信是二十三，正是你进协和的第二天，他说等“明天”医生报告病情，再给我写信，只要他或你自己上月寄出信，此时也该到了，真闷煞人！

回电当然是个安慰，否则我这几天哪有安静日子过？电文只说“一切平安”，至少你没有危险了是可以断定的，但你的病情究竟怎样？进院后医治见效否？此时已否出院？已能照常行动否？我都急得要知道，但急偏不得知道，这多别扭！

小曼：这回苦了你，我想你病中一定格外的想念我，你哭了没有？我想一定有的，因为我在这里只要上床一时睡不着，就叫曼，曼不答应我，就有些心酸，何况你在病中呢？早知你有这场病，我就不应离京，我老是怕你病倒，但是总希望你可以逃过，谁知你还是一样吃苦，为什么你不等着我在你身边的时候生病？

这话问的没理，我知道我也不一定会得侍候病人，但是我真想倘如有机会伴着你养病，就是乐趣。你枕头歪了，我可以替你理正，你要水喝，我可以拿给你，她不厌烦我念书给你听，你睡着了我轻轻地掩上了门，有人送花来我给你装进瓶子去；现在我没福享受这种想象中的逸趣，将来或许我病倒了，你来伴我也是一样的。你此番病中有谁侍候着你？

娘总常常在你身边，但她也得管家，朋友中大约有些人是常来的，你病中感念一定很多，但不想也就忘了。

近来不说功课，不说日记，连信都没有，可见你病得真乏了。你最后倚病勉强写的那两封信，字迹潦草，看出你腕劲一些也没有，真可怜，曼呀，我那时真着急，简直怕你死，你可不能死，你答应为我活着。你现在又多了一个仇敌——病，那也得你用意志力量来奋斗的，你究竟年轻，你的伤损容易养得过来的，千万不要过于伤感。病中面色是总不好看的，那也没法，你就少照镜子，等精神回来的时候，再自己看自己也不迟。你现在虽则瘦，还是可以回复你的丰腴的，只要你生活根本的改样。我月初连着寄的长信，应该连续到了，但你的回信不知要到什么时候才来？想着真急。据有人说娘疑心我的信激成你的病的，所以常在那里查问我；我的信不会丢漏的么？我盼望寄你的信只有你看见再没有第二人看，不是看不得，是不愿意叫人家随便讲闲话，是真的。但你这回可真得坚决了，我上封信要你跟 W 来欧，你仔细想过没有？这是你一生的一个大关键。俗语说的快刀斩乱丝，再痛快不过的。我不愿意你再有踌躇，上帝帮助能自助的人，只要你站起来就有人在你前面领路。W 真是“解人”，要不是他，岂不是我你在两地着急，叫天天不应的多苦；现在有他做你的红娘，你也够放心，我真盼望你们俩一同到欧洲来，我一定请你们喝香槟接风，有好消息时，最好打电报来就可以。B 在瑞士，月初或到斐伦翠（意大利中部城市佛罗伦萨——编者注）来，我们许同游欧洲再报告你。盼望你早已健全，我永远在你的身边，我的曼。

摩

一九二五年五月二十七日自佛罗伦萨

/ 4 /

我唯一的爱龙，你真得救我了！我这几天的日子也不知怎样过的，一半是痴子，一半是疯子，整天昏昏的，茫茫的，只想着我爱你，你知道吗？早上梦醒来，套上眼镜，衣服也不换就到楼下去看信——照例是失望，那就好比几百斤的石子压上了心去，一阵子悲痛，赶快回头躲进了被窝，抱住了枕头叫着我爱的名字，心头火热的浑身冰冷的，眼泪就冒了出来，这一天的希冀又没了。说不出的难受，恨不得睡着从此不醒，做梦倒可以自由些。龙呀，你好吗？为什么我这心惊肉跳的一息也忘不了你，总觉得有什么事不曾做妥当或是你那里有什么事似的。龙呀，我想死你了，你再不救我，谁来救我？为什么你信寄得这样稀？笔这样懒？我知道你在家忙不过来，家里人烦着你，朋友们烦着你，等得清静的时候你自己也倦了；但是你要知道你那里日子过得容易，我这孤鬼在这里，把一个心悬在那里收不回来，平均一个月盼不到一封信，你说能不能怪我抱怨？龙呀，时候到了，这是我们，你与我，自己顾全自己的时候，再没有功夫去敷衍人了。现在时候到了，你我应当再也不怕得罪人——哼，别说得罪人，到必要时天地都得捣烂他哪！

龙呀，你好吗？为什么我心里老是这怔怔的？我想你亲自给我一个电报，也不曾想着——我倒知道你又做了好几身时式的裙子！你不能忘我，爱，你忘了我，我的天地都昏黑了，你一定骂我不该这样说话，我也知道，但你得原谅我，因为我其实是急慌了。（昨晚写的墨水干了所以停的。）

走后我简直是“行尸走肉”，有时到赛因河边去看水，有时到清凉的墓园里默想。这里的中国人，除了老 K 都不是我的朋友，偏偏老 K 整天做工，夜里又得早睡，因此也不易见着他。昨晚去听了一个 Opera 叫 *Tristan et Isolde*（歌剧《特里斯丹和伊索德》——编者注）。音乐，唱都好，我听着浑身只发冷劲，第三幕 Tristan 快死的时候，Iso 从海湾里转出来拼了命来找她的情人，穿一身浅蓝带长袖的罗衫——我只当是我自己的小龙，赶着我不曾脱气的时候，来搂抱我的躯壳与灵魂——那一阵子寒冰刺骨似的冷，我真的变了戏里的 Tristan 了！

那本戏是最出名的“情死”剧（Love - Death），Tristan 与 Isolde 因为不能在这世界上实现爱，他们就死，到死里去实现更绝对的爱，伟大极了，猖狂极了，真是“惊天动地”的概念,“惊心动魄”的音乐。龙，下回你来，我一定伴你专看这戏，现在先寄给你本子，不长，你可以先看一遍。你看懂这戏的意义，你就懂得恋爱最高，最超脱，最神圣的境界；几时我再与你细谈。

龙儿，你究竟认真看了我的信没有？为什么回信还不来？你要是懂得我，信我，那你决不能再让你自己多过一半天糊涂的日子；我并不敢逼迫你做这样，做那样，但如果你我间的恋情是真的，那它一定有力量，有力量打破一切的阻碍，即使得渡过死的海，你我的灵魂也得结合在一起——爱给我们勇，能勇就是成功，要大抛弃才有大收成，大牺牲的决心是进爱境唯一的通道。我们有时候不能因循，不能躲懒，不能姑息，不能纵容“妇人之仁”。现在时候到了，龙呀，我如果往虎穴里走(为你)，你能不跟着来吗？

我心思杂乱极了，笔头上也说不清，反正你懂就好了，话本来是多余的。

你决定的日子就是我们理想成功的日子——我等着你的信号，你给 W 看了我给你的信没有？我想从后为是，尤其是这最后的几封信，我们当然不能少他的帮忙，但也得谨慎，他们的态度你何不讲给我听听。

照我的预算在三个月内（至多）你应该与我一起在巴黎！

你的心他

一九二五年六月二十五日自巴黎

/ 5 /

居然被我急出了你的一封信来，我最甜的龙儿！再要不来，我的心跳病也快成功了！让我先来数一数你的信：（1）四月十九，你发病那天一张附着随后来的；（2）五月五号（邮章）；（3）五月十九至二十一（今天才到，你又忘了西伯利亚）（当时从中国往欧洲寄信，经由西伯利亚铁路较海路快——编者注）；（4）五月二十五英文的。

我发的信只恨我没有计数，论封数比你来的多好几倍。在斐伦翠四月上半月至少有十封多是寄中街的；以后，适之来信以后，就由他邮局住址转信，到如今全是的。到巴黎后，至少已寄五六封，盼望都按期寄到。

昨天才寄信的，但今天一看了你的来信，胸中又涌起了一海的思感，一时哪说得清。第一，我怨我上几封信不该怨你少写信，说的话难免有些怨气，我知道你不会怪我的。但我一想起我的曼已是满身的病，满心的病，我这不尽责的 ×××，溜在海外，不分你的病，不分你的痛，倒反来怨你笔懒。——咳，我这一想起你，我唯一的宝贝，我满身的骨肉就全化成了水一般的柔情，向着你那里流去。我真恨不得剖开我的胸膛，把我爱放在我心头热血最暖处窝着，再不让你遭受些微风霜的侵暴，再不让你受些微尘埃的沾染。曼呀，我抱着你，亲着你，你觉得吗？

我在斐伦翠知道你病，我急得什么似的，幸亏适之来了回电，才稍微放心了些。但你的病情的底细，直到今天看了你五月十九至二十一日的信才知道清楚。真苦了你，我的乖！真苦了你。但是你放心，我这次虽然不曾尽我的心，因为不在你的身旁，眼看那特权叫旁人享受了去；但是你放心，我爱！我将来有法子补我缺憾。你与我生命合成了一体以后，日子还长着哩，你可以相信我一定充分酬报你的。不得你信我急，看你信又不由我不心痛。可怜你心跳着，手抖着，眼泪咽着，还得给我写信；哪一个字里，哪一句里，我不看出我曼曼的影子。你的爱，隔着万里路的灵犀一点，简直是我的命水，全世界所有的宝贝买不到这一点子不朽的精诚。——我今天要是死了，我是要把你爱我的爱带了坟里去，做鬼也以自傲了！你用不着再来叮嘱，我信你完全的爱，我信你比如我信我的父母，信我自己，信天上的太阳；岂止，你早已成我灵魂的一部，我的影子里有你的影子，我的声音里有你的声音，我的心里有你的心；鱼不能没有水，人不能没有氧；我不能没有你的爱。

曼，你连着要我回去。你知道我不在你的身旁，我简直是如坐针毡，哪有什么乐趣？你知道我一天要咬几回牙，顿几回脚，恨不踹破了地皮，滚入了你的怀抱；但我还不走，有我踌躇的理由。

曼，我上几封信已经说得很亲切，现在不妨再说过明白。你来信最使我难受的是你多少不免绝望的口气。你身在那鬼世界的中心，也难怪你偶尔的气馁。我也不妨告诉你，这时候我想起你还是与他同住，同床共枕，我这心痛，心血都迸了出来似的！

曼，这在无形中是一把杀我的刀，你忍心吗？你说老太太的“面子”。咳！老太太的面子——我不知道要杀灭多少性灵，流多少的人血，为要保全她的面子！不，不；我不能再忍。曼，你得替我——你的爱，与你自己，我的爱，——想一想哪！不，不；这是什么时代，我们再不能让社会拿我们血肉去祭迷信！Oh！come，Love！Assert your passion，let our love conquer；we can’t suffer any longer such degradation and humiliation（啊，来吧！爱！坚持你的激情，让我们的爱情获胜；我们总不能长久受委屈，蒙羞辱——编者注）退步让步，也得有个止境；来！我的爱，我们手里有刀，斩断了这把乱丝才说话。——要不然，我们怎对得起给我们灵魂的上帝！是的，曼，我已经决定了，跳入油锅，上火焰山，我也得把我爱你洁净的灵魂与洁净的身子拉出来。我不敢说，我有力量救你，救你就是救我自己，力量是在爱里；再不容迟疑，爱，动手吧！我在这几天内决定我的行期，我本想等你来电后再走，现在看事情亟不可待，我许就来了。但同时我们得谨慎，万分的谨慎，我们再不能替鬼脸的社会造笑话，有勇还得有智，我的计划已经有了。

一九二五年六月二十六日自巴黎

/ 6 /

眉眉我爱：

你又犯老毛病了，不写信。现在北京上海间有飞机信，当天可到。我离家已一星期，你如何一字未来，你难道不知道我出门人无时不惦着家念着你吗？我这几日苦极了，忙是一件事，身体又不大好。一路来受了凉，就此咳嗽，出痰甚多。前两晚简直呛得不停，不能睡；胡家一家子都让我咳醒了。我吃很多梨，胡太太又做金银花、贝母等药给我吃，昨晚稍好些。今日天雨，忽然变凉。我出门时是大太阳，北大下课到奚若家中饭时，冻得直抖。恐怕今晚又不得安宁。我那封英文信好像寄航空的，到了没有？那一晚我有些发疯，所以写信也有些疯头疯脑的，你可不许把信随手丢。我想到你那乱，我就没有勇气写好信给你。前三年我去欧美印度时，那九十多封信都到哪里去了？那是我周游的唯一成绩，如今亦散失无存，你总得改良改良脾气才好。我的太太，否则将来竟许连老爷都会被你放丢了的。你难道我走了一点也不想我？现在弄到我和你在一起倒是例外，你一天就是吃，从起身到上床，到合眼，就是吃。也许你想芒果或是想外国白果倒要比想老爷更亲热更急。老爷是一只牛，他的唯一用处是做工赚钱，——也有些可怜：牛这两星期不但要上课还得补课，夜晚又不得睡，心里也不舒泰。天时再一坏，竟是一肚子的灰了！太太，你恶心字儿都不肯寄一个来？大概你们到杭州去了，恕我不能奉陪，希望天时好，但终得早起一些才赶得上阳光。北京花市极阑珊，明后天许陪歆海他们去明陵长城。但也许不去。娘身体可好？甚念！这回要等你来信再写了。

照片一包。已找到，在小箱中。

摩

一九三一年五月十二日自北平

/ 7 /

爱眉：

你昨天的信更见你的气愤，结果你也把我气病了。我愁得如同见鬼，昨晚整宵不得睡。乖！你再不能和我生气。我近几日来已为家事气得肝火常旺，一来就心烦意躁，这是我素来没有的现象。在这大热天，处境已经不顺，彼此再要生气，气成了病，那有什么趣味？去年夏天我病了有三星期，今年再不能病了。你第一不可生气，你是更气不动。我的愁大半是为你在愁，只要你说一句达观话，说不生我气，我心里就可舒服。

乖！至少让我俩心平意和的过日子，老话说得好，逆来要顺受。我们今年运道似乎格外不佳。我们更当谨慎，别带坏了感情和身体。我先几信也无非说几句牢骚话，你又何必认真，我历年来还不是处处依顺着你的。我也只求你身体好，那是最要紧的。其次，你能安心做些工作。现在好在你已在画一门寻得门径，我何尝不愿你竿头日进。你能成名，不论哪一项都是我的荣耀。即如此次我带了你的卷子到处给人看，有人夸，我心里就喜，还不是吗？一切等到我到上海再定夺。

天无绝人之路，我也这么想，我计算到上海怕得要七月十三四，因为亚东等我一篇《醒世姻缘》的序，有一百元酬报，我也已答应，不能不赶成，还有另一篇文章也得这几天内赶好。

文伯事我有一函怪你，也错怪了。慰慈去传了话，吓得文伯长篇累牍的来说你对他一番好意的感激话。适之请他来住。我现在住的西楼。

老金他们七月二十离北平，他们极抱憾，行前不能见你。小叶婚事才过，陈雪屏后天又要结婚，我又得相当帮忙。上函问向少蝶帮借五百成否?

竞处如何？至念。我要你这样来电，好叫我安心（北平电报挂号）。“董胡摩慰即回眉”七个字，花大洋七毛耳。祝你好。

摩亲吻

一九三一年七月四日自北平

/ 8 /

至爱妻眉：

今天是九月十九日，你二十八年前出世的日子，我不在家中，不能与你对饮一杯蜜酒，为你庆祝安康。这几日秋风凄冷，秋月光明，更使游子思念家庭。又因为归思已动，更觉百无聊赖，独自惆怅。遥想闺中，当亦同此情景。今天洵美等来否？也许他们不知道，还是每天似的，只有瑞午一人陪着你吞吐烟霞。

眉爱，你知我是怎样的想念你！你信上什么“恐怕成病”的话，说得闪烁，使我不安。终究你这一月来身体有否见佳？如果我在家你不得休养，我出外你仍不得休养，那不是难了吗？前天和奚若谈起生活，为之相对生愁。但他与我同意，现在只有再试试，你同我来北平住一时，看是如何。你的身体当然宜北不宜南！

爱，你何以如此固执，忍心和我分离两地？上半年来去频频，又遭大故，倒还不觉得如何。这次可不同，如果我现在不回，到年假尚有两个多月。虽然光阴易逝，但我们恩爱夫妻，是否有此分离之必要？眉，你到哪天才肯听从我的主张？我一人在此，处处觉得不合式；你又不肯来，我又为责任所羁，这真是难死人也！

百里那里，我未回信，因为等少蝶来信，再作计较。竞武如果虚张声势，结果反使我们原有交易不得着落，他们两造，都无所谓；我这千载难逢的一次外快又遭打击，这我可不能甘休！竞武现在何处，你得把这情形老实告诉他才是。

你送兴业五百元是哪一天？请即告我。因为我二十以前共送六百元付账，银行二十三来信，尚欠四百元，连本月房租共欠五百有余。如果你那五百元是在二十三以后，那便还好，否则我又该着急得不了了！请速告我。

车怎样了？（黄包车和车夫）绝对不能再养的了！

大雨家贝当路那块地立即要出卖，他要我们给他想法。他想要五万两，此事瑞午有去路否？请立即回信，如瑞午无甚把握，我即另函别人设法。事成我要二厘五的一半。如有人要，最高出价多少，立即来信，卖否由大雨决定。

明天我叫图南汇给你二百元家用（十一月份），但千万不可到手就宽，我们的穷运还没有到底；自己再不小心，更不堪设想。我如有不花钱飞机坐，立即回去。不管生意成否。

我真是想你，想极了。

摩吻

一九三一年十月二十九日自北平

/ 9 /

摩：

昨天才写完一信，T.来了，谈了半天。他倒是个很好的朋友，他说他那天在车站看见我的脸吓一跳，苍白得好像死去一般，他知道我那时的心一定难过到极点了。他还说外边谣言极多，有人说我要离婚了，又有人说摩一定不是真爱我，若是真爱决不肯丢我远去的。真可笑，外头人不知道为什么都跟我有缘似的，无论男女都爱将我当一个谈话的好材料，没有可说的也是想法造点出来说，真奇怪了……

摩，为你我还是拼命干一下的好，我要往前走，不管前面有几多的荆棘，我一定直着脖子走，非到筋疲力尽我决不回头的。因为你是真正地认识了我，你不但认识我表面，你还认清了我的内心，我本来老是自恨为什么没有人认识我，为什么人家全拿我当一个只会玩只会穿的女子；可是我虽恨，我并不怪人家，本来人们只看外表，谁又能真生一双妙眼来看透人的内心呢？受着的评论都是自己去换得来的，在这个黑暗的世界有几个是肯拿真性灵透露出来的？像我自己，还不是一样成天埋没了本性以假对人的么？只有你，摩！第一个人能从一切的假言假笑中看透我的真心，认识我的苦痛，叫我怎能不从此收起以往的假而真正地给你一片真呢！我自从认识了你，我就有改变生活的决心，为你我一定认真地做人了。

因为昨晚一宵苦思，今晨又觉满身酸痛，不过我快乐，我得着了一个全静的夜。本来我就最爱清静的夜，静悄悄只有我一个人，只有滴答的钟声做我的良伴，让我爱做什么就做什么，不论坐着，睡着，看书，都是安静的。再无聊时耽着想想，做不到的事情，得不着的快乐，只要能闭着眼像电影似的一幕幕在眼前飞过也是快乐的，至少也能得着片刻的安慰。昨晚想你，想你现在一定已经看得见西伯利亚的白雪了，不过你眼前虽有不容易看得到的美景，可你身旁没有了陪伴你的我，你一定也同我现在一般地感觉着寂寞，一般地心内叫着痛苦的吧！我从前常听人言生离死别是人生最难忍受的事情，我老是笑着说人痴情，谁知今天轮到了我身上，才知道人家的话不是虚的，全是从痛苦中得来的实言。我今天才身受着这种说不出叫不明的痛苦，生离已经够受了，死别的味儿想必更不堪设想吧。

回家去陪娘去看病，在车中我又探了探她的口气，我说照这样的日子再往下过，我怕我的身体上要担受不起了。她倒反说我自寻烦恼，自找痛苦，好好的日子不过，一天到晚只是去模仿外国小说上的行为，讲爱情，说什么精神上痛苦不痛苦，那些无味的话有什么道理。本来她在四十多年前就生出来了，我才生了二十多年，二十年内的变化与进步是不可计算的，我们的思想当然不能符合了。在她们看来夫荣子贵是女子的莫大幸福，个人的喜、乐、哀、怒是不成问题的，所以也难怪她不能明了我的苦楚。本来人在幼年时灌进脑子里的知识与教育是永不会迁移的，何况是这种封建思想与礼教观念更不容易使她忘记。所以从前多少女子，为了怕人骂，怕人背后批评，甘愿牺牲自己的快乐与身体，怨死闺中，要不然就是终身得了不死不活的病，呻吟到死。这一类的可怜女子，我敢说十个里面有九个是自己……她们可怜，至死还不明白是什么害了她们。

摩！我今天很运气能够遇着你，在我不认识你以前，我的思想，我的观念，也同她们一样，我也是一样没有勇气，一样地预备就此糊里糊涂地一天天往下过，不问什么快乐什么痛苦，就此埋没了本性过一辈子完事的。自从见着你，我才像乌云里见了青天，我才知道自埋自身是不应该的，做人为什么不轰轰烈烈地做一番呢？我愿意从此跟你往高处飞，往明处走，永远再不自暴自弃了。

三月二十二日

/ 10 /

《哭摩》

我深信世界上怕没有可以描写得出我现在心中如何悲痛的一支笔。不要说我自己这支轻易也不能动的一支。可是除此我更无可以泄我满怀伤怨的心的机会了，我希望摩的灵魂也来帮我一帮。苍天给我这一霹雳直打得我满身麻木得连哭都哭不出，浑身只是一阵阵的麻木。几日的昏沉直到今天才醒过来知道你是真的与我永别了。摩！慢说是你，就怕是苍天也不能知道我现在心中是如何的疼痛，如何的悲伤！从前听人说起“心痛”我老笑他们虚伪，我想人的心怎会觉得痛，这不过说说好听而已，谁知道我今天才真的尝着这一阵阵心中绞痛似的味儿了，你知道么？曾记得当初我只要稍有不适即有你声声在旁慰问，咳，如今我即使痛死也再没有你来低声下气的慰问了。摩，你是不是真的忍心永远的抛弃我了么？你从前不是说你我最后的呼吸也须要连在一起才不负你我相爱之情么？你为甚不早些告诉你是要飞去呢？直到如今我还是不信你真的是飞了，我还是在这儿天天盼望着你回来陪我呢，你快点将未了的事情办一下，来同我一同去到云外去优游去吧，你不要一个人在外逍遥，忘记了闺中还有我等着呢？

这不是做梦么，生龙活虎似的你倒先我而去，留着一个病恹恹的我单独与这满是荆棘的前途来奋斗。志摩，这不是太惨了么？我还留恋些什么？可是回头看看我那苍苍白发的老娘，我不由一阵阵只是心酸，也不敢再羡你的清闲爱你的优游了，我在那有这勇气，去丢她这个垂死的人而与你双双飞进这云天里去围绕着灿烂的明星跳跃，忘却人间有忧愁有痛苦像只没有牵挂的梅花鸟。这类的清福怕我还没有缘去享受！我知道我在尘世间的罪还未满，尚有许多的痛苦与罪孽还等着我去忍受呢。我现在唯一的希望是你倘能在一个深沉的黑夜里，静静凄凄的放轻了脚步走到我枕边给我些无声的私语让我在梦魂中知道你！我的大大是回家来探望你那忘不了你的爱着了，那时间，我决不张皇！你不要慌，没有人会来惊扰我们的。多少你总得让我再见一见你那可爱的脸我才有勇气往下过这寂寞的岁月，你来吧，摩！我在等着你呢。

事到如今我一些也不怨，怨谁好？恨谁好？你我五年的相聚只是幻影，不怪你忍心去，只怪我无福留，我是太薄命了，十年来受尽千般的精神痛苦，万样的心灵摧残，直将我这一颗心打得破碎得不可收拾？到今天才真变了死灰的了也再不会发出怎样的光彩了。好在人生刺激与柔情我也曾尝味，我也曾容忍过了。现在又受到了人生最可怕的死别。不死也不免是朵憔萎的花瓣再见不着阳光晒也不见甘露漫了。从此我再不能知道世间有我的笑声了。

经过了许多的波折与艰难才达到了结合的日子，你我那时快乐直忘记了天有多高地有多厚，也忘记了世界上有忧愁二字，快活的日子过得与飞一般的快，谁知道不久我们又走进愁城。病魔不断地来缠着我，它带着一切的烦恼，许多的痛苦，那时间我身体上受到不可言语的沉痛，你精神上也无端的沉入忧闷，我知道你见我病身呻吟，转侧床底，你心坎里有说不出的怜惜，满肠中有无限的伤感，你虽慰我，我无从使你再有安逸的日子，摩，你为我荒废了你的诗意，失却了你的文兴，受着一般人的笑骂，我也只是在旁默默自恨，再没有法子使你像从前的欢笑。谁知你不顾一切的还是成天安慰我，叫我不要因为生些病就看得前途只是黑暗，有你永远在我身边不要再怕一切无味闲论。我就听着你静心平气的养，只盼着天可怜我们几年的奋斗，给我们一个安逸的将来，谁知到如今一切都是幻影，我们的梦再也不能实现了，早知有今日何必当初你用尽心血的将我抚养呢？让我前年病死了，不是痛快得多么？你常说天无绝人之路，守着好了，那知天竟绝人如此，那儿还有我可以平坦着走的道儿？这不是命么？还说什么？摩，不是我到今天还在怨你，你爱我，你不该轻身，我为你坐飞机，吵闹不知几次，你还是忘了我的一切叮咛，瞒着我独自飞上天去了。

完了，完了，从此我再听不见你那叽咕小语了，我心里的悲痛你知道么？我的破碎的心留着等你来补呢，你知道么？唉，你的灵魂也有时归来见我么？那天晚上我在朦胧中见着你往我身边跑，只是一霎眼就不见了，等我跳着，叫着你，再也不见一些模糊的影子了，咳，你叫我从此怎样度此孤单的岁月呢，真是叫天天不应，叫地地不响，苍天因何给我这样残酷的刑罚呢！从此我再不信有天道，有人心，我恨这世界，我恨天，恨地，我一切都恨，我恨他们为什么抢了我的你去，生生地将我们一颗碰在一起的心离了开去，从此叫我无处去摸我那一半热血未干的心，你看，我这一半还是不断流着鲜红的血，流得满身只成了个血人，这伤痕除了那一半的心回来补，还有什么法子叫她不滴滴的直流呢？痛死了有谁知道，终有一天流完了血自己就枯萎了。若是有时候你清风一阵的吹回来见着我成天为你滴血的一颗心，不知道又要如何的怜惜何等的张皇呢！我知道你又看着两个小猫似眼珠儿乱叫乱叫着，我希望你叫高声些，让我好听得见，你知道我现在只是一阵阵糊涂，有时人家大声的叫着我，我还是东张西望不知道声音是何处来的呢，大大，若是我正在接近着梦境，你也不要怕扰了我梦魂像平常人的不敢惊动我，你知道我再不会骂你了，就是你扰我从此不睡我也不敢再怨了，因为我只要再能得到你一次的扰，我就可以责问他们因你骗我说你不再回来，让他们看看我的摩还是丢不了我，乖乖地又回来陪伴着我了，这一回我可一定紧紧的搂抱你再不能叫你飞出我的怀抱了。天呀！可怜我，再让你回来一次吧！我没有得罪你，为什么罚我呢？摩！我这儿叫你呢，我喉咙里叫得直要冒血了，你难道还没有听见么？直叫到铁树开花，枯木发声，我还是忍心着等，你一天不回来，我一天地叫，等着我那天没有了气我才甘心的丢开这唯一的希望。

你这一走不单是碎了我心，也收了许多朋友不少伤感的痛泪。这一下真使我们感觉到人世的可怕，世道的险恶，没有多少日子竟会将一个最纯白最天真一个不可多见的人收了去，与人世永诀。在你也许到了天堂，在那儿还一样过你的欢乐日子，可是你将我从此就断送了，你从前不是说要我清风似的常在你的左右么？好，现在倒是你先化着一阵清风飞去天边了，我盼你有时也吹回来帮着我做些未了的事情，要是你有耐心的话，最好是等着我将人事办完了同着你一同化风飞去，让朋友们永远只听见我们的风声而不见我们的人影，在黑暗里我们好永远逍遥自由的飞舞。

我真不明白你我在佛经上是怎样一种因果，既有缘相聚又因何中途分散，难道说这也有一定的定数么？记得我在北平的时候，那时还没有认识你我是成天的过着那忍泪假笑的生活，我对人老含着一片至诚纯白的心而结果反遭不少人的讥诮，竟可以说没有一个人能明白我，能看透我。一个人遭着不可言语的痛苦，当然不由得生出厌世之心，所以我一天天的只是藏起了我的真实的心而拿一个虚伪的心来对付这混浊的社会，也不希望再有人来能真正的认识我明白我。甘心愿意从此自相摧残的快快了此残生，谁知道就在那时候遇见了你，真如同在黑暗见着了一线光明，垂死的人又透了一口气，生命从此转了一个方向。摩摩，你的明白我，真可算是透彻极了，你好像是成天钻在我的心房里似的，直到现在还只是你一个人是真还懂得我的。我记得我每遭人辱骂的时候你老是百般地安慰我，使得我不得不对你生出一种不可言喻的感觉，我老说，有你，我还怕谁骂，你也常说，只要我老明白你，你的人是我一个人的，你又为什么要去顾虑别人的批评呢？所以我哪怕成天受着病魔的缠绕也再也不敢有所怨恨的了。我只是对你满心的歉意，因为我们理想中的生活全被我的病魔来打破，连累着你成天也过那愁闷的日子。可是二年来我从未见你有一些怨恨，也不见你因此对我稍有冷淡之意。也难怪文伯要说，你对我的爱是 complete and true 的了，我只怨我真是无以对你，这，我只好报之于将来了。

我现在不顾一切往这满布荆棘的道路上去走，去寻一点真实的发展，你不是常怨我跟你几年没有受着一些你的诗意的陶镕么？我也实在是惭愧，真也辜负你一片至诚的心了，我本来一百个放心，以为有你永久在我身边，还怕将来没有一个成功么？谁知现在我只得独自奋斗，再不能得你一些相助了，可是我若能单独撞出一条光明的大路也不负你爱我的心了，愿你的灵魂在冥冥中给我一点勇气，让我在这生命的道上不感受到孤立的恐慌。我现在很决心地答应你从此再不张着眼睛做梦躺在床上乱讲，病魔也得最后与它决斗一下，不是它生便是我倒，我一定做一个你一向希望我所能成的一种人，我决心做人，我决心做一点认真的事业，虽然我头顶只见乌云，地下满是黑影，可是我还记得你常说“受苦的人没有悲观的权利”，一个人决不能让悲观的慢性病侵蚀人的精神，同厌世的恶质染黑人的血液。我此后决不再病（你非暗中保护不可）我只叫我的心从此麻木，再不在问世间有恋情，人们有欢娱，我早打发我心，我的灵魂去追随你的左右，像一朵水莲花拥扶着你往白云深处去缭绕，决不回头偷看尘间的作为，留下了我的躯壳同生命来奋斗，等到战胜的那一天，我盼你带着悠悠的乐声从一团彩云里脚踏莲花瓣来接我同去永久地相守，过吾们理想中的岁月。

一转眼，你已经离开了我一个多月了，在这段时间我也不知道是怎样的过来的，朋友们跑来安慰我，我也不知道是说什么好，虽然决心不生病，谁知一直到现在它也没有离开过我一天，摩摩，我虽然下了天大的决心，想与你争一口气，可是叫我怎受得了每天每时悲念你时的一阵阵的心肺的绞痛，到现在有时想哭眼泪干得流不出一点，要叫；喉中痛得发不出声，虽然他们成天地逼我一碗碗的苦水，也难以补得了我心头的悲痛，怕的是我恹恹的病体再受不了那岁月的摧残，我的爱，你叫我怎么忍受没有你在我身边的孤单。你那幽默的灵魂为什么这些日也不给我一些声响？我晚间有时也叫他们走开，房间不让有一点声音，盼你在人静时给我一些声响，叫我知道你的灵魂是常常环绕着我，也好叫我在茫茫前途感觉到一点生趣，不然怕死也难以支持下去了。摩！大大！求你显一显灵吧，你难道忍心真的从此不再同我说一句话了么？不要这样的苛酷了吧！你看，我这孤单的人影从此怎样的去撞这艰难的世界？难道你看了不心痛么？你一向爱我的心还存在么？你为什么不响？大！你真的不响了么？

人物评说

胡适曾说陆小曼是一道不可不看的风景。徐志摩曾说她一双眼睛也在说话，睛光里荡起，心泉的秘密。一个是美艳动人，一个是浪漫才子，原本是一对佳人才子，然而两个人的性格却有着本质的区别。陆小曼不像林徽因那样喜爱学术，徐志摩也不喜欢花天酒地。

由于家庭生长的环境，陆小曼过惯了奢华的生活，也喜欢出入社交场合。然而，徐志摩却希望过上寻常的家庭生活，即使如此，他也不惜两三地地来回跑，在好几个大学兼任教学，虽然看不惯陆小曼的生活作风，但他对陆小曼的情感始终是十分真挚的。

正如，梁启超在徐志摩陆小曼婚礼上说出的犀利证婚词所表达的警醒和担忧，可能早已预示着两人最后不一定能够“善终”。徐志摩因飞机失事而身亡，陆小曼是十分悲痛的，从此素服，不再外出社交，她和徐志摩两人是相爱的，但两人实在不是一个世界的人。

第三章

鲁迅与许广平

我寄你的信，总喜欢送到邮局，不喜欢放在街边绿色铁筒内，我总疑心那里是要慢一点的，然而也不喜欢托人带出去，于是我就慢慢地走出去，说是散步，信收在衣袋内，明知被人知道也不要紧，但这些事自然而然似觉含有秘密性似的。信送到邮局，门口的方木箱也不愿放进去，必定走到里面投入桌子下。

亦学亦友的爱恋

鲁迅，1881 年 9 月 25 日生于浙江绍兴城内东昌坊新台门周家，原名周树人。1892 年，入三味书屋读书，后因家道中落，全家避难于乡下，常遭人冷眼，连家族分房都是既差且小，倍感世态炎凉。

1898 年，鲁迅入南京水师学堂。之后又转入江南陆师学堂附设矿务铁路学堂。1902 年 3 月，公费赴日本留学。刚开始先学习了日语，后来转学医学。后来因为母亲的要求，鲁迅不得不回家接受了家里订的婚约与朱安结婚。但很快他又返回日本继续求学去了。

他和朱安过着“无爱”的夫妻生活达二十个春秋，而朱安就一如传统的绍兴太太般地做着家务，奉养着母亲。

1909 年，鲁迅回国后，教过书，也曾在政府任过职。1918 年 5 月，以鲁迅为笔名发表《狂人日记》，抨击了家族制度与封建礼教的弊害。随后几年又发表了《阿 Q 正传》《伤逝》《孔乙己》等小说。

1923 年秋天，鲁迅到北京女子高等师范学校（后更名为北京女子师范大学）讲课，认识了许广平。

许广平，1898 年 2 月 12 日出生于广州。1923 年考入北京女子高等师范学校国文系。虽然当时正值花季，但早有着远大的报国之心，因此对鲁迅既好奇又崇拜。

鲁迅上课的那天，许广平就坐在教室的第一排。当时，鲁迅穿着褪色的暗绿夹袍，褪色的黑马褂。衣身上许多补丁，连皮鞋的四周也满是补丁。在许广平的印象里就是“一团的黑。那补丁呢，就是黑夜的星星，特别熠眼耀人”，两寸长的头发，粗而且硬，笔挺地竖立着，真当得“怒发冲冠”。讲课速度很快，往往铃声一响就不见了人影，但也没有一个人逃课。

在与鲁迅接触之后，许广平发现鲁迅是一个平易近人而又和蔼幽默的人，所以在后来的课堂中，许广平就放松了很多，在课堂上也表现得格外积极，因此，在鲁迅的眼中，她是一个聪明又有才气的学生。

1925年3月，许广平写信向鲁迅求教，他们之间有了进一步的接触，原本疏远的师生关系有了突破。

1925年8月8日，因一篇《女师大启事》文，刘和珍、许广平等15名学生被认为是“恣意扰乱，极端破坏”，要家长、保证人“从速来校领回该生即日出校”。正当许广平惊恐走投无路之际，鲁迅冒着风险伸出了援助之手，邀请许广平住到了他的家里。

在鲁迅家中，许广平经常帮鲁迅抄书稿。1925年，许广平第一次向鲁迅表达了自己的爱。但刚开始鲁迅有所犹豫，因为他考虑到许广平要面对妻妾的名分问题。同时，鲁迅的一言一行都会受到社会的关注。另外，中国的封建思想根深蒂固，老师同学生是两个辈分，所以老师同学生恋爱那是不可想象的。

1925年10月12日，许广平以“平林”笔名，在鲁迅主编的《国民新报》副刊上，发表了《同行者》一文，表示要与鲁迅携手同行，“一心一意地向着爱的方向奔驰”。

1926年8月，鲁迅离开北京赴厦门大学任教，许广平同车南下，到广州的广东省立女子师范学校任训育主任。

1927年1月，鲁迅到了广州，担任中山大学教务主任兼文学系主任，许广平任他的助教。同年10月18日，两人同居于上海东横滨路景云里第二弄二十三号。

当消息传出后，许多人为此进行了长时间的非议与指责。在上海时，鲁迅专心从事写作。为了支持和帮助鲁迅，许广平放弃了工作。精心照料鲁迅的饮食起居，还替鲁迅查找有关资料，抄写稿件，与鲁迅共同校对译著等。

1929年，许广平生子，鲁迅为其取名“周海婴”。

1930年，鲁迅因革命斗争被国民党通缉，许广平曾多次陪同鲁迅外出避难。

1933年5月，两人将此前的书信编辑成《两地书》出版，作为他们爱情的见证。

1936年1月，鲁迅的肩及肋骨出现剧痛，医生诊断为胃疾，但一直发烧。到了6月份，略有好转，大家都以为他的病已经好了。但是到了10月18日黎明前又发病，气喘不止，19日上午5时25分逝世。

此后的数十年里，许广平决心完成鲁迅的未竟之业，整理编写了大量的鲁迅遗文，直至1968年3月3日，在北京逝世。

经典情书

/1/

我也当平心和气，度过预定的时光，不使小刺猬忧虑。

——鲁迅

乖姑！小刺猬（许广平）：

在沪宁车上，总算得了一个座位；渡江上了平浦通车，也居然定着一张卧床。这就好了。吃过一元半的夜饭，十一点睡觉，从此一直睡到第二天十二点钟，醒来时，不但已出江苏境，并且通过了安徽界蚌埠，到山东界了。不知道刺猬可能如此大睡，我怕她鼻子冻冷，不能这样。

车上和渡江的船上，遇见许多熟人，如马幼渔的侄子，齐寿山的朋友，未名社的一伙；还有几个阔人，说是我的学生，但我不识他们了。那么，我到北平，昨今两日，必已为许多人所知道。

今天午后到前门站，一切大抵如旧，因为正值妙峰山香市，所以倒并不冷静。正大风，饱餐了三年未吃的灰尘。下午发一电，我想，倘快，则十六日下午可达上海了。

家里一切如旧，母亲精神形貌仍如三年前，她说，害马为什么不同来呢？我答以有点不舒服。其实我在车上曾想过，这种震动法，于乖姑是不相宜的。但母亲近来的见闻范围似很窄，她总是同我谈八道湾，这于我是毫无关心的，所以我也不想多说我们的事，因为恐怕于她也不见得有什么兴趣。平常似常常有客来住，多至四五个月，连我的日记本子也都打开过了，这非常可恶，大约是姓车的男人所为。他的女人，廿六七又要来了，那自然，这就使我不能多住。

不过这种情形，我倒并不气，也不高兴，就说必须回家一趟，现在是回来了，了却一件事，总是好的。此刻是十二点，却很静，和上海大不相同。我不知乖姑睡了没有？我觉得她一定还未睡着，以为我正在大谈三年来的经历了。其实并未大谈，我现在只望乖姑要乖，保养自己，我也当平心和气，度过预定的时光，不使小刺猬忧虑。

今天就是这样吧，下回再谈。

（一九二九年）五月十五夜

/ 2 /

八月间，我们要有小白象了。

——鲁迅回复

小刺猬：

昨天从老三转上一信，想已到。今天下午我访了未名社一趟，又去看幼渔，他未回，马珏是因疮进病院多日了。一路所见，倒并不怎样萧条，大约所减少的不过是南方籍的官僚而已。

关于咱们的故事，闻南北统一以后，此地忽然盛传，研究者也很多，但大抵知不确切。上午，令弟告诉我一件故事。他说，大约一两月前，某太太对母亲说，她做了一个梦，梦见我带了一个孩子回家，自己因此很气愤。而母亲大不以气愤之举为然，因告诉她外间真有种种传说，看她怎样。她说，已经知道。问何从知道，她说，是二太太告诉她的。我想，老太太所闻之来源，大约也是二太太。而南北统一后，忽然盛传者，当与陆晶清之入京有关。我因以小白象之事告知令弟，他并不以为奇，说，这也是在意料中的。午前，我就告知母亲，说八月间，我们要有小白象了。她很高兴，说，我想也应该有了，因为这屋子里，早应该有小孩子走来走去。这种"应该"的理由，和我们是另一种思想，但小白象之出现，则可见世界上已以为当然矣。

不过我却并不愿意小白象在这房子里走来走去，这里并无抚育白象那么广大的森林。北平倘不荒芜下去，似乎还适于居住，但为小白象计，是须另选处所的。这事俟将来再议。

北平很暖，可穿单衣了。明天拟去访徐旭生。此外再看几个熟人，另外也无事可做。我觉得日子实在太长，但愿速到月底，不过那时，恐怕须走海道回了。

这里和上海不同，寂静得很。尹默、凤举，往往终日倾心政治。尹默之汽车，昨天和电车冲突，他臂膊碰肿了，明天拟去看他，并还草帽。台静农在和孙祥偈讲恋爱，日日替她翻电报号码，忙不可当。林卓凤在西山调养胃病。

我的身体是好的，和在上海时一样。据潘妈说，模样和出京时相同。我在小心于卫生，勿念，但刺猬也应该留心保养，令我放心。我相信她正是如此。

附笺一纸，可交与赵公。又告诉老三，我当于一两日内寄书一包（约四五本）给他，其实是托他转交赵公的，到时即交去。

迅

（一九二九年）五月十七夜

/ 3 /

小刺猬：

听说上海北平之间的信件，最快是六天，但我于昨天（十八）晚上姑且去看看信箱——这是我们出京后所设的——竟得到了十四日发的小刺猬信，这使我怎样地高兴呀。未曾四条胡同，尤其令我放心，我还希望你擅自消遣，能食能睡。写给谢君的信，是很好的，但说得我太好了一点。看现在的情形，我们的前途似乎毫无障碍，但即使有，我也决计要同小刺猬跨过它而前进的，绝不畏缩。

母亲的记忆力坏了些了，观察力注意力也略减，有些脾气，近于小孩子了。对于我们的感情是好的。也希望老三回来，但其实是毫无事情。

前天马幼渔来看我，要我往北大教书，当即谢绝。同日又看见李秉中，他是万不料我也在京的，非常高兴。他们明天在来今雨轩结婚，听听口气，两人的感情似乎好起来了。我想于上午去公园一趟，今天托令弟买了绸子衣料一件，价十一元余，作为贺礼带去。女的是女大的学生，音乐系。

林卓凤问令弟，听说鲁迅有要好的人了，结过婚了没有？但未提那“人”是谁。令弟答以不知道。这是细事，不足深考，顺便谈谈而已。她往西山养病，自云胃病，我想，恐怕是肺病，否则，何必到西山去养呢。

昨晚探到你的来信后，正看着，车家的男女又来了，见我已回，大吃一惊，男的便到客栈去，女的今天也走了。我对他们很冷淡，因为我又知道了车男寓客厅时，又曾将我的书厨（橱）的锁弄破，开开了门。

（以上十九日之夜十一点写。）

二十日上午，小刺猬十六日所发的信也收到了，也很快。但老三汇款之信，至今未到，大约因为挂号之故罢。小刺猬的生活法，据报告，很使我放心。我也好的，看见的人，都说我样子比出京时稍好，精神则好得多了。这里天气很热，已穿纱衣，我于空气中的灰尘，已不习惯，大约就如鱼之在浑水里一般，此外却并无不舒服。

昨天午前往中央（山）公园贺李秉中，他很高兴。在那里看见刘文典，谈了一通。新人一到，我就走了。她比李短一点，并不美，但也不丑，适中的人。下午访沈尹默，略谈了一些时，又访兼士、凤举、徐祖正、徐旭生，都没有会见。就这样的过了一天。夜九点钟，就睡着了，直至今天七点才醒。上午想理些带出的书籍，但头绪纷繁，无从下手，也许终于理不成功的，恐怕《中国字体变迁史》也不是在上海所能作罢。

你的小白象

我想，

苦痛是总与人生连带的，

但也有离开的时候，

就是当睡熟之际。

/ 4 /

广平兄：

5日与7日的两函，今天（11）上午一同收到了。这封挂号信，却并无要事，不过我因为想发几句议论，倘被遗失，未免可惜，所以宁可做得稳当些。

这里的风潮似乎还在蔓延，但结果是决不会好的。有几个人已在想利用这机会高升，或则向学生方面讨好，或则向校长方面讨好，真令人看得可叹。我的事情大致已了，本可以动身了，今天有一只船，来不及坐，其次，只有星期六有船，所以于15日才能走。这封信大约要和我同船到粤，但姑且先行发出。我大概15日上船，也许要到16日才开，则到广州当在19或20日。我拟先住广泰来栈，待和学校接洽之后，便暂且搬入学校，房子是大钟楼，据伏园来信说，他所住的一间就留给我。

助教是伏园出力，中大聘请的，俺何敢“自以为给”呢？至于其余等等，则“爆发”也好，发爆也好，我就是这么干，横竖种种谨慎，也还是重重逼迫，好像是负罪无穷。现在我就来自画招供，自卸甲胄，看看他们的第二拳是怎样的打法。我对于“来者”，先是抱着博施于众的心情，但现在我不，独于其一，抱了独自求得的心情了。（这一段也许我误解了原意，但已经写下，不再改了。）这即使是对头，是敌手，是枭蛇鬼怪，我都不问：要推我下来，我即甘心跌下来，我何尝高兴站在台上？我对于名声，地位，什么都不要，只要枭蛇鬼怪够了，对于这样的，我就叫做“朋友”。谁有什么法子呢？但现在之所以还只（！）说了有限的消息者：一，为己，总还想到生计问题；二，为人，是可以暂借我已成之地位，而作改革运动。但我要兢兢业业，专为这两事牺牲，是不行了。我牺牲得不少了，而享受者还不够，必要我奉献全部的性命。我现不肯了，我爱对头，我反抗他们。

这是你知道的，单在这三四年，我对于熟识的和初初相识的文学青年是怎样，只要有可以尽力之处就尽力，并没有什么坏心思。然而男的呢，他们自己之间也掩不住嫉妒，到底争起来了，一方面于心不满足，就想打杀我，给那方面也失了助力。看见我有女生在座，他们便造流言。这些流言，无论事之有无，他们是在所必造的，除非我和女人不见面。他们大抵是貌作新思想者，骨子里却是暴君，酷吏，侦探，小人。如果我再隐忍，退让，他们更要得步进步，不会完的。我蔑视他们了。我先前偶一想到爱，总立刻自己惭愧，怕不配，因而也不敢爱某一个人，但看清了他们的言行思想的内幕，便使我自信我绝不是必须自己贬抑到那么样的人了，我可以爱！

那流言，是直到去年 11 月，从韦素园的信里才知道的。他说，由沉钟社里听来，长虹的拼命攻击我是为了一个女性，《狂飚》上有一首诗，太阳是自比，我是夜，月是她。他还问我这事可是真的，要知道一点详细。我这才明白长虹原来在害“单相思病”，以及川流不息地到我这里来的原因，他并不是为《莽原》，却在等月亮。但对我竟毫不表示一些敌对的态度，直待我到了厦门，才从背后骂得我一个莫名其妙，真是卑怯得可以。我是夜，则当然要有月亮的，还要什么诗，也低能得很。那时就做了一篇小说，和他开了一些小玩笑，寄到未名社去了。

那时我又写信去打听孤灵，才知道这种流言，早已有之，传播的是品青、伏园、亥情、微风、宴太。有些人又说我将她带到厦门去了，这大约伏园不在内，是送我上车的人所流布的。白果从北京接家眷来此，又将这带到厦门，为攻击我起见，便和田千顷分头广布于人，说我之不肯留居厦门，乃为月亮不在之故。在送别会上，田千顷且故意当众发表，意图中伤。不料完全无效，风潮并不稍减，因为此次风潮，根基甚深，并非由我一人而起，而他们还要玩些这样的小巧，真可谓“至死不悟”了。

现在是夜二时，校中暗暗的熄了电灯、贴出放假布告，当即被学生发现，撕掉了。此后怕风潮还要扩大一点。

我现在真自笑我说话往往刻薄，而对人则太厚道，我竟从不疑及亥情之流到我这里来是在侦探我，虽然他的目光如鼠，各处乱翻，我有时也有些觉得讨厌。并且今天才知道我有时请他们在客厅里坐，他们也不高兴，说我房里藏了月亮，不容他们进去了。你看这是多么难以侍奉的大人先生呵。我托令弟买了几株柳，种在后园，拔去了几株玉蜀黍，母亲很可惜，有些不高兴，而宴太即大放谣诼，说我在纵容着学生虐待她。为求清宁，偏多滓秽，我早先说，呜呼老家，能否复返，是一问题，实非神经过敏之谈也。

但这些都由它去，我自走我的路。不过这次厦大风潮之后，许多学生，或要同我到广州或想转学到武昌去。为他们计，在这一年半载之中，是否还应该暂留几片铁甲在身上，此刻却还不能骤然决定。这只好于见到时再商量。不过不必连助教都怕做，同事都避忌，倘如此，可真成了流言的囚人，中了流言家的诡计了。

迅

/ 5 /

广平：

今天收到来信，有些问题恐怕我答不出，姑且写下去看。

学风如何，我以为和政治状态及社会情形相关的，倘在山林中，该可以比城市好一点，只要办事人员好。但若政治昏暗，好的人也不能做办事人员，学生在学校中，只是少听到一些可厌的新闻，待到出校和社会接触，仍然要苦痛，仍然要堕落，无非略有迟早之分。所以我的意思，倒不如在都市，要堕落的从速堕落罢，要苦痛的速速苦痛罢，否则从较为宁静的地方突到闹处，也须意外地吃惊受苦，其苦恼之总量，与本在都市者略同。

学校的情形，向来如此，但一二十年前，看去仿佛较好者，因为足够办学资格的人们不很多，因而竞争也不猛烈的缘故。现在可多了，竞争也猛烈，于是坏脾气也就彻底显出。教育界的清高，本是粉饰之谈，其实和别的什么界都一样，人的气质不大容易改变，近几年大学是无甚效力的，况且又这样的环境，正如人身的血液一坏，体中的一部分决不能独保健康一样，教育界也不会在这样的民国里特别清高的。

所以，学校之不甚高明，其实由来已久，加以金钱的魔力，本是非常之大，而中国又是向来善于用金钱诱惑法术的地方，于是自然就成了这现象。听说现在是中学校也有这样的了，间有例外者，大概即年龄太小，还未感到经济困难或花费的必要之故罢。至于传入女校，当是近来的事，大概其起因，当在女性已经自觉到经济独立的必要，所以获得这独立的方法，不外两途，一是力争，一是取巧，前一法很费力，于是就堕入后一手段去，就是略一清醒，又复昏睡了。可是这不独女界，男人也都如此，所不同者巧取之外，还有豪夺而已。

我其实那里会“立地成佛”，许多烟卷，不过麻醉药，烟雾中也没有见过极乐世界。假使我真有指导青年的本领——无论指导得错不错——我决不藏匿起来，但可惜我连自己也没有指南针，到现在还是乱闯，倘若闯入深坑，自己有自己负责，领着别人又怎么好呢，我之怕上讲台讲空话者就为此。记得有一种小说里攻击牧师，说有一个乡下女人，向牧师历诉困苦的半生，请他救助，牧师听毕答道：“忍着罢，上帝使你在生前受苦，死后定当赐福的。”其实古今的圣贤以及哲人学者所说，何尝能比这高明些，他们之所谓“将来”，不就是牧师之所谓“死后”么？我所知道的话就是这样，我不相信，但自己也并无更好解释。……

我想，苦痛是总与人生连带的，但也有离开的时候，就是当睡熟之际。醒的时候要免去若干苦痛，中国的老法子是“骄傲”与“玩世不恭”，我自己觉得我就有这毛病，不大好。苦茶加“糖”，其苦之量如故，只是聊胜于无“糖”，但这糖就不容易找到，我不知道在那里，只好交白卷了。

……我再说我自己如何在世上混过去的方法，以供参考罢——

一、走“人生”的长途，最易遇到的有两大难关。其一是“歧路”，倘若墨翟先生，相传是恸哭而返的。但我不哭也不返，先在歧路头坐下，歇一会，或者睡一觉，于是选一条似乎可走的路再走，倘遇见老实人，也许夺他食物充饥，但是不问路，因为知道他并不知道的。如果遇见老虎，我就爬上树去，等它饿得走去了再下来，倘它竟不走，我就自己饿死在树上，而且先用带子缠住，连死尸也决不给它吃。但倘若没有树呢？那么，没有法子，只好请它吃了，但也不妨也咬它一口。其二便是“穷途”了。听说阮籍先生也大哭而回，我却也像歧路上的办法一样，还是跨进去，在刺丛里姑且走走，但我也并未遇到全是荆棘毫无可走的地方过，不知道是否世上本无所谓穷途，还是我幸而没有遇着。

二、对于社会的战斗，我是并不挺身而出的，我不劝别人牺牲什么之类者就为此。欧战的时候，最重“壕堑战”，战士伏在壕中，有时吸烟，也唱歌，打纸牌，喝酒，也在壕内开美术展览会，但有时忽向敌人开他几枪。中国多暗箭，挺身而出的勇士容易丧命，这种战法是必要的罢。但恐怕也有时会迫到非短兵相接不可的，这时候，没有法子，就短兵相接。

总结起来，我自己对于苦闷的办法，是专与苦痛捣乱，将无赖手段当做胜利，硬唱凯歌，其是乐趣，这或者就是糖罢。但临末也还是归结到“没有法子”，这真是没有法子！

以上，我自己的办法说完了，就是不过如此，而且近于游戏，不像步步走在人生的正轨上（人生或者有正轨罢，但我不知道），我相信写了出来，未必于你有用，但我也只能写出这些罢了。

鲁迅 3 月 11 日

人物评说

鲁迅是 20 世纪的文化巨人，他在小说、散文、杂文、木刻、现代诗、旧体诗、名著翻译、古籍校勘和现代学术等多个领域都有巨大贡献。

成就鲁迅的一个重要因素是他的婚姻，从更广阔的角度来讲，或者称之为命运。

在那个时候，鲁迅不休朱安其实是为她好，朱安是个受封建教育残害的女子，鲁迅如果与之离婚，朱安势必不会再嫁，甚至会使朱安在那个社会中备受歧视。与朱安的婚姻不能拒绝却又无从改变，她彻头彻尾就是旧思想残害的女性代表。

许广平确实是鲁迅人生道路上的红颜知己，鲁迅与许广平于 1926 年相遇并相恋，在与许广平相恋后，她的思想也让鲁迅深受影响，鲁迅立即摆脱创作的低谷，他的思想也比以前更为激进，创造了更多鼓舞人心的作品。

鲁迅其实只是想找个精神上的伴侣，不用与他齐高，但他内心也希冀与他般配。遗憾的是，命运开了个玩笑。

第四章

郁达夫与王映霞

这一封信，希望你保存着，可以作我们两人这一次交游的纪念。两月以来，我把什么都忘掉。为了你，我情愿把家庭、名誉、地位，甚而至于生命，也可以丢弃，我的爱你，总算是切而且挚了。我几次对你说，我从没有这样的爱过人，我的爱是无条件的，是可以牺牲一切的，是如猛火电光，非烧尽社会，烧尽自身不可的。

不堪回首的传奇爱情

郁达夫，1896 年 12 月 7 日出生于浙江省富阳市满洲弄（现更名达夫弄）。

1911 年，郁达夫进入蕙兰中学读书时就开始诗歌创作。1913 年，郁达夫随长兄郁华（郁曼陀）赴日本留学，期间开始小说创作。在日本期间，郁达夫还和郭沫若、成仿吾、张资平、郑伯奇组创文学团体“创造社”。

1922 年，郁达夫回国，陆续在一些学校任教，并主持创造社出版工作。

郁达夫的原配夫人叫孙荃，在郁达夫指导下，曾写了不少好的古体诗。因为是父母包办婚姻，感情并不深，没多久两人就分居了。1928 年 2 月，郁达夫到上海后和王映霞结了婚。

王映霞，1908 年生于杭州，从小受到良好的传统文化熏陶。1923 年考入浙江女子师范学校。

1927 年 1 月，寓居上海的郁达夫前往法租界拜访留日的老同学孙百刚。恰巧碰到了寄居在孙家的王映霞。

那天，王映霞穿了一件织锦旗袍，曲线玲珑，大眼睛盯着郁达夫，一下子让郁达夫羞涩紧张了起来。后来郁达夫才了解到，王映霞不仅是才女，而且还是出名的校花，社交能力很强，还是“杭州小姐”！

那天饭后，郁达夫又邀请大家去南京路新雅饭店吃饭，之后还看了电影，逛了街。郁达夫在日记里写道：“我的心被映霞搅乱了，南风大，天气却温和，月明风暖，我真想煞了映霞，不知她是否也在想我，此事当竭力进行，求得和她做一个永久的朋友。”

第二天，郁达夫便开始邀请王映霞外出游玩，两人也谈得很投机。之后，只要有空，郁达夫就去孙家找王映霞。甚至在王映霞生日时，他还特意订了一桌上好的酒席，并提着两瓶“女儿红”，跑到孙家拉大家出去吃饭。

此时的好友孙百刚觉得再这样发展下去对两人都不好，于是主动找到了郁达夫劝其克制近来的冲动，但郁达夫根本听不进去。于是，在孙百刚的干涉下，王映霞暂时回了杭州。

第二年，王映霞又回到了上海，这次住在了同学家，并且写信给郁达夫。于是，两个人再次取得了联系，很快两个人的关系就进入了白热化。最终于 1928 年结婚。

结婚后郁达夫体质较弱，始终生病不断，王映霞与她母亲每天用鸡汁、甲鱼、老鸭帮他调理。王映霞也帮忙打理郁达夫版税及稿费收入等，两个人在一起度过了一段甜蜜的生活，并且还生了两个孩子。

但是，没多久王映霞就发现了郁达夫的一些学子习气，他经常不修边幅，甚至十天半月不洗澡，许多事情总要王映霞侍候、催促，每次都弄到剑拔弩张的地步。同时，郁达夫还经常喝醉酒，甚至有一次酩酊大醉，躺在黄浦江边码头上，身上的钱包及手腕上的手表都被小偷摸走。

渐渐地，两人由于年龄、性格等诸多方面的原因，摩擦不断，渐生罅隙。

有一次，郁达夫发现了别人写给王映霞的情书。为此，两人大吵一架，虽然经朋友调节平息，但两人感情愈陷裂痕。

1939 年 3 月，郁达夫竟然在期刊上公开发表《毁家诗纪》，写到了王映霞“背夫偷情”等事。王映霞也在《大风旬刊》上发表文章，说是为了孩子和诺言，才一再勉强维持残破的家，同时指责郁达夫将所有的丑行都淹没了下去，甚至是个“欺善怕恶、得寸进尺的人”。

此事，一下子引起媒体和文学界的轰动，而在娱乐媒体的推波助澜下，结婚 12 年之后他们终于以离婚收场。

1945 年的 8 月 29 日，在日本宣布无条件投降后的两周，郁达夫正在家中与几位朋友聊天，忽然有一个青年把郁达夫叫出去讲了几句话，郁达夫随即回到客厅，与朋友打个招呼就出去了，从此便再也没有回来。

到目前，郁达夫的死依然像谜一般没有解开。

此后，王映霞一直忙于撰写回忆录，整理郁达夫书信。已出版的有《半生自述》和《郁达夫书简》等。

2000 年，王映霞病逝于杭州，终年 92 岁。

经典情书

/ 1 /

映霞：

昨天的一天谈话，使我五体投地了，以后我无论如何，愿意听你的命令，我平生的吃苦处，就在表面上老要作玩世不恭的样子，所以你一定还在疑我，疑我是“玩儿不当正经”，映霞，这是我的死症，我心里却是很诚实的，你不要因为表面的态度，而疑到我的内心的诚恳，你若果真疑我，那我就只好死在你的面前了，临走的时候，我要——，你执意不肯，上车的时候，我要送你，你又不肯，这是我对你有点不满的地方，以后请你不要这样的固执。噢，噢，不要这样的固执。礼拜日若天气好，我一定和你去晏淞看海，那时候或是找来邀你，或是来邀我，临时再决定吧。

我今天在开始工作，大约三四天后，一定可以把创造月刊七期编好。第一我要感激你期望我之心，所以我一边在做工，一边还在追逐你的幻影，昨天的一天，也许是我的生的转机吧。映霞，我若有一点成就，这功劳完全是你的。

我说不尽感谢你的话，只希望你对我的心，能够长此热烈过去，纯粹过去，一直到我们两人死的时候止，我们死是要在一道死的。

达夫

三月八日午后

/ 2 /

映霞：

今晚上又是一晚不睡，翻来覆去，只在想和两人同在上海的时候的情景。映霞，我们的运气真不好，弄得这个韶光三月，恋爱成功后的第三个月，终于不能一块儿过去，不过自古好事总多魔劫，这个腐烂的时局也许是试探我们的真情的试金石。映霞，我想我们两人一回相见的时候，恐怕情热比从前还要猛烈，这是一定的。

我在上海决没有危险，请你切不要轻信谣言，急坏了身体。我的到杭州来，也必定不于冒险前来，必要等时局平静一点之后再来，请你放心。本来蒋先生约我同来杭州的，这样的火车一断，怕是不能回来了，因为我想绕道宁波可由水道到杭州的拱宸桥上岩。但是我现在还在等着，等火车的开通。总之映霞，等杭沪火车一通，我就可以来杭，请你安心等着，不要太着急了，小心急坏了你的身体，因为我们两人中间，一个人坏了，就要牵连到另外的一个人身上去的。窗外头又在下雨，今天午后我因为无聊，去卡尔登看了一张影片。这影片的情节，很像我们两人的事情，可惜你没有看见，你若看见了怕你又要哭一场哩。映霞，最爱的映霞，你现在大约总睡在床上做梦吧？我希望你梦见我，在掣里和kiss。

达夫上

四月十三午后三点钟（阴三月十二日）

/ 3 /

映霞君：

十日早晨发了一封信，你在十日晚上就来了回信。但我在十日午后，又发一封信，不晓得你也接到了没有？我只希望你于接到十日午后的那封信后，能够不要那么的狠心拒绝我。我现在正在计划去欧洲，这是的确的。但我的计划之中，本有你在内，想和你两人同去欧洲留学的。现在事情已经弄得这样，我真不知道如何是好。我接到了你的回信之后，真不明了你的真意。我从没有过现在这样的经验，这一次我对于你的心情，只有上天知道，并没有半点不纯的意思存在在中间。人家虽则在你面前说我的坏话，但我个人，至少是很 sincere 的，我简直可以为你而死。

沪上谣言很盛，杭州不晓得安稳否？我真为你急死了，你若有一点怜惜我的心思，请你无论如何，再写一封信给我！千万千万，因为我在系念你和你老太太的安危。啊啊，我只恨在上海之日，没有和你两人倾谈的机会，我只恨那些阻难我，中伤我的朋友。他们虽则说是在爱我爱你，故而出此，然而我伯刚那里，好几天不去了。因为去的时候，他们总以中国式的话来劝我。说我不应该这样，不应该那样。他们太把中国的礼教，习惯，家庭，名誉，地位看重了。他们都说我现在不应该牺牲，（损失太大）不应该为了这一回的事情而牺牲。不过我想我若没有这一点勇气，若想不彻底的偷偷摸摸，那我也不至于到这一个地步了。所以他们简直不能了解我现在的心状，并且不了解什么是人生。人生的乐趣，他们以为只在循规蹈矩的刻板生活上面的。结了婚就不能离婚，吃了饭就不应该喝酒。这些话，是我最不乐意听的话，所以我自你去后，尚贤坊只去了一两趟。

此外还有许多自家也要笑起来的愚事，是在你和我分开以后做的。在纸笔上写出来，不好意思，待隔日有机会相见时再和你说罢。

我无论如何，只想和你见一面，北京是不去了。什么地方也不想去，只想到杭州来一次。请你再不要为我顾虑到身边的危险。我现在只希望你有一封回信来，能够使我满意。

达夫二月十日午后

/ 4 /

映霞：

这一封信，希望你保存着，可以作我们两人这一次交游的纪念。两月以来，我把什么都忘掉。为了你，我情愿把家庭，名誉，地位，甚而至于生命，也可以丢弃，我的爱你，总算是切而且挚了。我几次对你说，我从没有这样的爱过人，我的爱是无条件的，是可以牺牲一切的，是如猛火电光，非烧尽社会，烧尽自身不可的。内心既感到了这样热烈的爱，你试想想看外面可不可以和你同路人一样，长不相见的？因此我几次的要求你，要求你不要疑我的卑污，不要远避开我，不要于见我的时候要拉一个第三者在内。好容易你答应了我一次，前礼拜日，总算和你谈了半天。第二天一早起来，我又觉得非见你不可，所以又匆匆地跑上尚贤坊去。谁知事不凑巧，却遇到了孙夫人的骤病，和一位不相识的生客的到来，所以那一天我终于很懊恼地走了，那一夜回家，仍旧是没有睡着，早晨起来，就接到了你一封信——在那一天早晨的前夜，我曾有一封信发出，约你在今天到先施前面来会——你的信里依旧是说，我们两人在这一个期间内，还是少见面的好。你的苦衷，我未始不晓得。因为你还是一个无瑕的闺女，和男子来往交游，于名誉上有绝大的损失，并且我是一个已婚之人，尤其容易使人家误会。所以你就用拒绝我见面的方法，来防止这一层。第二，你年纪还轻，将来总是要结婚的，所以你所希望于我的，就是赶快把我的身子弄得清清爽爽，可以正式的和你举行婚礼。由这两层原因看来，可以知道你所最重视的是名誉，其次是结婚，又其次才是两人中间的爱情。不消说这一次我见到了你，是很热烈地爱你的。正因为我很热烈的爱你，所以一时一刻都不愿意离开你。又因为我很热烈的爱你，所以我可以丢生命，丢家庭，丢名誉，以及一切社会上的地位和金钱。所以由我讲来，现在我能最重视的，是热烈的爱，是盲目的爱，是可以牺牲一切，朝不能待夕的爱。此外的一切，在爱的面前，都只有和尘沙一样的价值。真正的爱，是不容利害打算的念头存在于其间的。所以我觉得这一次我对你感到的，的确是很纯正，很热烈的爱情。这一种爱情的保持，是要日日见面，日日谈心，才可以使它长成，使它洁化，使它长存于天地之间。而你对我的要求，第一就是不要我和你见面。我起初还以为这是你慎重行事的美德，心里很佩服你，然而以我这几天自己的心境来一推想，觉得真正地感到热烈的爱情的时候，两人的不见面，是绝对的不可能的。若两个人既感到了爱情，而还可以长久不见面的说话，那么结婚和同居的那些事情，简直可以不要。尤其是可以使我得到实证的，就是我自家的经验。我和我女人的订婚，是完全由父母做主，在我三岁的时候定下的。后来我长大了，有了知识，觉得两人中间，终不能发生出情爱来，所以几次想离婚，几次受了家庭的责备，结果我的对抗方法，就只是长年的避居在日本，无论如何，总不愿意回国。后来因为祖母的病，我于暑假中回来了一次——那一年我已经有 25 岁了——殊不知母亲祖母及女家的长者，硬是把我捉住，要我结婚。我逃得无可再逃，避得无可再避，就只好想了一个恶毒法子出来刁难女家，就是不要行结婚礼，不要用花轿，不要种种仪式。我以为对于头脑很旧的人，这一个法子是很有效力的。哪里知道女家竟承认了我，还是要我结婚，到了七十二变变完的时候，我才走投无路，只能由他们摆布了，所以就糊里糊涂的结了婚。但我对于我的女人，终是没有热烈的爱情的，所以结婚之后，到如今将满六载，而我和她同住的时候，积起来还不上半年。因为我对我的女人，终是没有热烈的爱情的，所以长年的漂流在外，很久很久不见面，我也觉得一点儿也没有什么。从我这自己的经验推想起来，我今天才得到了一个确实的结论，就是现在你对我所感到的情爱，等于我对于我自己的女人所感到的情爱一样。由你看起来，和我长年不见，也是没有什么的。既然是如此，那么映霞，我真真对你不起了，因为我爱你的热度愈高，使你所受的困惑也愈甚，而我现在爱你的热度，已将超过沸点，那么你现在所受的痛苦，也一定是达到了极点了。爱情本来要两人同等的感到，同样的表示，才能圆满的成立，才能有好好的结果，才能使两方感到一样的愉快，像现在我们这样的爱情，我觉得只是我一面的庸人自扰，并不是真正合乎爱情的原则的。所以这一次因为我起了这盲目的热情之后，我自己倒还是自作自受，吃苦是应该的，目下且将连累及你也吃起苦来了。我若是有良心的人，我若不是一个利己者，那么第一我现在就要先解除你的痛苦。你的爱我，并不是真正的由你本心而发的，不过是我的热情的反响。我这里燃烧得愈烈，你那里也痛苦得愈深，因为你一边本不在爱我，一边又不得不聊尽你的对人的礼节，勉强的与我来酬应。我觉得这样的过去，我的苦楚倒还有限，你的苦楚，未免太大了。今天想了一个下午，晚上又想了半夜，我才达到了这一个结论。由这一个结论再演想开来，我又发现了几个原因。第一我们的年龄相差太远，相互的情感是当然不能发生的。第二我自己的风采不扬——这是我平生最大的恨事——不能引起你内部的燃烧。第三我的羽翼不丰，没有千万的家财，没有盖世的声誉，所以不能使你五体投地的受我的催眠暗示。

说到了这里，我怕你要骂我，骂我在说俏皮话讥讽你，或者你至少也要说我在无理取闹，无理生气，气你不肯和我相见，但是映霞，我很诚恳地对你说，这一种浅薄的心思，我是丝毫没有的。我从前虽则因为你不愿和我见面而曾经发过气，但到了现在——已经想前思后的想破了的现在，我是丝毫也没有怨你的心思，丝毫也没有讽骂你的心思了。我非但没有怨你讥诮你的心思，就是现在我也还在爱你。正因为爱你的原因，所以我想解除你现在的苦痛——心不由主，不得不勉强应酬的苦痛。我非但衷心还在爱你，我并且也非常的在感激你。因为我这一次见了你，才经验到了情爱的本质，才晓得很热烈的想爱人的时候的心境是如何的紧张的。我此后想遵守你所望于我的话，我此后想永远地将你留置在我的心灵上膜拜。我这一回只觉得对你不起，因为我一个人的热爱而致累及了你，累你也受了一个多月的苦。我对于自己所犯的这一点罪恶，认识得很清，所以今后我对于你的报答，也仍旧是和从前一样，你要我怎么样，我就可以怎么样。你（以下两行字用墨涂了——编者注）。

映霞，这一回我真觉得对你不起，我真累及了你了。映霞，你这一回也算是受了一回骗，把我之致累于你的事情，想得轻一点，想得开一点吧!

我还希望你不要因此而断绝了我们的友谊，不要因此而咒骂一班具有爱人的资格的男人。

这一回的事情，完全是我不好，完全是我一个人自不量力的瞎闯的结果。我这一封信，可以证明你的洁白，证明你的高尚，你不过是一个被难者，一个被疯犬咬了的人，你对我本来并没有什么好恶之感，并没有什么男女的私情的。万一你要证明你的洁白，证明你的高尚，你将这一封信发表的必要时候，我也没有什么反对的抗议。不过若没有这一种必要的事情发生的时候，我还是希望你保存着，保存到我的死后再发表。

最后我还要重说一句，你所希望我的，规劝我的话，我以后一定牢牢地记着。假使我将来若有一点成就的时候，那么我的这一点成就的荣耀，愿意全部归赠给你。

映霞，映霞，我写完了这一封信，眼泪就忍不住地往下掉了。

1927年3月4日

/ 5 /

映霞：

现在大约你总已经到了杭州了吧？你的祖父母亲弟弟妹妹都好么？你或者现在在吃晚饭，但我一个人，却只坐在电灯的前头呆想，想你在家庭里团聚的乐趣。

今天早晨，我本想等火车开后再回来的，但因为怕看见了那载人离别的机关，堂堂地将你搬载了去，怕看见这机器将你从我的身旁分开，送上每天不能相见的地方去时，心里更要不快乐，更是悲哀，所以我硬了心肠一挥手就和你别了。我在洋车上，把你的信拆开来看，看完的时候，几乎放声哭了起来，就马上叫车夫拉我回去，回到南火车站去，再和你握一握手。可是走到了莱路口，又遇着一群军队的通过，把交通都断绝了。所以只好闷闷的回来。回到闸北，约略睡了一会，就有许多事务要办，又只好勉强起来应付着，一直的忙到现在。现在大家在吃晚饭，我因为早上吃得太饱，不想下去吃饭，所以马上就坐下来写这封信。

映霞，你叮嘱我的话，我句句都遵守着，我以后要节戒烟酒，要发奋做我的事业了，这一层请你放心。

今天天气实在好得很，但稍觉凉了一点，所以我在流清水鼻涕，人家都以为我在暗泣。映霞，我若果真在这里暗泣，那么你总也该知道，这眼泪是为谁流的。

映霞，我相信你，我敬佩你，我更感激你到了万分，以后只教你能够时时写信给我，那我在寂寞之中，还可以自慰。我只盼望我们的自由的日子到来，到那时候，我们俩可以永远地不至于离开。映霞，从前你住在梅白克路的时候，我们俩虽则不是在一个屋椽之下，但要相见的时候，只要经过一二十分钟就可以相见。那时候即使不和你相见，我心里但想着你是和我同处在上海，同在呼吸一个地方的空气，那心里就平稳许多，但现在你却去得很远了，我一想到你，就要心酸起来。映霞，这一回的小别，你大约总猜不出要使我感到多苦楚。但你的这一次的返里，却是不得已的，并且我们的来日，亦正长得很。映霞，我希望你能够利用这个机会，说得你母亲心服，好使我们俩的事情，得早一日成功。

你的信里说，今年年内我们总可以达到目的，但以我现在对你的心境讲来，怕就是三四个月也等不得。

总之，映霞，我以后要努力了，要好好儿的做人了，我想把我的事业，重新再来过一番，庶几可以不使你失望，不使人家会笑你爱错了人。

我以后不跑出去了，绝对不跑出去了，就想拼命的著书，拼命的珍摄身体，非但为了我自己，并且是为了你。

今天头昏得很，想早点睡觉，只写到此地为止，此信，当于明天一早，由我自家跑上租界上去寄出。我希望你当没有接到这一封信之先，已经有了寄给我的来书。

映霞，再见，再见！

1927 年 4 月 3 日晚上写

达夫寄自上海创造社

闸北虽则交通不便，但信是仍旧可通的，不过迟一点就是。

4 月 4 日早付邮

人物评说

郁达夫幼年丧父，家境窘迫，年轻时在日本留学读书历尽艰辛；感情上，与原配孙荃因缺乏感情基础而分道扬镳，后来与王映霞的结合也以悲剧收场。

王映霞，当年杭州城第一美人；郁达夫，享誉文坛的才子，两个人走到一起，成为民国时期著名的夫妇。他们不仅爱得轰轰烈烈，离得也纷纷扬扬。

这个世界上有的男女之爱，是天作佳缘，有的却是起初情投意合、后来你死我活的孽缘。

从有妇之夫郁达夫狂追杭州第一美女王映霞，到他们成为三个男孩的父母，从战乱中南北东西的逃离，到两人之间有了第三者的传闻，直到在新加坡协议离婚，他们经历了风风雨雨的十二年。

日军攻陷富阳后，郁达夫的母亲在家乡活活饿死，孩子早早夭折，长兄又被日伪杀害，他自己也流亡到苏门答腊，最后自己又神秘失踪……正如郭沫若所说，“在友人中像达夫这样的遭遇是很罕见的”。

第五章

梁启超与李蕙仙

吾于一月来，游历附近各小埠，日在舟车鞍马上，乡人接待之隆，真使人万万不敢当。然每日接客办事，无一刻之暇，劳顿亦极矣。卿来信所嘱，谓此事若作罢论，请即放过一边，勿常常纪念，以保养身子云云。此却是卿过虑之处。曾记昔与卿偶谈及，卿问别后相思否？吾答以非不欲相思，但可惜无此暇日耳。

相敬如宾，夫唱妇随

梁启超，1873年出生于广东新会茶坑村。17岁时，梁启超得中广东乡试第八名举人，主考官李端棻爱其才，将堂妹李蕙仙许配给梁启超为妻。

李蕙仙出生在北京，从小熟读古诗，擅于吟诗作文，且擅长琴棋书画，有才女美誉。

1890年，梁启超赴京会试，虽然没中，但了解到了许多西方学说，并且结识康有为，投其门下。

1891年，李蕙仙23岁时与19岁的梁启超结婚，回到了广东新会县茶坑村。她在梁启超的影响下，努力学习新学，思想认识不断提高，同时也支持梁启超的一些革命和活动。

当时，梁启超奔走于北京、上海及湖南、广东各地，开学会，办报纸，写文章，登讲坛，为中国的富强和进步而奔走。因此，很少回家与家人团聚。

1896年，梁启超在上海创办女子学堂，李蕙仙担任校长，成为中国第一位女学校长。

1898年8月，“戊戌变法”失败后，梁启超东渡日本。危难之中，他一直惦念家眷的安全，频频写信给李蕙仙，李蕙仙及家人避居澳门，才逃过了一场灭顶之灾。

在当时极艰险困难的情况下，李蕙仙服侍老人，抚养幼女，成了整个梁家的支柱，使梁启超深为感动，在信中不断地表露出感激之情和敬佩之心。

一天，梁启超突然接到李惠仙来信，说她和孩子已在父亲的护送下启程前往东京，来与他团聚了。十月后，一家人终于在日本团聚。

此后，在日本14年，梁启超的生活比较稳定。虽然有过几次迁徙，但最终在华侨朋友的慷慨资助下，住进了神户郊外的一幢别墅，全家因此有了安居之所。

当时，梁启超说不好官话，为此曾吃过不少亏。李蕙仙便教他学习官话。不久，梁启超的官话说得便极为流畅，在社交场合得心应手。

1912年，梁启超回北京任袁世凯的司法总长，李蕙仙也随同回国。但没多久，袁世凯暴露称帝野心，梁启超护国讨袁。随后梁启超只身南下，李蕙仙避往天津租界。可以说，多年来，李蕙仙一直与梁启超经历了各种的惊涛骇浪，但她总是给梁以安慰和鼓励，与梁启超相依为命，替他抄录文章，也是他的第一位读者。

1924年9月13日，李蕙仙因患乳腺癌去世，梁启超写下《祭梁夫人文》，情真意切地表达了自己的悲痛。

经典情书

/ 1 /

蕙仙鉴：

南海师来，得详闻家中近状，并闻卿慷慨从容，辞色不变，绝无怨言，且有壮语。闻之喜慰敬服，斯真不愧为任公闺中良友矣。大人遭此变惊，必增抑郁，惟赖卿善为慰解，代我曲尽子职而已。卿素知大义，此无待余之言，惟望南天叩托而已。令四兄最为可怜，吾与南海师念及之。辄为流涕。此行性命不知何如，受余之累，恩将仇报，真不安也。

译局款二万余金存在京城百川通，吾出京时，已全文托令十五兄，想百川通不至赖账。令兄等未知我家所在，无从通信及汇寄银两，卿可时以书告之，需用时即向令兄支取可也。闻家中尚有四百余金，目前想可敷用。吾已写信给吴小村先生处，托其代筹矣。所存之银，望常以二百金存于大人处，俾随时可以使用，至要。若全存在卿处，略有不妥，因大人之性情，心中有话，口里每每不肯说出，若欲用钱时，手内无钱，又不欲向卿取，则必生烦恼矣。望切依吾言为盼。卿此时且不必归宁（令十五兄云拟迎卿至湖北），因吾远在外国，大人遭此患难，决不可少承欢之人，吾全以此事奉托矣。卿之于我，非徒如寻常人之匹偶，实算道义肝胆之交，必能不负所托也。

吾在此受彼国政府之保护，其为优礼，饮食起居一切安便。张顺不避危难，随我东来，患难相依，亦义仆也。身边小事，有渠料理，方便如常，可告知两大人安心也。

本埠自西五月初一日，始弛疫禁，余即遍游各小埠演说。现已往者两埠，未往者尚三埠。檀山召八岛布列于太平洋中，欲往小埠，必乘轮船，航海而往，非一月不能毕事，大约西六月抄始能他行也。来檀不觉半年矣，可笑。女郎何蕙珍者，此间一商人之女也。其父为保皇会会友。蕙珍年二十，通西文，尤善操西语，全檀埠男子无能及之者，学问见识皆甚好，喜谈国事，有丈夫气，年十六即为学校教师，今四年矣。一夕其父请余宴于家中，座有西国缙绅名士及妇女十数人，请余演说，而蕙珍为翻译。明晨各西报即遍登余演说之语，颂余之名论，且兼赞蕙珍之才焉。余初见蕙珍，见其粗头乱服如村姑，心忽略之；及其入座传语，及大惊，其目光炯炯，绝一好女子也。及临行与余握手（檀俗华人行西例，相见以握手为礼，男女皆然）而言曰："我万分敬爱梁先生，虽然，可惜仅爱而已，今生或不能相遇，愿期诸来生，但得先生赐以小像，即遂心愿。"余是时唯唯而已，不知所对。又初时有一西报为领事所嘱，诬谤余特甚，有人屡作西文报纸与之驳难，而不著其名，余遍询同志，皆不知。及是夕，蕙珍携其原稿示我，乃知皆蕙珍所作也。余益感服之。虽近年以来，风云气多，儿女情少，然见其事、闻其言，觉得心中时时刻刻有此人，不知何故也。越数日，使赠一小像去（渠报以两扇），余遂航海往游附属各小埠，半月始返。既返，有友人来谓余曰："先生将游美洲，而不能西语，殊为不便，亦欲携一翻译同往乎？"余曰："欲之，然难得妥当人。"友人笑而言曰："先生若志欲学西语，何不娶一西妇晓华语者，一面学西文，一面当翻译，岂不甚妙？"余曰："君戏我，安有不相识之西人闺秀而肯与余结婚？且余有妇，君岂未知之乎！"友人曰："某何人敢与先生作戏言？先生所言，某悉知之，某今但问先生，譬如有此闺秀，先生何以待之？"余熟思片时，乃大悟，遂谓友人曰："君所言之人，吾知之，吾甚敬爱之，且特别思之。虽然，吾尝与同志创立一人一妻世界会，今义不可背，且余今日万里亡人，头颅声价，至值十万，以一身往来险地，随时可死，今有一荆妻，尚且会少离多，不能厮守，何可更累人家好女子。况余今日为国事奔走天下，一言一动，皆为万国人所观瞻，今有此事，旁人岂能谅我？请君为我谢彼女郎，我必以彼敬爱我之心敬爱彼，时时不忘，如是而已。"友人未对，余忽又有所感触，乃又谓之曰："吾欲替此人执柯可乎？"盖余忽念及孺博也。友人遂曰："先生既知彼人，某亦不必吞吐其词，彼人目中岂有一男子足当其一盼？彼于数年前已誓不嫁矣。请先生勿再他言。"遂辞去。

今日（距友人来言时五日也）又有一西人请余赴宴，又请蕙珍为翻译，其西人（即前日在蕙珍家同宴者）乃蕙珍之师也。余于席上与蕙珍畅谈良久，余不敢道及此事，彼亦不言，却毫无爱恋抑郁之态，但言中国女学不兴为第一病源，并言当何整顿小学校之法以教练儿童，又言欲造切音新字，自称欲以此两事自任而已。又劝余入耶稣教，盖彼乃教中人也。其言滔滔汩汩，长篇大段。使几穷于应答。余观其神色，殆自忘为女子也。我亦几忘其为女子也。余此次相会，以妹呼之。余曰："余今有一女儿，若他日有机缘，当使之为贤妹女弟子。"彼亦诺之不辞。彼又谓余曰："闻尊夫人为上海女学堂提调，想才学亦如先生，不知我蕙珍今生有一相见之缘否？先生有家书，请为我问好。"余但称惭愧而已。临别，伊又谓余曰，"我数年来，以不解华文为大憾事，时时欲得一通人为师以教我，今既无可望，虽然，现时为小学校教习，非我之志也。我将积数年束脩所人，特往美洲就学于大学堂，学成归国办事。先生他日维新成功后，莫忘我，但有创办女学堂之事，以一电召我，我必来。我之心惟有先生"云云，遂握手珍重而别。余归寓后，愈益思念蕙珍，由敬重之心，生出爱恋之念来，几于不能自持。明知待大家闺秀，不应起如是念头，然不能制也。

酒阑人散，终夕不能成寐，心头小鹿，忽上忽落，自顾生平二十八年，未有如些可笑之事者。今已五更矣，提起笔详记其事，以告我所爱之蕙仙，不知蕙仙闻此将笑我乎？抑恼我乎？吾意蕙仙不笑我，不恼我，亦将以我敬爱蕙珍之心而敬爱之也。吾因蕙仙得谙习官话，遂以驰骋于全国；若更因蕙珍得谙习英语，将来驰骋于地球，岂非绝好之事。而无如揆之天理，酌之人情，按之地位，皆万万有所不可也。吾只得怜蕙珍而已。然吾观蕙珍磊磊落落，无一点私情，我知彼之心地，必甚洁净安泰，必不如吾之可笑可恼。故吾亦不怜之，唯有敬爱之而已。蕙珍赠我两扇，言其手自织者，物虽微而情可感，余已用之数日，不欲浪用之。今以寄归，请卿为我什袭藏之。卿亦视为新得一妹子之纪念物，何如？呜呼，余自顾一山野鄙人，祖宗累代数百年，皆山居谷汲耳。今我仍以二十余岁之少年，虚名振动五洲，至于妇人女子为之动容，不可为非人生快心之事。而我蕙仙之与我，虽复中经忧患，会少离多，然而美满姻缘，百年恩爱，以视蕙珍之言，今生不能相遇，愿期诸来生者，何如岂不过之远甚！卿念及此，惟当自慰，勿有一分抑郁愁思可也。有檀山《华夏新报》（此报非我同志）所记新闻一段剪出，聊供一览。此即记我第一次与蕙珍相会之事者也。

下田歌手之事，孝高来书言之。此人极有名望，不妨亲近之，彼将收思顺为门生云。卿可放缠足否？宜速为之，勿令人笑维新党首领之夫人尚有此恶习也。此间人多放者，初时虽觉痛苦，半月后即平复矣。不然，他日蕙珍妹子或有相见之时，亦当笑杀阿姊也。一笑。家中坟墓无事，可勿念。大人闻尚在香港云。

/ 2 /

蕙仙鉴：

得六月十二日复书，为之大惊，此事安可以禀堂上？卿必累我挨骂矣；即不挨骂，亦累老人生气。若未寄禀，请以后勿再提及可也。前信所言不过感彼诚心，余情缱绻，故为卿絮述，以一吐其胸中之结耳。以理以势论之，岂能有此妄想。吾之此身，为众人所仰望，一举一动，报章登之，街巷传之，今日所为何来？君父在忧危，家国在患难，今为公事游历，而无端牵涉儿女之事，天下之人岂能谅我？我虽不自顾，岂能不顾新党全邦之声名耶？

吾既已一言决绝，且以妹视之，他日若有所成复归故乡，必迎之家中，择才子相当者为之执柯，（吾因无违背公理，侵犯女权之理。若如蕙珍者岂可屈以妾媵。但度其来意，无论如何席位皆愿就也。惟任公何人，肯辱没此不可多得之人才耶？）设一女学校，使之尽其所长，是即所以报此人也。至于他事，则此心作沾泥絮也久矣。吾于一月来，游历附近各小埠，日在舟车鞍马上，乡人接待之隆，真使人万万不敢当。然每日接客办事，无一刻之暇，劳顿亦极矣。卿来信所嘱，谓此事若作罢论，请即放过一边，勿常常纪念，以保养身子云云。此却是卿过虑之处。曾记昔与卿偶谈及，卿问别后相思否？吾答以非不欲相思，但可惜无此暇日耳。于卿且然，何况蕙珍？在昔且然，何况今日？惟每接见西人，翻译者或不能达意，则深自愤恨，辄忆此人不置耳。近亦月余不见此人，因前事颇为外人所传闻，有一问者，吾必力言并无其影响，盖恐一播扬，使蕙珍难为情也。因此之故，更避嫌疑，不敢与相见。今将行矣，欲再图一席叙话，不知能否也。

拳匪陷京津，各国干涉，亡国在即，吾党在南，不识能乘时否？嗟夫！嗟夫！吾独何心，尚喁喁做儿女语耶。再者，卿来书所论，君非女子不能说从一而终云云，此实无理。吾辈向来倡男女平权之论，不应作此语。与卿相居十年，分携之日，十居八九，彼此一样，我可以对卿无愧，虽自今以后，学大禹之八年在外，三过其门而不入，卿亦必能谅我。若有新人双双偕游各国，恐卿虽贤达，亦不能无小芥蒂也。一笑！吾虽忙杀，然知卿闲杀闷杀，故于极忙之中，常不借偷半夕之闲，写数纸与卿对语。任公血性男子，岂真太上忘情者哉。其于蕙珍，亦发乎情，止乎礼而已。

/ 3 /

梁启超几首与妻子有关的诗词：

春寒恻恻逼春衣，
二月江南雪尚霏。
一事生平忘不得，
京华除夜拥炉时。

一缕柔情不自支，
西风南雁别卿时。
年华锦瑟蹉跎甚，
又见荼蘼花满枝。

月上帘栊院落虚，
香罗帐掩旧流苏。

东风昨夜无聊赖，
故作轻寒逗玉橱。

三年两度客京华，
纤手扶携上月槎。
今日关河怨摇落，
千城残照动悲笳。

萍絮池塘乳燕飞，
蛮笺细展写乌丝。
殷勤寄语临安去，
陌上花开莫缓归。

（注：几首诗表达了梁启超在光绪二十一年至二十三年〔1895-1897〕这段时间里的状态和心情，为国家的危机、忧患而心中激荡波澜，但又充满柔情，放不下家中的娇妻爱女。）

《兰陵王·至日寄蕙仙计时当在道中》：

瞑烟直，织就一天愁色。栏杆外无限庭芜，付与斜阳尽狼藉，良期渺难得。遮莫年华虚掷，迢迢夜，梦去愁来，还似年时倦游客。

天涯数行迹。念衾冷舟篷，灯暗亭壁，篮舆扶下正无力。又月店鸡声，霜桥马影，催人晨起趁晚驿。夜凉怎将息。

凄寂，共今夕，共目断行云，江树南北，芳痕触处情无极。有织锦留墨，唾绒凝碧，思量无寐。又淡月，照帘隙。

（注：梁启超因夫人不在身边，难以入睡，眺望窗外的苍茫暮色，梦去愁来，担心她一路上风餐露宿，舟车冷暖。）

《台城路·黄浦江送蕙仙归宁之黔余亦南还矣》:

平生未信离愁，放他片帆西去，三叠阳关，一杯浊酒，做就此番情绪。劝君莫醉，怕今夜醒来，我侬行矣。风晓月残，江浔负手向何处。

天涯知是归路，奈东劳西燕，辽绝如许，满地干戈，满天风雪，耐否客途滋味。几多心事，算只有凄凉，背人无语。待取见时，一声声诉汝。

（注：李蕙仙归宁，夫妻离别的心情。）

《洞仙歌·中秋寄内》:

薄醒残睡，又四更天气，明月新来太无赖。记去年，今夕双影晶帘，曾见汝一点窥人微醉。

瑶台天外路，依约年华，甚到圆时越憔悴。料脂香啼曙，镜粉敲寒，算未减花底天涯滋味，待互倩素娥愬殷勤，万一梦魂儿断鸿能寄。

（注：梁启超在中秋夜晚，对月思人，想起去年中秋，与夫人月下畅饮，悄悄窥视夫人的醉态时的情景。）

/ 4 /

《祭梁夫人文》

我德有阙，君实匡之；
我生多难，君扶将之；
我有疑事，君榷君商；
我有赏心，君写君藏；
我有幽忧，君噢使康；
我劳于外，君煦使忘；
我唱君和，我揄君扬；
今我失君，只影彷徨。

人物评说

话说每一位成功的男人背后都有一个精明能干的女人，梁启超这般成功，他身后的女人想必也与众不同。

李蕙仙对梁启超的帮助是多方面的，变法失败，梁启超流亡，李蕙仙领着家人一起颠沛流离。先是跑到澳门，后来才到日本和他会合。李蕙仙的哥哥也因此革职流放。除了家务上给梁启超解除后顾之忧，还与他一起办报，写文章，在《时务报》与《中外纪闻》的许多版面上，也有李蕙仙的大论，她还专门教梁启超说普通话，协助他的写作工作事务等。

梁启超对李蕙仙敬爱有加，有时也有些怕她，所以亦有惧内之名。梁启超的外孙女吴荔明回忆外祖母时也说："李蕙仙婆是个较严肃的人，性情有点乖戾"，"所以家里的人，都有点怕她。"

但梁启超与李蕙仙相敬如宾，一生只吵过一次架。李蕙仙弥留之际，梁启超追悔莫及，对长女梁思顺说："顺儿啊，我总觉得你妈妈的那个怪病，是我们打那一回架打出来的，我实在哀痛至极始终不忍说，现在忍不住了，说出来想把自己的罪过减轻一点。"

1924 年 9 月 13 日，李蕙仙因患乳腺癌去世，梁启超写下《祭梁夫人文》，亦是饱含深情。由此可见，之所以怕她，是因为爱她。

第六章

蔡元培与黄仲玉

呜呼！仲玉，竟舍我而先逝耶：自汝与我结婚以来，才二十年，累汝以儿女，累汝以家计，累汝以国内、国外之奔走，累汝以贫困，累汝以忧患，使汝善书、善画、善为美术之天才，竟不能无限发展，而且积劳成疾，以不得尽汝之天年。呜呼！我之负汝何如耶！

才子佳人悲情伉俪

蔡元培，1868 年 1 月 11 日出生在浙江省绍兴府的山阴县。17 岁时，考取了秀才，之后开始教书。22 岁时又中举人，同年奉父母之命媒妁之言，迎娶了从未见过面的第一位夫人王昭。

王昭有洁癖，什么都要弄得干干净净，仔仔细细。但是，蔡元培却生性豪放、不拘小节，更是大男子主义。王昭是旧社会的妇女，经常称呼蔡元培为“老爷”。蔡元培参与过百日维新，接触过西方思想，不喜欢这样的称呼，但王昭总是改不了。于是，两人婚后经常发生口角。

1900 年，蔡元培写了个《夫妻公约》，想要调整和修复夫妻的关系。但不久，王昭因病离开了人世。

此时，蔡元培刚满 32 岁。这时的蔡元培在江浙一带的知识界已颇有名气，王昭去世以后，前来给他说亲的人络绎不绝。蔡元培不胜其烦，于是，他写了个特别的征婚启事：

第一，是不缠足的（女性），天足；第二，是识字的；第三，是男子不得娶妾，不能娶姨太太；第四，丈夫死了，妻子可以改嫁；第五，意见不合，可以离婚。

消息传开来，媒人们这才一个个退避三舍。

直到 1901 年，蔡元培偶尔看到一幅字大加赞赏，得知是江西名士黄尔轩的女儿黄仲玉所作。在朋友的撮合下，蔡元培结识了黄仲玉，并大胆追求。

黄仲玉是都昌县城人，出身书香门第，不但没有缠足，而且识字又精通书画、孝敬父母，完全符合蔡元培的择偶标准。

1901 年末，蔡元培与黄仲玉在杭州西子湖畔举行了他一生中的第二次婚礼。

蔡元培改革了传统的结婚方式，用红幛缀成"孔子"二字，代替悬挂三星画轴的传统，宾朋以开演说会的形式代替闹洞房。

婚后，两个人一起来到了上海。先后有了女儿和儿子。

1907 年，蔡元培开始了 4 年海外留学的生活。编著了《中国伦理学史》，由最初的大男子主义思想，转变成为寻求妇女平等权利。

1912 年，黄仲玉携子女随夫赴德国。之后，应孙中山先生之邀，参加革命，失败后流亡欧美，直到 1916 年 10 月才应邀就任北大校长回国。

为了支持丈夫的事业，黄仲玉放弃了自己的书画爱好，致力于照料丈夫，抚育子女，操劳家务，终致积劳成疾。

1920 年，蔡元培赴欧美考察时，黄仲玉就已经身体不好，但为了不拖累蔡元培行程，她住进了北京一家法国人办的医院。11 月，蔡元培到法国后，发电询问黄仲玉病情，但迟迟没有得到答复。直到 1921 年 1 月 9 日蔡元培自巴黎至日内瓦，在旅馆得朋友来电，才知道夫人黄仲玉已于当月 2 日病逝，时年 45 岁。

蔡元培怀着万分悲痛的心情，作《祭亡妻黄仲玉》一文，赞扬了黄仲玉是善书、善画的天才，而且"孝于亲，睦于弟妹，慈于子女""常克勤克俭，以养我之廉，以端正子女之习惯""爱我以德，无微不至"。

随后，北京大学等学校、团体举行了隆重的"蔡黄仲玉夫人追悼会"。

但当时，蔡元培无法回国参加，强抑悲痛心情继续完成历时 9 个月的考察任务。

此后，蔡元培一直独居，直到 55 岁后，经朋友鼓励，时任北大校长的他决定续娶，不过，这次他再次提出自己的条件：一、具备相当的文化素质；二、年龄略大；三、熟谙英文，能成为研究助手。

后来，经好友介绍，1923 年 7 月 10 日，蔡元培与周峻在苏州留园举行结婚典礼。

1940 年 3 月 5 日，蔡元培在香港因病逝世。

经典情书

/ 1 /

《祭亡妻黄仲玉》

呜呼！仲玉，竟舍我而先逝耶！ 自汝与我结婚以来，才二十年，累汝以儿女，累汝以家计，累汝以国内、国外之奔走，累汝以贫困，累汝以忧患，使汝善书、善画、善为美术之天才，竟不能无限发展，而且积劳成疾，以不得尽汝之天年。呜呼！我之负汝如何耶！

我与汝结婚之后，屡与汝别，留青岛三月，留北京译学馆半年，留德意志四年，革命以后，留南京及北京阅月，前年留杭县四月，加以其他短期之旅行，二十年中，与汝欢聚者不过十二三年耳。呜呼！孰意汝舍我如是其速耶！凡我与汝别，汝往往大病，然不久即愈。我此次往湖南而汝病，我归汝病剧，及汝病渐痊，医生谓不日可以康复，我始敢放胆而为此长期之旅行。岂意我别汝而汝病加剧，以至于死，而我竟不得与汝一诀耶！我将往湖南，汝恐我不及再回北京，先为我料理行装，一切完备。我今所服用者，何一非汝所采购，汝所整理！处处触目伤心，我其何以堪耶！

汝孝于亲，睦于弟妹，慈于子女。我不知汝临终时，一念及汝死后老父、老母之悲切，弟妹之伤悼，稚女、幼儿之哀痛，汝心其何以堪耶！汝时时在纷华靡丽之场，内之若上海及北京，外之若柏林及巴黎，我间欲为汝购置稍稍入时之衣饰，偕往普通之场所，而汝辄不愿。对于北京妇女以酒食赌博相征逐，或假公益之名以骛声气而因缘为利者，尤慎避之，不敢与往来。常克勤克俭以养我之廉，以端正子女之习惯。呜呼！我之感汝何如，而意不得一当以报汝耶！汝爱我以德，无微不至。对于我之饮食、起居、疾痛、疴养，时时悬念，所不待言。对于我所信仰之主义，我所信仰之朋友，或所见不与我同，常加规劝，我或不能领受，以至与汝争论；我事后辄非常悔恨，以为何不稍稍忍耐，以免伤汝之心。呜呼！而今而后，再欲闻汝之规劝而不可得矣，我唯有时时铭记汝往日之言以自检耳。

汝病剧时，劝我按预约之期以行，而我不肯。汝自料不免于死，常祈速死，以免误我之行期。我当时认为此不过病中愤感之谈，及汝小愈，则亦置之。呜呼！岂意汝以小愈促我行，而意不免死于我行以后耶！

我自行后，念汝病，时时不宁。去年 11 月 26 日，在舶中发一无线电于蒋君，询汝近况，冀得一痊愈之消息以告慰，而复电仅言小愈；我意非痊愈，则必加剧，小愈必加剧之讳言，聊以宽我耳，我于是益益不宁。到里昂后，即发一电于李君，询汝近况，又久不得复。直至我已由里昂而巴黎，而瑞士，始由里昂转到谭、蒋二君之电，始知汝竟于我到巴黎之次日，已舍我而长逝矣！呜呼！我之旅行，为对社会应尽之义务，本不能以私废公；然迟速之间，未尝无商量之余地。尔时，李夫人曾劝我展缓行期，我竟误信医生之言决行，致不得调护汝以蕲免于死。呜呼！我负汝如此，我虽追悔，其尚可及耶！

我得电时，距汝死已八日矣。我既无法速归，归亦已无济于事；我不能不按我预定计划，尽应尽之义务而后归。呜呼！汝如有知，能不责我负心耶！汝年爱者，老父、老母也，我祝二老永远健康，以副汝之爱。汝所爱者，我也，我当善自保养，尽力于社会，以副汝之爱。汝所爱者，威廉（蔡元培的女儿——编者注）也，柏龄（蔡元培的儿子——编者注）也，现在托庇于汝之爱妹，爱护周至，必不让于汝。我回国以后，必躬自抚养，使得受完全教育，为世界上有价值之人物，有的贡献于世界，以为汝母教之纪念，以副汝之爱。呜呼！我所以慰汝者，如此而已。汝如有知，其能满意否耶！

汝自幼受妇德之教育，居恒慕古烈妇人之所为。自与我结婚以后，见我多病而常冒危险，常与我约，我死则汝必以身殉。我谆谆劝汝，万不可如此，宜善抚子女，以尽汝之母之天职。呜呼！孰意我尚未死，而汝竟先我而死耶！我守我劝汝之言，不敢以身殉汝。然后早衰而多感，我有生之年，亦复易尽；死而有知，我与汝聚首之日不远矣。

呜呼！死者果有知耶？我平日决不敢信；死者果无知耶！我今日为汝而不敢信；我今日唯有认汝为有知，而与汝作此最后之通讯，以稍稍纾我之悲悔耳！呜呼！仲玉！

汝夫蔡元培

1921年1月9日

人物评说

蔡元培的婚姻比较特殊，1900年夏，他的原配夫人王昭病逝，那时蔡元培才 32 岁。而后的两次婚姻他都有写出征婚启事，而且还真是按照征婚的要求去寻找的。冲破了封建陋俗，提倡男女平权，打破了中国传统在婚姻问题上对妇女的束缚。

蔡元培一生经历了三次婚姻，尤以第二段婚姻最为琴瑟和鸣，也最让人伤感惋惜。黄仲玉出身书香门第，与蔡元培学界泰斗自然是有着共同的话题，尤其是她始终追随且支持着蔡元培的工作和事业。她独自一人承担家庭的重担，支持蔡元培赴欧洲留学，才使得蔡元培能够在欧洲留学期间潜心治学、辛勤笔耕。无论是蔡元培革命失败，夫妻流亡至法国，漂流在外，还是躲避在西部乡间小镇。黄仲玉一直追随左右，任劳任怨。

为了支持丈夫的事业，黄仲玉放弃了自己的书画爱好，致力于照顾丈夫、抚育子女、操劳家务，终至积劳成疾。

黄仲玉出身官宦世家，贤良贞烈；虽举家飘零，但伉俪和谐；而在丈夫最辉煌的岁月里她又身染重病，撒手人寰。也难怪蔡元培会悲痛万分，写下《祭亡妻黄仲玉》这篇感人至深的悼文，文章字字血泪、情真意切。

第七章

恽代英与沈葆秀

汝去我而逝已匝月矣。吾未知汝魂魄自知耶？我无汝尚能勉自排遣，汝无我又无汝所爱之弟妹，汝何以度日耶？吾昨闻全婶言，血晕之时毫无苦痛，汝幸能无苦痛而去，吾闻之亦心慰。吾无情之人，近来待汝较汝初逝时已略淡漠，汝当冷笑而置之也。惟余可以慰汝者，前与汝言合葬之事，父亲大人已经允许，不续娶之事亦可办到。

守义十年的忠贞爱情

恽代英，1895 年 8 月 12 日生于湖北武昌一个书香门第。1913 年考入武昌中华大学预科，开始发表文章。1921 年，加入中国共产党，之后还创办并主编《中国青年》杂志。

恽代英虽然主张婚姻自由，反对包办婚姻，但他的婚姻却是父母议定的。1915 年的冬天，年满 20 岁的恽代英在家人的不断催促下，和常州同乡沈葆秀结婚了。

沈葆秀自幼就会琴、棋、书、画，还懂得一些诗文。

但在新婚之夜，恽代英拒入洞房，在外间的书房里度过，甚至连一句话都没有跟沈葆秀说。他要求两个人必须先互相了解，于是把厚厚一沓日记交给了沈葆秀。

沈葆秀向母亲哭诉，母亲告诉她不妨写封信给他，互相了解。于是，沈葆秀写了一封信放在书桌上。恽代英看到后，还真的回复了她，还鼓励她“多读书，通情理”。

于是，夫妻俩在一墙之隔的房间里通起信来，时间一长，彼此了解加深，终于产生了真挚的爱情。

1918 年 2 月，沈葆秀的产期快到时，竟然开始吐血。直到第三日依然是昏昏沉沉、半睡半醒的状态。疲倦至极的恽代英也昏昏沉沉地在书房里睡着了，醒了后，听到沈葆秀没有动静，还以为沈葆秀已经没事了。

接连熬了三天三夜，孩子始终生不下来，大人早已疲惫不堪。此时，接生婆出主意，说是老躺着不行，要抱下床才行。恽代英就糊里糊涂地劝沈葆秀下床试试。

结果，孩子下来了，但胞衣下不来。接生婆又用头发在她的喉头搔划，用烟袋让她呛息要沈葆秀呕吐。看着自己心爱的妻子如此辛苦，做丈夫的也心疼不已。

之后，接生婆给沈葆秀送来一碗白蜡，说是为了给沈葆秀安神。可能是因为饿了，沈葆秀连续吃了两碗。但没多久，沈葆秀晕了过去，最后永远地合上了眼睛。

恽代英悲伤之余保证：为了死去的她，他将“守身如玉”，“使此心古井不波”，“吾愿吾托身为女子，与汝为妇，亦一尝怀孕分娩之苦，以赎此生之罪”。他还给沈葆秀写成一封信，在其灵前焚去。每到星期天，恽代英便会带着日记本，倚在妻子的茔头，一边读着日记，一边手抚萋草，暗自垂泪。

整整 10 年，恽代英一直为亡妻守义，虽然许多亲戚、朋友纷纷劝他，甚至以“不孝有三，无后为大”来开导他，让他再娶，但都被他断然回绝。后来他干脆刻了一块玉石图章，上镌篆文“葆秀忠仆”四字，以示对亡妻的忠诚。

但可能是由于对亡妻的怀念，1927 年 1 月 16 日，32 岁的恽代英和 22 岁的沈葆秀的妹妹沈葆英在武昌德胜桥恽宅举行婚礼。结束了为期十年的独身生涯。第二年，他们便有了孩子。此时的恽代英也积极参与到了革命斗争的道路上。经常是恽代英在楼上开会，沈葆英在楼下放哨。

1930 年 5 月 6 日下午，恽代英到上海杨树浦韬朋路附近的老怡和纱厂门前等待接头的同志，突然遭到英国巡捕拦路搜查并逮捕。

1931 年 4 月 29 日中午，恽代英高呼“中国共产党万岁”的口号英勇就义，时年 36 岁。

1932 年，日军炮轰上海，沈葆英辗转上海、武昌、江西、江苏等地。直到 1938 年，才找到了周恩来，联系到了党组织。之后，沈葆英主要从事儿童保育工作以及恽代英的研究与宣传工作。

1989 年 6 月 12 日，沈葆英因病在北京逝世，享年 83 岁。

经典情书

/ 1 /

念汝端肃聪明，豪爽似男儿，婉柔似仕女。好诗书，通情理，志道德，原谓将来，黾勉同心，用全力造福社会，造福家庭。岂意汝如许年华，竟因这一块肉，舍子而去。

自此丁零寂寞，承欢失贤助，治内失良妻。思往事，睹旧容，抚遗婴，只看目前，张皇万状，更无法处置丧礼，处置庶务。回忆此三载姻缘，难禁我万行泪，怆然以悲。

（注：沈葆秀去世后的第三天，恽代英写了一副悼念妻子的挽联，挂在沈葆秀的灵前。）

/ 2 /

郎君爱唱女权论，幸福都拼付爱神，
常饮寸心如古井，不妨人笑未亡人。
横风吹断平生愿，死去已看物序更，
我自修身俟天寿，且将同穴慰卿卿。

/ 3 /

葆秀大鉴：

汝去我而逝已匝月矣。吾未知汝魂魄自知耶？我无汝尚能勉自排遣，汝无我又无汝所爱之弟妹，汝何以度日耶？吾昨闻全婶言，血晕之时毫无苦痛，汝幸能无苦痛而去，吾闻之亦心慰。吾无情之人，近来待汝较汝初逝时已略淡漠，汝当冷笑而置之也。惟余可以慰汝者，前与汝言合葬之事，父亲大人已经允许，不续娶之事亦可办到。现与汝卜地落驾山（现在的武昌珞珈山——编者注），先批与王氏先祖妣墓地之间，择期本月 27 日发引安葬。呜呼！吾与汝姻缘如是之短，殊令人思之不服。他生之缘，愿无忘之。父亲意欲吾稍缓纳亲，吾意汝生前一杯一箸，犹爱情不肯轻畀（给予）他人，岂以我身汝甘使他人一尝鼎（即“尝鼎一脔”之意，比喻可据部分以推知全体——编者注）耶？吾之有愧于汝，料汝英灵必能谅原。吾自今以后，惟当更求守身如玉，使此心如古井不波。吾意我若先汝而死，不知汝哀痛何如，或汝以身殉我矣。吾即不能以身殉汝，著更不能为汝守此心。守此身，他日同穴，以何面目向汝耶？吾本有独身终老之心，且吾亦以学一自立生活为乐，汝既不终天年，吾初无须人扶持，汝如有知，于汝之去我太亟，亦不必悔，更不必念我寂寥，唯有法可续他生之缘者，必力求之，此则所以惠我者深矣。此生已休，唯他生可卜耳。

吾思汝从我两载余，初无何等乐境。吾做事过于刻板，且爱书过于爱汝，每使汝孤寂无聊，今日回忆殊有愧矣。吾原谓将来卒业，则汝之幸福渐增，岂知汝竟不待吾卒业而去乎？吾即失汝，今日所谋者，则卒业后就事，如何填补此次丧事亏空。且父亲之意，吾等能回江苏亦狐死正邱首（出自《礼记》檀弓篇，从姜太公被封于营五〔齐〕，返葬于周，联系到狐死时把头摆正方位，面对着老家，意为不忘本也。——编者注）之意。且先妣之葬，略有谬误之处，吾意就事钱稍多，则将迁先妣与汝之柩回常州。江南风景较此为佳，且从此汝更可与先妣相近，盖吾等意欲购大地一块，永为吾家墓地。呜呼！吾果有所人不与汝谋阳宅，乃谋及阴宅，吾不知汝瞑目乎？否也。

前者卿问我，卿死后我将如何，今除同死一言，我——皆践其诺矣。吾坚持不续娶，吾意汝必怜我，然亦不必怜。吾性孤介，前者幸得汝，不然欲有家庭之乐，未必能也。吾今又安得端肃聪明如汝者而妻之？且得此等人，如待遇同于汝或更优于汝，我宁死不肯为。吾唯愿汝魂魄常依附吾身体，吾将来至上海，汝仍随我至上海。我虽不见汝，我心滋慰。又汝终不能常入我梦，吾意汝魂魄或已无知，果无知亦免汝柔肠百折，珠泪千行，事亦良佳。唯恐或虽有知，强鬼挟持汝，不使汝与我相见。吾意果有鬼必有神，吾将力求修德造福，使神灵可护我，并我所爱之人。使我等痴愿必偿。向如魂魄无知，我将未亦归于此境。唯愿化灰尘后，汝之躯壳与我之躯壳更糅杂，不可辨。其中又不许他人之躯壳相糅杂，此亦无知之一乐也。吾等既合葬，此乐或可求而得之。固合葬使汝兆偏左，留其右以待我，汝喜耶？嗔耶？唯愿我将来死后能见汝来相迎，从此永远同眠于重泉之下，以雪此壳，则异室之根，吾知汝再见我之时，或不至憾余言不顾行，事死不能如事生也。

仲清每露感汝及感余之意，其情甚真挚。吾原推爱卿之心以及彼，今已无以报卿，故尤注意彼。吾犹忆汝前年归宁后，告我汝家中仲清等之不上进，颇倦倦无以为什。人言女生外向，汝之念念母家，何曾外向？是知汝固非寻常女子也。仲清欲来与我同居，父亲、岳父俱已赞同。此既慰我寂寥，亦于仲清有益。吾将来至上海，必设法携仲清往投考学校。吾常见仲清，常为仲清尽力，庶几稍足以自恕负汝之罪，亦使汝不更以汝家未来事为虑也。

自汝逝后，伯父、父亲、岳父俱虑余悲思过当，或致狂疾，吾当事诚抑郁不解，老天何心乃如此处我？事后追思，又觉我处置多所失当，使汝致于此。吾思死诚不足为祸，惜不得同死。更以家中诸多关系，亦不敢同死。吾既不死，又敢狂乎？吾果狂何益于汝？他人不谅，或且以为汝致我狂，则重诬汝矣。近来力求排遣之法，精神渐觉复原。呜呼！吾等不幸而运乖，遽成异世之人。我死与不死，狂与不狂，再娶与不再娶，总觉许多未安，但亦只得求比较可安者而安之。吾知汝在冥中，亦必心中转侧，不知如何为我为计。事已至此，更无善计可言。汝第任吾今日所行，不必又或有所歉然于心也。汝不必念我无子，我之不信无后为不孝之说，汝所素知。我苟立志向上，吾父乃及祖宗必不以无后责我，更不致以此怨汝，汝一切放心。汝既为吾家而死，历代祖宗必矜怜汝，其他愚拙之事，发于我之痴情，无与于汝事也。

吾已以汝临产之一切情形撰《临产之大教训》一篇，又撰《悼亡杂话》一篇未成，此二篇均不甚可意，或须改作少年失偶，汝我难堪之情，谅无大异。吾惟祝汝无知，汝果有知，或更不能善排遣如我，吾唯愿汝能宽心自寻乐趣。

吾为汝筹葆秀大工厂事，苟天假以缘，事非难成。吾失汝，琐屑之事，顿无人为助，外间如遇得意之事，亦无可告语。吾为汝擦棺、购置点心，意欲一睹汝笑容，终不能见。前者岳母生日，吾亲携点心二包往赠，此汝屡嘱我而我不为者。今我为之，汝不及见矣。是日与姚舅舅等打牌，吾又念今年新正，终未从容与汝一游嬉，此皆吾做事过于刻板之过。吾不知如何能补此缺憾，吾唯愿常保此灵明，死后做鬼夫妻。庶几不致再有缺憾如此刻。吾自问，除一种痴情，一种向上心，并此干净身体以外，更无事可以对得住汝。汝爱吾不肯深责吾，吾以此愈不能忘汝矣。汝怀孕十月，不知所受是何滋味，中夜疼痛不能安枕，尚宁默然自己下床料理一切，知我睡眠有定时，早起不欲过晏，终不愿轻易扰吾。呜呼！吾今日思之，愈不能不恸汝，吾不知体贴汝，待汝虽不严，而酷如此，吾唯有于汝去后，本吾良心，不作一负汝之事，不然吾无以自恕矣。吾愿吾他生托身为女子，与汝为妇，亦一尝怀孕分娩之苦，以赎此生之罪。此言出于吾之赤诚，汝必能相信也。

父亲知吾拟每月致汝一函，谓如此恐遭魔祟，此父母爱子之心。余意以遵命为是。惟吾每月十五日必一计是月中为汝所作事若干，以志不忘。汝不得每月得吾书，或非汝所愿，汝能魂魄依余，则余之心即汝之心，余之身即汝之身，更不必假尺素（古人用绢帛书写，通常长一尺，今常用代指书信——编者注）之力而情愫始通也。家中自汝丧后，群众一词，以迁家为宜，床空裳冷，我亦难以为怀，不如不见为净。如因汝伤我身体，汝必不安，且亦过于拂诸长者之意也。吾如卒业就业沪滨，每年至少必两度省视汝墓，在此则拟每年四次。吾已无事报汝，唯以一颗心请汝鉴纳而已。

我校中尚未开课，大约总可以敷衍毕业，四弟因料理家务，前不久始赴宁，近因宁疫甚盛，避之杭州。吾前与汝约就业沪滨，得便必游苏杭名胜，今已不可得矣。抱冰堂花又盛开，汝魂魄亦能一往游览耶！吾言有尽，而意无穷，吾亦不知将来更何时致书于汝，惟于有必要情形时，必不忘致书耳。吾自号“永鳏痴郎”，我亦痴，汝亦痴，既痴于前矣，安容不遂终身痴乎！汝以吾言为然否？

代英

1918年3月28日

人物评说

恽代英这位具有强烈反封建意识，主张婚姻自由，反对包办的新式文人，他自己的婚姻却恰恰是由父母议定、媒人撮合的旧式婚姻。

而在他短暂而革命的一生中，曾先后有两位红颜知己与其同甘苦、共患难，有趣的是这两位红颜知己竟是亲姐妹：二姐沈葆秀和四妹沈葆英。

更有意思的是，他新婚不入洞房，同沈葆秀畅谈生活哲学。与沈葆秀一墙之隔，书信往来，增进感情。虽然行为比较奇特，但这种人当真正认可之后，定然是会真诚以待。可惜好景不长，恽代英依然没有摆脱一些封建意识，导致沈葆秀因没能及时治疗难产而死。

虽然恽代英暗暗向亡妻保证：为了死去的她，他将“守身如玉”，“使此心古井不波”，绝不再娶！自号“永鳏痴郎”，为亡妻守义十年。甚至给儿子取名“秀生”，即沈葆秀所生之意。并且多次写信，表明要为她守心、守身，“他日同穴”的决心。但最终，守身十年之后他娶了四妹沈葆英。然而，我们相信恽代英对于沈葆秀的爱情始终是不忘初心。

第八章

朱自清与武钟谦

谦，日子真快，一眨眼你已经死了三个年头了。这三年里世事不知变化了多少回，但你未必注意这些个，我知道。你第一惦记的是你几个孩子，第二便轮着我。孩子和我平分你的世界，你在日如此；你死后若还有知，想来还如此的。

贫贱夫妻百事哀

朱自清，1898 年 11 月 22 日出生于江苏省东海县（今连云港市东海县平明镇）。

朱自清从小就家境一般，14 岁时就结缘了武钟谦。武钟谦出身大户人家，与朱自清同岁，她虽传统但不守旧。

其实，在武钟谦第一次见到朱自清时，便被他沉默外表下的书卷之气深深吸引。1916 年，朱自清考入北京大学，同年冬天他们完了婚。婚后一年，他们有了孩子，合家欢乐，小夫妻过着幸福的生活。

朱自清北大毕业后去日本留学，武钟谦在家侍奉公婆、抚育孩子。但后来朱家的生活越来越困难，甚至开始以典当度日。武钟谦本是娘家掌上明珠，生活无忧虑。但朱家渐衰后，朱自清的父亲没有工作后脾气暴躁，家人也常为一点小事而恶语相向，这使得武钟谦越来越不敢笑，性格逐渐变得忧郁，经常掩门垂泪，独自忍受。甚至有时听到别人的笑声都觉得刺耳。但是这些，她从不对朱自清说。

朱自清看着她性情的转变，十分心疼。但是，鞭长莫及，无济于事。

1922 年 9 月，朱自清到台州任教，一家人也随后都到了台州。

武钟谦和朱自清结婚12年，与丈夫在一起共同生活却不足5年，但无论是离是合，无论生活多么艰难，她从无一句怨言，也从不发脾气。

1924年，朱自清为家计，奔波在温州十中和宁波四中，家中只有武钟谦带着三个孩子还有老母亲。当时温州风声很紧，武钟谦在朋友带领下只好到山里避难。但是，一听说时局有了缓和，武钟谦又担心朱自清回来见不着人会着急，全家又赶回温州。

1928年底，武钟谦生下了小六儿，由于劳累，身体瘦得皮包骨头，天天发烧，开始她以为是痢疾，没有放在心上。为了不影响朱自清的工作，一直坚持劳作，瞒着朱自清不让他分心。直到朱自清发现，带她到医院检查，才发现肺部烂了一个大窟窿，医生劝她去西山静养，但她丢不下孩子，又舍不得花钱。

1929年10月间，武钟谦带着孩子回了扬州。11月26日，却抛下孩子和朱自清与世长辞。朱自清得知消息后，痛不欲生。之后写了《给亡妇》散文，寄托了对武钟谦的无限思念。

6个孩子让朱自清劳心万分，觉得一个人的力量不够。于是在思想摇摆一段时间后，在朋友的介绍下，最后与陈竹隐相处在了一起。

陈竹隐毕业于北平艺术学校，是齐白石的弟子，工书画。她长相清秀，性格活泼，与武钟谦是两种类型的女子。

1932年，朱自清与陈竹隐在上海杏花村酒楼举行婚礼，结婚后，他们住在清华园，过了几年虽然清苦但又幸福温馨的日子。

1946年10月，在反饥饿、反内战的斗争中，朱自清身患重病，但毅然签名《抗议美国扶日政策并拒绝领取美援面粉宣言》，并嘱告家人不买配售面粉，始终保持着一个正直的爱国知识分子的气节和情操。

1948年8月12日，朱自清因患严重的胃病，不幸逝世，享年50岁。

朱自清去世后，陈竹隐整理了朱自清的书稿。还把朱自清生前的手稿、文章、实物、全部捐献出来，只给每个孩子分得一封朱自清的信作为纪念。

1990 年 6 月 29 日陈竹隐离世。

经典情书

/ 1 /

《致亡妻》

谦，日子真快，一眨眼你已经死了三个年头了。这三年里世事不知变化了多少回，但你未必注意这些个，我知道。你第一惦记的是你几个孩子，第二便轮着我。孩子和我平分你的世界，你在日如此；你死后若还有知，想来还如此的。告诉你，我夏天回家来着：迈儿（朱自清的长子——编者注），长得结实极了，比我高一个头。

闰儿（朱自清的次子——编者注），父亲说是最乖，可是没有先前胖了。采芷（朱自清的长女——编者注）和转子（朱自清的次女——编者注）都好。五儿（朱自清的三女——编者注）全家夸她长得好看；却在腿上生了湿疮，整天坐在竹床上不能下来，看了怪可怜的。六儿，我怎么说好，你明白，你临终时也和母亲谈过，这孩子是只可以养着玩儿的，他左挨右挨，去年春天，到底没有挨过去。这孩子生了几个月，你的肺病就重起来了。我劝你少亲近他，只监督着老妈子照管就行。你总是忍不住，一会儿提，一会儿抱的。可是你病中为他操的那一份儿心也够瞧的。

那一个夏天他病的时候多，你成天儿忙着，汤呀，药呀，冷呀，暖呀，连觉也没有好好儿睡过。哪里有一分一毫想着你自己，瞧着他硬朗点儿你就乐，干枯的笑容在黄蜡般的脸上，我只有暗中叹气而已。

从来想不到做母亲的要像你这样。从迈儿起，你总是自己喂乳，一连四个都这样。你起初不知道按钟点儿喂，后来知道了，却又弄不惯；孩子们每夜里几次将你哭醒了，特别是闷热的夏季。我瞧你的觉老没睡足。白天里还得做菜，照料孩子，很少得空儿。你的身子本来坏，四个孩子就累你七八年。

到了第五个，你自己实在不成了，又没乳，只好自己喂奶粉，另雇老妈子专管她，但孩子跟老妈子睡，你就没有放过心；夜里一听见哭，就竖起耳朵听，工夫一大就得过去看。十六年初，和你到北京来，将迈儿转子留在家里；三年多还不能去接他们，可真把你惦记苦了。你并不常提，我却明白。你后来说，你病就是惦记出来的；那个自然也有分儿，不过大半还是养育孩子累的。

你的短短的十二年结婚生活，有十一年耗费在孩子们身上；而你一点不厌倦，有多少力量用多少，一直到自己毁灭为止。你对孩子一般儿爱，不问男的女的，大的小的。也不想到什么“养儿防老，积谷防饥”，只拼命地爱去。你对于教育老实说有些外行，孩子们只要吃得好玩得好就成了，这也难怪你，你自己便是这样长大的。况且孩子们原都还小，吃和玩本来也是要紧的。你病重的时候最放不下的还是孩子。病得只剩皮包着骨头了，都不信自己不会好；老说：“我死了，这一大群孩子可苦了。”后来说送你回家，你想着可以看见迈儿和转子，也愿意；你万不想到会一去不返的。我送车的时候，你忍不住哭了，说“还不知能不能再见？”可怜，你的心我知道，你满想着好好儿带着六个孩子回来见我。谦，你那时一定这样想，一定的。

你为我的劳什子书也费了不少神；第一回让你父亲的男佣人从家乡捎到上海去。他说了几句闲话，你气得在父亲面前哭了。第二回是带着逃难，别人都说你傻子。你有你的想头：“没有书怎么教书？况且他又爱这个玩意儿。”其实你没有晓得，那些书丢了也并不可惜；不过教你怎么晓得，我平常从来没和你谈过些个！总而言之，你的心是可感谢的。这十二年里你为我吃的苦真不少，可是没有过几天好日子。我们在一起住，算来也不到五个年头。无论日子怎么坏，无论是离是合，你从来没对我发过脾气，连一句怨言也没有——别说怨我，就是怨命也没有过。老实说，我的脾气可不大好，迁怒的事儿有的是。那些时候，你往往抽噎着流眼泪，从不回嘴，也不号啕。不过我也只信得过你一个人，有些话我也只对你一个人说，因为世界上只你一个人真关心我，真同情我。你不但为我吃苦，更为我分苦；我之有我现在的精神，大半是你给我培养着的。这些年来我很少生病。但我最不耐烦生病，生了病就呻吟不绝，闹那伺候病的人。你是领教过一回的，那回只一两点钟，可是也够麻烦了。你常生病，却总不开口，挣扎着起来；一来怕搅我，二来怕没人做那份儿事。我有一个坏脾气，怕听人生病，也是真的。后来你天天发烧、自己还以为南方带来的疟疾。一直瞒着我。明明躺着，听见的脚步，一骨碌就坐起来。我渐渐有些奇怪，让大夫一瞧，这可糟了，你的一个肺已烂了一个大窟窿了！大夫劝你到西山去静养，你丢不下孩子，又舍不得钱；劝你在家里躺着，你也丢不下那份家务。越看越不行了，这才送你回去。明知凶多吉少，想不到只一个月工夫你就完了！本来盼望还见得着你，这一来可拉倒了。你也何尝想到这个？父亲告诉我，你回家独住着一所小住宅，还嫌没有客厅，怕我回去不便哪。前年夏天回家，上你坟上去了。你睡在祖父母的下首，想来还不孤单的。

只是当年祖父母坟太小了，你正睡在圹底下。这叫做“抗圹”，在生人看来是不安心的；等着想办法吧。那时圹上圹下密密地长着青草，朝露浸湿了我的布鞋，你刚埋了半年多，只有圹下多出一块土，别的全然看不出新坟的样子。我和隐（陈竹隐，朱自清的后妻——编者注）今夏回去，本想到你的坟上来；因为她病了没来成。我们想告诉你，五个孩子都好，我们一定尽心教养他们，让他们对得起死了的母亲你！

谦，好好儿放心安睡罢，你。

/ 2 /

《女人》

白水是个老实人，又是个有趣的人。他能在谈天的时候，滔滔不绝地发出长篇大论。这回听勉子说，日本某杂志上有《女？》一文，是几个文人以女为题的桌话的记录。他说，这倒有趣，我们何不也来一下？我们说，你先来！他搔了搔头发道：好！就是我先来；你们可别临阵脱逃才好。我们知道他照例是开口不能自休的。果然，一番话费了这多时候，以致别人只有补充的工夫，没有自叙的余裕。那时我被指定为临时书记，曾将桌上所说，拉杂写下。现在整理出来，便是以下一文。因为十之八是白水的意见，便用了第一人称，作为他自述的模样；我想，白水大概不至于不承认吧？

老实说，我是个欢喜女人的人；从国民学校时代直到现在，我总一贯地欢喜着女人。虽然不曾受着什么女难，而女人的力量，我确实常常领略到的。女人就是磁石，我就是一块软铁；为了一个虚构的或实际的女人，呆呆地想了一两点钟，乃至想了一两个星期，真有不知肉味光景——这种事是屡屡有的。在路上走，远远的有女人来了，我的眼睛便像蜜蜂们嗅着花香一般，直攫过去。但是我很知足，普通的女人，大概看一两眼也就够了，至多再掉一回头。像我的一位同学那样，遇见了异性，就立正——向左或向右转，仔细用他那两只近视眼，从眼镜下面紧紧追出去半日半日，然后看不见，然后开步走——我是用不着的。我们地方有句土话说：乖子望一眼，呆子望到晚；我大约总在乖子一边了。我到无论什么地方，第一总是用我的眼睛去寻找女人。在火车里，我必走遍几辆车去发现女人；在轮船里，我必走遍全船去发现女人。我若找不到女人时，我便逛游戏场去，赶庙会去，——我大胆地加一句——参观女学校去；这些都是女人多的地方。于是我的眼睛更忙了！我拖着两只脚跟着她们走，往往直到疲倦为止。

我所追寻的女人是什么呢？我所发现的女人是什么呢？这是艺术的女人。从前人将女人比做花，比做鸟，比做羔羊；他们只是说，女人是自然手里创造出来的艺术，使人们欢喜赞叹——正如艺术的儿童是自然的创作，使人们欢喜赞叹一样。不独男人欢喜赞叹，女人也欢喜赞叹；而妒便是欢喜赞叹的另一面，正如爱是欢喜赞叹的一面一样。受欢喜赞叹的，又不独是女人，男人也有。此柳风流可爱，似张绪当年，便是好例；而美丰仪一语，尤为史不绝书。但男人的艺术气分，似乎总要少些；贾宝玉说得好：男人的骨头是泥做的，女人的骨头是水做的。这是天命呢？还是人事呢？我现在还不得而知；只觉得事实是如此罢了。——你看，目下学绘画的人体习作的时候，谁不用了女人做他的模特儿呢？这不是因为女人的曲线更为可爱么？我们说，自有历史以来，女人是比男人更其艺术的；这句话总该不会错吧？所以我说，艺术的女人。所谓艺术的女人，有三种意思：是女人中最为艺术的，是女人的艺术的一面，是我们以艺术的眼去看女人。我说女人比男人更其艺术的，是一般的说法；说女人中最为艺术的，是个别的说法。——而艺术一词，我用它的狭义，专指眼睛的艺术而言，与绘画，雕刻，跳舞同其范类。艺术的女人便是有着美好的颜色和轮廓和动作的女人，便是她的容貌，身材，姿态，使我们看了感到自己圆满的女人。这里有一块天然的界碑，我所说的只是处女，少妇，中年妇人，那些老太太们，为她们的年岁所侵蚀，已上了凋零与枯萎的路途，在这一件上，已是落伍者了。女人的圆满相，只是她的人的诸相之一；她可以有大才能，大智慧，大仁慈，大勇毅，大贞洁等等，但都无碍于这一相。诸相可以帮助这一相，使其更臻于充实；这一相也可帮助诸相，分其圆满于它们，有时更能遮盖它们的缺处。我们之看女人，若被她的圆满相所吸引，便会不顾自己，不顾她的一切，而只陶醉于其中；这个陶醉是刹那的，无关心的，而且在沉默之中的。

我们之看女人，是欢喜而绝不是恋爱。恋爱是全部的，欢喜是部分的。恋爱是整个自我与整个自我的融合，故坚深而久长；欢喜是自我间断片的融合，故轻浅而飘忽。这两者都是生命的趣味，生命的姿态。但恋爱是对人的，欢喜却兼人与物而言。——此外本还有仁爱，便是民胞物与之怀；再进一步，天地与我并生，万物与我为一，便是神爱，大爱了。这种无分忘我的爱，非我所要论；但在此又须立一界碑，凡伟大庄严之像，无论属人属物，足以吸引人心者，必为这种爱；而优美艳丽的光景则始在欢喜的阈中。至于恋爱，以人格的吸引为骨子，有极强的占有性，又与二者不同。Y君以人与物平分恋爱与欢喜，以为喜仅属物，爱乃属人；若对人言喜，便是蔑视他的人格了。现在有许多人也以为将女人比花，比鸟，比羔羊，便是侮辱女人；赞颂女人的体态，也是侮辱女人。所以者何？便是蔑视她们的人格了！但我觉得我们若不能将体态的美排斥于人格之外，我们便要慢慢地说这句话！而美若是一种价值，人格若是建筑于价值的基石上，我们又何能排斥那体态的美呢？所以我以为只须将女人的艺术的一面作为艺术而鉴赏它，与鉴赏其他优美的自然一样；艺术与自然是非人格的，当然便说不上蔑视与否。在这样的立场上，将人比物，欢喜赞叹，自与因袭的玩弄的态度相差十万八千里，当可告无罪于天下。——只有将女人看作玩物，才真是蔑视呢；即使是在所谓的恋爱之中。艺术的女人，是的，艺术的女人！我们要用惊异的眼去看她，那是一种奇迹！

我之看女人，十六年于兹了，我发现了一件事，就是将女人作为艺术而鉴赏时，切不可使她知道；无论是生疏的，是较熟悉的。因为这要引起她性的自卫的羞耻心或他种嫌恶心，她的艺术味便要变稀薄了；而我们因她的羞耻或嫌恶而关心，也就不能静观自得了。所以我们只好秘密地鉴赏；艺术原来是秘密的呀，自然的创作原来是秘密的呀。但是我所欢喜的艺术的女人，究竟是怎样的呢？您得问了。让我告诉您：我见过西洋女人，日本女人，江南江北两个女人，城内的女人，名闻浙东西的女人；但我的眼光究竟太窄了，我只见过不到半打的艺术的女人！而且其中只有一个西洋人，没有一个日本人！那西洋的处女是在Y城里一条僻巷的拐角上遇着的，惊鸿一瞥似的便过去了。其余有两个是在两次火车里遇着的，一个看了半天，一个看了两天；还有一个是在乡村里遇着的，足足看了三个月。——我以为艺术的女人第一是有她的温柔的空气；使人如听着箫管的悠扬，如嗅着玫瑰花的芬芳，如躺着在天鹅绒的厚毯上。她是如水的密，如烟的轻，笼罩着我们；我们怎能不欢喜赞叹呢？这是由她的动作而来的；她的一举步，一伸腰，一掠鬓，一转眼，一低头，乃至衣袂的微扬，裙幅的轻舞，都如蜜的流，风的微漾；我们怎能不欢喜赞叹呢？最可爱的是那软软的腰儿；从前人说临风的垂柳，《红楼梦》里说晴雯的水蛇腰儿，都是说腰肢的细软的；但我所欢喜的腰呀，简直和苏州的牛皮糖一样，使我满舌头的甜，满牙齿的软呀。腰是这般软了，手足自也有飘逸不凡之概。你瞧她的足胫多么丰满呢！从膝关节以下，渐渐的隆起，像新蒸的面包一样；后来又渐渐渐渐地缓下去了。这足胫上正罩着丝袜，淡青的？或者白的？拉得紧紧的，一些儿皱纹没有，更将那丰满的曲线显得丰满了；而那闪闪的鲜嫩的光，简直可以照出人的影子。你再往上瞧，她的两肩又多么亭匀呢！像双生的小羊似的，又像两座玉峰似的；正是秋山那般瘦，秋水那般平呀。肩以上，便到了一般人讴歌颂赞所集的面目了。我最不能忘记的，是她那双鸽子般的眼睛，伶俐到像要立刻和人说话。在惺忪微倦的时候，尤其可喜，因为正像一对睡了的褐色小鸽子。和那润泽而微红的双颊，苹果般照耀着的，恰如曙色之与夕阳，巧妙的相映衬着。再加上那覆额的，稠密而蓬松的发，像天空的乱云一般，点缀得更有情趣了。而她那甜蜜的微笑也是可爱的东西；微笑是半开的花朵，里面流溢着诗与画与无声的音乐。是的，我说的已多了；我不必将我所见的，一个人一个人分别说给你，我只将她们融合成一个 sketch（素描——编者注）给你看——这就是我的惊异的型，就是我所谓艺术的女子的型。但我的眼光究竟太窄了！我的眼光究竟太窄了！

在女人的聚会里，有时也有一种温柔的空气；但只是笼统的空气，没有详细的节目。所以这是要由远观而鉴赏的，与个别的看法不同；若近观时，那笼统的空气也许会消失了的。说起这艺术的女人的聚会，我却想着数年前的事了，云烟一般，好惹人怅惘的。在P城一个礼拜日的早晨，我到一所宏大的教堂里去做礼拜；听说那边女人多，我是礼拜女人去的。那教堂是男女分坐的。我去的时候，女座还空着，似乎颇遥遥的；我的遐想便去充满了每个空座里。忽然眼睛有些花了，在薄薄的香泽当中，一群白上衣，黑背心，黑裙子的女人，默默的，远远地走进来了。我现在不曾看见上帝，却看见了带着翼子的这些安琪儿了！另一回在傍晚的湖上，暮霭四合的时候，一只插着小红花的游艇里，坐着八九个雪白雪白的白衣的姑娘；湖风舞弄着她们的衣裳，便成一片浑然的白。我想她们是湖之女神，以游戏三昧，暂现色相于人间的呢！第三回在湖中的一座桥上，淡月微云之下，倚着十来个，也是姑娘，朦朦胧胧的与月一齐白着。在抖荡的歌喉里，我又遇着月姊儿的化身了！——这些是我所发现的又一型。

是的，艺术的女人，那是一种奇迹！

1925年2月15日，白马湖。

/ 3 /

《一封信》

在北京住了两年多了，一切平平常常地过去。要说福气，这也是福气了。因为平平常常，正像糊涂一样难得，特别是在这年头。但不知怎的，总不时想着在那儿过了五六年转徙无常的生活的南方。转徙无常，诚然算不得好日子；但要说到人生味，怕倒比平平常常时候容易深切地感着。现在终日看见一样的脸板板的天，灰蓬蓬的地；大柳高槐，只是大柳高槐而已。于是木木然，心上什么也没有；有的只是自己，自己的家。我想着我的渺小，有些战栗起来；清福究竟也不容易享的。

这几天似乎有些异样。像一叶扁舟在无边的大海上，像一个猎人在无尽的森林里。走路，说话，都要费很大的力气；还不能如意。心里是一团乱麻，也可说是一团火。似乎在挣扎着，要明白些什么，但似乎什么也没有明白。一部《十七史》，从何处说起，正可借来做近日的我的注脚。昨天忽然有人提起《我的南方》的诗。这是两年前初到北京，在一个村店里，喝了两杯莲花白以后，信笔涂出来的。于今想起那情景，似乎有些渺茫；至于诗中所说的，那更是遥遥乎远哉了，但是事情是这样凑巧：今天吃了午饭，偶然抽一本旧杂志来消遣，却翻着了三年前给S的一封信。信里说着台州，在上海，杭州，宁波之南的台州。这真是我的南方了。我正苦于想不出，这却指引我一条路，虽然只是一条路而已。

我不忘记台州的山水，台州的紫藤花，台州的春日，我也不能忘记S。他从前欢喜喝酒，欢喜骂人；但他是个有天真的人。他待朋友真不错。L从湖南到宁波去找他，不名一文；他陪他喝了半年酒才分手。他去年结了婚。为结婚的事烦恼了几个整年的他，这算是叶落归根了；但他也与我一样，已快上那中年的线了吧。结婚后我们见过一次，匆匆的一次。我想，他也和一切人一样，结了婚终于是结了婚的样子了吧。但我老只是记着他那喝醉了酒，很妩媚的骂人的意态；

这在他或已懊悔着了。

南方这一年的变动，是人的意想所赶不上的。我起初还知道他的踪迹；这半年是什么也不知道了。他到底是怎样地过着这狂风似的日子呢？我所沉吟的正在此。我说过大海，他正是大海上的一个小浪；我说过森林，他正是森林里的一只小鸟。恕我，恕我，我向那里去找你？

这封信曾印在台州师范学校的《绿丝》上。我现在重印在这里；这是我眼前一个很好的自慰的法子。

九月二十七日记

S兄：

……

我对于台州，永远不能忘记！我第一日到六师校时，系由埠头坐了轿子去的。轿子走的都是僻路；使我诧异，为什么堂堂一个府城，竟会这样冷静！那时正是春天，而因天气的薄阴和道路的幽寂，使我宛然如入了秋之国土。约莫到了卖冲桥边，我看见那清绿的北固山，下面点缀着几带朴实的洋房子，心胸顿然开朗，仿佛微微的风拂过我的面孔似的。到了校里，登楼一望，见远山之上，都幂着白云。四面全无人声，也无人影；天上的鸟也无一只。只背后山上飕飕的松风略略可听而已。那时我真脱却人间烟火气而飘飘欲仙了！后来我虽然发见了那座楼实在太坏了：柱子如鸡骨，地板如鸡皮！但自然的宽大使我忘记了那房屋的狭窄。我于是曾好几次爬到北固山的顶上，去领略那飕飕的高风，看那低低的，小小的，绿绿的田亩。这是我最高兴的。

来信说起紫藤花，我真爱那紫藤花！在那样朴陋——现在大概不那样朴陋了吧——的房子里，庭院中，竟有那样雄伟，那样繁华的紫藤花，真令我十二分惊诧！她的雄伟与繁华遮住了那朴陋，使人一对照，反觉朴陋倒是不可少似的，使人幻想美好的昔日！我也曾几度在花下徘徊：那时学生都上课去了，只剩我一人。暖和的晴日，鲜艳的花色，嗡嗡的蜜蜂，酝酿着一庭的春意。我自己如浮在茫茫的春之海里，不知怎么是好！那花真好看：苍老遒劲的枝干，这么粗这么粗的枝干，宛转腾挪而上；谁知她的纤指会那样嫩，那样艳丽呢？那花真好看：一缕缕垂垂的细丝，将她们悬在那皴裂的臂上，临风婀娜，真像嘻嘻哈哈的小姑娘，真像凝妆的少妇，像两颊又像双臂，像胭脂又像粉……我在他们下课的时候，又曾几度在楼头眺望：那风姿更是撩人：云哟，霞哟，仙女哟！我离开台州以后，永远没见过那样好的紫藤花，我真惦记她，我真妒羡你们！

此外，南山殿望江楼上看浮桥（现在早已没有了），看憧憧的人在长长的桥上往来着；东湖水阁上，九折桥上看柳色和水光，看钓鱼的人；府后山沿路看田野，看天；南门外看梨花——再回到北固山，冬天在医院前看山上的雪；都是我喜欢的。说来可笑，我还记得我从前住过的旧仓头杨姓的房子里的一张画桌；那是一张红漆的，一丈光景长而狭的画桌，我放它在我楼上的窗前，在上面读书，和人谈话，过了我半年的生活。现在想已搁起来无人用了吧？唉！

台州一般的人真是和自然一样朴实；我一年里只见过三个上海装束的流氓！学生中我颇有记得的。前些时有位P君写信给我，我虽未有工夫作复，但心中很感谢！乘此机会请你为我转告一句。

我写的已多了；这些胡乱的话，不知可附载在《绿丝》的末尾，使它和我的旧友见见面么？

弟自清

1927年9月27日。

暖和的晴日，

鲜艳的花色，

嗡嗡的蜜蜂，

酝酿着一庭的春意。

/ 4 /

《择偶记》

自己是长子长孙，所以不到十一岁就说起媳妇来了。那时对于媳妇这件事简直茫然，不知怎么一来，就已经说上了。是曾祖母娘家人，在江苏北部一个小县份的乡下住着。家里人都在那里住过很久，大概也带着我；只是太笨了，记忆里没有留下一点影子。祖母常常躺在烟榻上讲那边的事，提着这个那个乡下人的名字。起初一切都像只在那白腾腾的烟气里。日子久了，不知不觉熟悉起来了，亲昵起来了。除了住的地方，当时觉得那叫做“花园庄”的乡下实在是最有趣的地方了。因此听说媳妇就定在那里，倒也仿佛理所当然，毫无意见。每年那边田上有人来，蓝布短打扮，衔着旱烟管，带好些大麦粉，白薯干儿之类。他们偶然也和家里人提到那位小姐，大概比我大四岁，个儿高，小脚；但是那时我热心的其实还是那些大麦粉和白薯干儿。

记得是十二岁上，那边捎信来，说小姐痨病死了。家里并没有人叹惜；大约他们看见她时她还小，年代一多，也就想不清是怎样一个人了。父亲其时在外省做官，母亲颇为我亲事着急，便托了常来做衣服的裁缝做媒。为的是裁缝走的人家多，而且可以看见太太小姐。主意并没有错，裁缝来说一家人家，有钱，两位小姐，一位是姨太太生的；他给说的是正太太生的大小姐。他说那边要相亲。母亲答应了，定下日子，由裁缝带我上茶馆。记得那是冬天，到日子母亲让我穿上枣红宁绸袍子，黑宁绸马褂，戴上红帽结儿的黑缎瓜皮小帽，又叮嘱自己留心些。茶馆里遇见那位相亲的先生，方面大耳，同我现在年纪差不多，布袍布马褂，像是给谁穿着孝。这个人倒是慈祥的样子，不住地打量我，也问了些念什么书一类的话。回来裁缝说人家看得很细：说我的“人中”长，不是短寿的样子，又看我走路，怕脚上有毛病。总算让人家看中了，该我们看人家了。母亲派亲信的老妈子去。老妈子的报告是，大小姐个儿比我大得多，坐下去满满一圈椅；二小姐倒苗苗条条的，母亲说胖了不能生育，像亲戚里谁谁谁；教裁缝说二小姐。那边似乎生了气，不答应，事情就吹了。

母亲在牌桌上遇见一位太太，她有个女儿，透着聪明伶俐。母亲有了心，回家说那姑娘和我同年，跳来跳去的，还是个孩子。隔了些日子，便托人探探那边口气。那边做的官似乎比父亲的更小，那时正是光复的前年，还讲究这些，所以他们乐意做这门亲。事情已到九成九，忽然出了岔子。本家叔祖母用的一个寡妇老妈子熟悉这家子的事，不知怎么教母亲打听着了。叫她来问，她的话遮遮掩掩的。到底问出来了，原来那小姑娘是抱来的，可是她一家很宠她，和亲生的一样。母亲心冷了。过了两年，听说她已生了痨病，吸上鸦片烟了。母亲说，幸亏当时没有定下来。我已懂得一些事了，也这末想着。

光复那年，父亲生伤寒病，请了许多医生看。最后请着一位武先生，那便是我后来的岳父。有一天，常去请医生的听差回来说，医生家有位小姐。父亲既然病着，母亲自然更该担心我的事。一听这话，便追问下去。听差原只顺口谈天，也说不出个所以然。母亲便在医生来时，教人问他轿夫，那位小姐是不是他家的。轿夫说是的。母亲便和父亲商量，托舅舅问医生的意思。那天我正在父亲病榻旁，听见他们的对话。舅舅问明了小姐还没有人家，便说，像 × 翁这样人家怎么样？医生说，很好呀。话到此为止，接着便是相亲；还是母亲那个亲信的老妈子去。这回报告不坏，说就是脚大些。事情这样定局，母亲教轿夫回去说，让小姐裹上点儿脚。妻嫁过来后，说相亲的时候早躲开了，看见的是另一个人。至于轿夫捎的信儿，却引起了一段小小风波。岳父对岳母说，早教你给她裹脚，你不信；瞧，人家怎末说来着！岳母说，偏偏不裹，看他家怎么样！可是到底采取了折中的办法，直到妻嫁过来的时候。

1934 年 3 月作。

人物评说

武钟谦虽不是阔小姐，但她也是从小娇生惯养，无忧无虑。嫁到朱家后，收敛了少女时的任性和娇气，把全部心思放在孩子和丈夫身上，整天忙忙碌碌，操持劳作。

对丈夫的一切，她都尽力去爱护支持。朱自清在北大读书时，她就换了陪嫁的金镯子给丈夫做学费。朱自清爱书，授课时离不开书，她在领着一家老小躲兵乱时，都带着那一箱箱沉重的书。即使生孩子，在床上躺四五天就下床劳作了。她和朱自清结婚十二年，但与丈夫在一起共同生活却不足五年，无论是离是合，无论生活多么艰难，无论她受过多少冤枉气，从无一句怨言，也从不发脾气。有时朱自清发脾气，她不回吵，不号啕，只是抽噎着流泪。她全身心地爱，全身心地奉献，使朱自清深受感动。

武钟谦的付出换来了家庭的温馨，朱自清曾这样描写：“外边虽老是冬天，家里却老是春天。有一回我上街去，回来的时候，楼下厨房的大方窗开着，并排地挨着她们母子三个，三张脸都带着天真微笑向着我，似乎台州空空的，只有我们四人，天地空空的，也只有我们四人。”

武钟谦离世三年后，朱自清写了《致亡妻》这篇散文以轻声细语诉往事的笔触，尽情宣泄了朱自清对武钟谦的一份浓浓的爱，寄托了对武钟谦的无限思念。

第九章

闻一多与高孝贞

这时他们都出去了，我一人在屋里，静极了，静极了，我在想你，我亲爱的妻。我不晓得我是这样无用的人，你一去了，我就如同落了魂一样。我什么也不能做。前回我骂一个学生为恋爱问题读书不努力，今天才知道我自己也一样。这几天忧国忧家，然而最不快的，是你不在我身边。亲爱的，我不怕死，只要我俩死在一起。

爱国夫妻情义坚

闻一多，1899 年 11 月 24 日生于湖北省黄冈市蕲水县（今黄冈市浠水县）。14 岁闻一多就考上了清华大学，父母也为他订下了娃娃亲，对象叫高孝贞，比闻一多小 4 岁，出生在一个官宦之家。

1922 年初，闻一多赴美留学前夕，父亲催他回家成亲，虽然很不满，但闻一多是个大孝子，还是答应与高孝贞结婚。不过他向父亲提出了几点要求：不向长辈行跪拜礼；不拜祖宗；婚后让高孝贞入学读书。

婚后，闻一多始终督促和重视高孝贞读书，甚至 1922 年赴美后，还关心着妻子的学习情况，写家信时经常询问和叮嘱。

1925 年夏，闻一多提前两年回国，到北平国立艺专任教，随后把妻子和女儿接来北平，从此开始过上了小家庭生活。但 7 月份后，闻一多在上海、南京、武汉、青岛等地任教，和妻子时聚时分，一直到 1932 年 8 月回到清华，才过上了安定的日子。

偶尔他们全家还会去礼堂看电影，春秋假日全家去逛颐和园，或游北海、故宫和动物园，一家人生活得幸福温馨。

1937 年 7 月，“卢沟桥事变”，日寇发动大规模侵华战争。闻一多的家庭，也被迫颠沛流离。高孝贞携两个大儿子随家驷回湖北探望久别的母亲。闻一多则带着三个小儿女留在北平，随后又匆匆回到武昌。

后来清华和北大、南开远迁昆明，组成西南联合大学，闻一多利用寒假从长沙返回浠水老家安排有关事宜。途经武昌时，好友邀请任教育部次长，当时他们的生活比较困难，有更多的收入对家庭至关重要，但被闻一多拒绝。为此，高孝贞非常生气，好几个月不给闻一多回信，使得闻一多十分担忧。直到 1938 年 4 月份，抵达昆明后才看到妻子和孩子的信，高兴得不得了。

日军占领上海、南京后，继续西犯，进攻武汉。闻一多非常担忧高孝贞和孩子，一封一封信去询问和商量逃难的路线，直到 9 月初全家一同回到昆明。

为了躲避日机空袭，闻一多在云南八年，先后搬家八次。作为主妇的高孝贞，带着一大群孩子，也是担惊受怕，辛苦操劳。

当时，物价高涨，闻一多要养活一家八口，月薪十天八天就花完了，经常在半断炊的威胁中度日。为此，高孝贞常带着孩子下河捞点小鱼小虾。后来，她还开了点荒地，种上蔬菜。之后，经朋友建议，闻一多重操铁笔，挂牌治印。

由于闻一多的才学和声望，他在当时昆明的爱国民主运动中起着重大的作用，许多会议和活动由他发起，许多重要文件由他执笔或审定。此后，闻一多始终参与到革命活动当中。

1946 年，反动派攻击爱国民主人士时，甚至给他们寄来了带子弹头的恐吓信，并在他们家附近布满特务，还扬言要花四十万元买闻一多的头……

学生们请他一起撤离，以便大家掩护他；美国加州大学还曾以优厚的条件请他去讲学，但都被他婉拒。

1946 年 7 月 11 日，反动派迫不及待地暗杀了著名的爱国民主人士李公朴。7月15日，在云南大学举行的李公朴追悼大会上，主持人为了闻一多的安全，没有安排他发言。但闻一多毫无畏惧，拍案而起，慷慨激昂地发表了《最后一次演讲》，痛斥国民党特务。

下午，闻一多主持《民主周刊》社的记者招待会，进一步揭露暗杀事件的真相。散会后，闻一多在返家途中，突遭国民党特务伏击，身中十余弹，不幸遇难。

1948年3月，高孝贞（改名高真）带着孩子奔向解放区，被选为华北人民代表。新中国成立后，她先后担任河北省政协委员、全国政协委员。

1983年11月，高孝贞病逝，享年81岁，骨灰于1996年11月移入同在八宝山革命公墓的闻一多墓中。

经典情书

/ 1 /

亲爱的妻：

这时他们都出去了，我一人在屋里，静极了，静极了，我在想你，我亲爱的妻。我不晓得我是这样无用的人，你一去了，我就如同落了魂一样。我什么也不能做。前回我骂一个学生为恋爱问题读书不努力，今天才知道我自己也一样。这几天忧国忧家，然而最不快的，是你不在我身边。亲爱的，我不怕死，只要我俩死在一起。我的心肝，我亲爱的妹妹，你在哪里？从此我再不放你离开我一天，我的肉，我的心肝！你一哥在想你，想得要死！亲爱的：午睡醒来，我又在想你。时局确乎要平静下来，我现在一心一意盼望你回来，我的心这时安静了好多。

1937 年 7 月 16 日

/ 2 /

妹：

今天早晨起来拔了半天草，心里想到等你回来看着高兴，荷花也放了苞，大概也要等你回来开，一切都是为你。

1937 年 17 日早

/ 3 /

贞：

此次出门来，本不同平常，你们一切都时时在我挂念之中，因此盼望家信之切，自亦与平常不同。然而除三哥为立恕的事，来过两封信外，离家将近一月，未接家中一字。这是什么缘故？出门以前，曾经跟你说过许多话，你难道还没有了解我的苦衷吗？出这样的远门，谁情愿，尤其在这种时候？一个男人在外边奔走，千辛万苦，不外是名与利。名也许是我个人的事，但名是我已经有了的，并且在家里反正有书可读，所以在家里并不妨害我得名。这回出来唯一目的，当然为的是利。讲到利，却不是我个人的事，而是为你我，和你我的儿女。何况所谓利，也并不是什么分外的利，只是求将来得一温饱，和儿女的教育费而已。这道理很简单，如果你还不了解我，那也太不近人情了！这里清华北大南开三个学校的教职员，不下数百人，谁不抛开妻子跟着学校跑？连以前打算离校，或已经离校了的，现在也回来一齐去了。你或者怪了我没有就汉口的事，但是我一生不愿做官，也实在不是做官的人，你不应勉强一个人做他不能做不愿做的事。我不知道这封信写给你，有用没有。如果你真是不能回心转意，我又有什么办法？儿女们又小，他们不懂，我有苦向谁诉去？那天动身的时候，他们都睡着了，我想如果不叫醒他们，说我走了，恐怕第二天他们起来，不看见我，心里失望，所以我把他们一个个叫醒，跟他说我走了，叫他再睡。但是叫到小弟，话没有说完，喉咙管硬了，说不出来，所以大妹我没有叫，实在是不能叫。本来还想嘱咐赵妈几句，索性也不说了。我到母亲那里去的时候，不记得说了些什么话，我难过极了。出了一生的门，现在更不是小孩子，然而一上轿子，我就哭了。母亲这大年纪，披着衣裳坐在床边，父亲和驷弟半夜三更送我出大门，那时你不知道是在睡觉呢还是生气。现在这样久了，自己没有一封信来，也没有叫鹤、雕随便画几个字来。我也常想到，40岁的人，何以这样心软。但是出门的人盼望家信，你能说是过分吗？到昆明须四十余日，那么这四十余日中是无法接到你的信的。如果你马上就发信到昆明，那样我一到昆明，就可以看到你的信。不然，你就当我已经死了，以后也永远不必写信来。

多

1938年2月15日

/ 4 /

贞：

在昆明所发航空信想已收到。我们5月3日启程来蒙自，当日在开远住宿（前信说在壁虱寨，错误），次日至壁虱寨（地图或称碧色寨）换车，行半小时，即抵蒙自。到此，果有你们的信四封之多，三千余里之辛苦，得此犒赏，余愿足矣！你说以后每星期写一信来，更使我喜出望外。希望你不失信。如果你每星期真有一封信来，我发誓也每星期回你一封。在先总以为蒙自地方甚大，到此大失所望。数十年前，蒙自本是云南省内第一个繁荣的城市。但当法国人修滇越铁路的时候，愚蠢的蒙自人不知为何誓死反对他通过。于是铁路绕道由壁虱寨经过，蒙自的商务都被开远与昆明占去，而自己渐渐变为一个死城了。到如今，这里没有一家饭馆，没有澡堂，文具店里没有糨糊与拍纸簿，广货店里没有帐子。

这都是我到此后急于需要的东西，而发现他都没有。然而有些现象又非常奇怪。这里有的是大洋楼，例如法国海关，法国医院，歌胪士洋行等等，都是关着门没有人住的高楼大厦，现在都以每年三两元的租金租给联合大学作校舍了。自从蒙自觉悟当初反对铁路通过之失策，于是中国自己筑了一条轻便铁道，从壁虱寨经过蒙自与个旧，以至石（屏），名曰壁个石铁路，（我们从壁虱寨换车来到蒙自，便是这条铁路。）但是蒙自觉悟太晚了，他的繁荣仍旧无法挽回。直到今天，三百多学生，几十个教职员，因国难关系，逃到这里来讲学，总算给蒙自一阵意外的热闹，可惜这局面是暂时的，而且对于蒙自的补益也有限。总之，蒙自地方很小，生活很简单。因为有些东西本地人用不着，我们却不能不用的，这些东西都是外来的，价钱特别贵，所以我们初到此需要一笔颇大的“开办费”。但这些东西办够了，以后恐怕就有钱无处用了，归根的讲，我们住蒙自还是比住昆明省强。

前天经过开远的时候，遇见殷先生全家新从海道来，往昆明去。殷太太当然问起你，殷益蕃和他们大妹望着我笑，虽然没有说话，但我明白他们心里是在说“闻立鹤闻立雕呢？”余肇池先生现在就住在我隔壁，余太太和他们全家住在昆明，大概不搬到蒙自来，反正蒙自到昆明，快车只一天路程。张荫麟在昆明，他太太住在香港，暂时不来。汪一彪在昆明，太太快来了。此外一时想不起，就住在我隔壁房间的讲，陈寅恪浦薛凤沈乃正家眷都未来。但也有租好房子，打算接家眷的，如朱佩弦王化成等是也。问你安好！

1938 年 5 月 5 日

/ 5 /

贞：

今天接到你 6 月 24 日的信，说三四日内动身来省，现在想已来到，婆婆想已去沙洋，爹爹何时来省，细叔现在何处，来函盼告我。武汉局势暂时似不要紧，近日敌机仿佛也不大到武汉来，你们暂时在武昌住下再说，万一空袭来得厉害，就往咸宁躲一躲，请大舅在武昌我家暂住，以便照料。旧衣服可先寄来，我需要的裤褂以及你们应添的衣服，若来得及，无妨做起来，也由邮局寄来，上次信上说到学校迁移的事，究竟迁到什么地方，现在尚未决定。如果在昆明附近，我们还是住昆明，但我一时又不能到昆明去找房子。

25 日考大考，我大概要月底把卷子看完，才能离开蒙自，你们最好也在月底动身，汽车票听说要早买，或者月半前后请大舅上长沙去一趟，把票先买回来，亦无不可。将来走时，仍请大舅送至长沙，到贵阳可找我的同班聂君照料，下次我再寄一封介绍信来。细叔的事大致无问题，上次信中已说过，细娘是否同来，关于他们的情形，来信请告诉我，以便好找房子，现在计划已经大致决定，我想你心里可以高兴点，只再等一个月，我们就可见面，这次你来了，以后我当然决不再离开你，无论如何，我决不再离开你一步，我想，你也是这样想吧？叫孩子们放乖些，鹤、雕读书写字不可间断，前回信上说你又有些发心慌，现在好了没有？

前请三哥定《大公报》，如未定，请不要定了。

多

7月1日（1938年）

/ 6 /

爱人啊！
将我作经线，
你作纬线，
命运织就了我们的婚姻之锦
但是一帧回文锦哦！
横看是相思，
直看是相思，
顺看是相思，
倒看是相思，
斜看正看都是相思，
怎样看也看不出团圆二字。
又如第十二首：
我们有一天
想见接吻时，
若是我没小心，
掉出一滴苦泪，
渍痛了你的粉颊，

你可不要惊讶！
那里有多少年底
生了锈的热情的成分啊！

（注：1922年12月21日起，闻一多在美国以5天的时间写成了包括42首诗的组诗《红豆》，其中充满对妻子的缠绵悱恻的深情思念。）

人物评说

闻一多不光是伟大的诗人，也是一位杰出的学者，他是五四运动之后非常杰出的作家，更是一位爱国主义者。

闻一多思想开放，在一封家信中，他举美国著名女诗人海德夫人的重大成就为例，说明“女人并不是不能造大学问、大本事，我们美术学院的教员多半是女人。女人并不弱似男人。外国女人是这样，中国女人何尝不是这样呢？”以至于赴美后，继续关心高孝贞的学习情况，写家信时经常询问叮嘱和鼓励！

当然，他对高孝贞的感情更是炽烈。在美国以5天的时间写成了包括42首诗的组诗《红豆》，其中充满对妻子的缠绵悱恻的深情思念。正如他在1924年给梁实秋的信的最后抄了一首他创作的英文诗以表达对妻子的思念，他还在附言中写道：“人非草木，孰能无情！”

虽然，他们没有浪漫过，但感情却一直在升华。从被迫接受，到终于接受，以至于思念。因此，他能回国后将妻子和女儿接来北平，从此开始过上了小家庭生活。高孝贞当上了小家庭主妇，虽然比较累，心情却舒畅多了。而在动荡年代，两地分居时更是频频书信，牵肠挂肚。虽然艰难岁月，但能相濡以沫。

第十章

瞿秋白与王剑虹

这两天虽然没有梦，然而我做事时总是做梦似的——时时刻刻晃着你的影子……没有你，我怎能活？以前没有你，不知我怎样过来的。我真不懂了，我将来没有你便又怎样呢？我希望我比你先没有……

炽热却短暂的爱情

瞿秋白，1899 年 1 月 29 日生于江苏省常州府城。祖上是宜兴的望族，5 岁时瞿秋白就进入私塾读书。从小就爱学习，勤思考，作文写得好，养成了爱读书的习惯。

1909 年春天，10 岁的瞿秋白考入常州府中学堂（现江苏省常州市高级中学）。但在辛亥革命后，因为伯父弃官，停止了对他们的资助，瞿秋白家陷入经济困境，甚至靠典当、借债度日。到了 1915 年冬，因交不起学费，瞿秋白被迫辍学。

1916 年，瞿秋白得到表舅母的资助，进入武昌外国语学校学习英文。之后随堂兄到北京，但因付不起学膳费于是考入外交部办的“不要学费又有‘出身’”的俄文专修馆，学习俄文。

1919 年 5 月 4 日，瞿秋白参与了五四运动，在街头演讲时曾被非法逮捕，但很快就被释放。从此，瞿秋白走上了革命的道路。1921 年 7 月 6 日，瞿秋白受聘北京《晨报》和上海《时事新报》的通讯员到莫斯科采访期间，见到了革命导师列宁，并进行了简短的交谈。第二年，正式加入中国共产党，担任陈独秀在莫斯科期间的翻译。

1923年夏天，瞿秋白去南京参加活动期间，遇到了丁玲和王剑虹。

王剑虹，1903年生于四川酉阳。王剑虹有一双智慧、犀锐、坚定的眼睛。经常能在辩论会上，激起全体同学的热情。

1923年，王剑虹与丁玲以及刚从苏联回国的瞿秋白，进入上海大学文学系学习。瞿秋白的博学多才，使王剑虹极为崇拜。在频繁的接触过程中，王剑虹与丁玲两个少女的心弦被拨动了，她们不由自主地都暗中充满了对瞿秋白的仰慕和爱意。

有一天，瞿秋白在上课时，王剑虹悄悄为瞿秋白画了一张素描。下课后送给瞿秋白问画得像不像。瞿秋白心里高兴，却口是心非地故意说："不像。"王剑虹低下头，停顿了一会儿又问："画得不好？"瞿秋白这才幽默地答道："不，是你把我画得太夸张了，我可没有那么英俊潇洒。"

但因为两人都是性格内向、敏感的人，双方都不好意思主动向对方表达爱意。甚至，内心深深爱上王剑虹的瞿秋白在朋友家远远看见王剑虹，都会匆忙找借口回避，从而使得王剑虹产生误会而内心煎熬。

没多久，王剑虹突然说要随父亲回四川老家。丁玲很不解，直到无意中看到了王剑虹写的一首情诗《他》，丁玲才恍然大悟，原来王剑虹爱上了瞿秋白。王剑虹之所以要回老家，只不过是逃避而已。

豪爽的丁玲理解王剑虹，她要尽最大的努力去帮助她。于是，丁玲带上王剑虹的爱情诗去找瞿秋白。瞿秋白急忙去宿舍寻找王剑虹，两个人依然用文笔书写的方式表达了各自的情感，彻底打开了两个炙热的心扉。

1924年1月，他们结婚了，过上了美满又平淡的生活。瞿秋白除了上课，还做一些翻译的工作，每每要到午夜，王剑虹始终陪着他。有时奔波了一天，回来仍然兴致很好，同王剑虹谈诗、写诗，许多都是送给王剑虹的情诗。即使瞿秋白赴广州出席会议，也几乎每天都要寄给远在上海的新婚妻子一封用五彩布纹纸写的信。

然而，没多久王剑虹生病了。她患的是肺病，最初医生误诊为怀孕的反应，待到确诊为肺病时已非药物所能救治了。她的母亲和姐姐是患肺病死的，而且瞿秋白也患有肺病。这种病，在当时还是不治之症。

瞿秋白每天回到家中，就在妻子卧病的床边，一面写作，一面照料她。王剑虹在病危时，给瞿秋白留下一封遗书，希望她去世后，“愿上帝给你另一个人，也像我爱你一样”。

瞿秋白的痛苦没能挽救回王剑虹，1924年7月，王剑虹在瞿秋白的怀中平静地离开了。

经典情书

/ 1 /

虹：

爱恋未必要计较什么幸福不幸福。爱恋生成是先天的……单只为那“一把辛酸泪”，那“暗暗奇气来袭我的心”的意味也就应当爱了——这是人间何等高尚的感觉！我现在或者可以算是半“个”人了。

梦可！梦可！我叫你，你听不见，只能多画几个“！！！！！”可怜，可怜啊！

秋白

一月十二日

/ 2 /

虹：

我们要一个共同生活相亲相爱的社会，不是要——机器、楼房啊。这一点爱苗是人类将来的希望……

要爱，我们大家都爱——是不是？

——没有爱便没有生命；谁怕爱，谁躲避爱，他不是自由人。——他不是自由花魂。

秋白

一月十三日

/ 3 /

虹：

这两天虽然没有梦，然而我做事时总是做梦似的——时时刻刻晃着你的影子……没有你，我怎能活？以前没有你，不知我怎样过来的。我真不懂了，我将来没有你便又怎样呢？我希望我比你先没有……

秋白

一月十六日

/ 4 /

《他》

回自新气的俄乡，

本有的潇洒更增新的气质，
渊博的才华载回异邦艺术之色。
他的学识、气质、形象，
谁不钦羡敬重，
但只能偷偷在心底收藏！

/ 5 /

《梦回》

山城细雨作春寒，
料峭孤衾旧梦残。
何事万缘俱寂后，
偏留绮思绕云山。

/ 6 /

秋白：

我生活在你的爱抚之中，虽然只有半年，我已经感到无比地满足了。

半年不过是人生激流中的一片涟漪，然而它却是无比绚丽多彩的一朵浪花。病魔纵然夺走我的生命，但不能夺走我对你的爱。

南京莫愁湖上的月夜真令人留恋。你把爱的诗句刻在美丽的雨花石上，让我永远地珍藏。那时，你曾经教我吟诵普希金的诗，此刻我又想起那美丽真诚的诗句，就让我摘用来向你永诀吧——我那么温柔专一地爱过你，我一点也不愿使你难过悲伤，愿上帝给你另一个人，也像我爱你一样……

人物评说

很多人都知道瞿秋白有位夫人叫杨之华，是夫妻、是同志、是战友。但很少有人知道瞿秋白同志的第一位爱人——王剑虹。

王剑虹是瞿秋白的结发妻子，成婚仅半年，就因患肺病而辞世，疾病夺走了她如花的生命，年仅 22 岁。

两个人婚后的生活很幸福，瞿秋白每天写诗，一本又一本，全是送给王剑虹的情诗。王剑虹也天天写诗，也是一本又一本。可惜瞿秋白经常要到各地忙于工作，并不能全身心地照顾她。

王剑虹也在弥留之际，留下遗书，写道："我那么温柔专一地爱过你，我一点也不愿使你难过悲伤，愿上帝给你另一个人，也像我爱你一样。"这是王剑虹最后告别人生的绝笔，文中没有丝毫的忧伤。面对死亡，她无怨无悔，她的心灵是那么美丽真诚，勇敢而无私。她愿上帝再给瞿秋白一个爱他的人，显露了她宽广坦荡的心胸。

几个月后，瞿秋白与杨之华结婚，当时有些人不理解，或许与这封遗书不无关系。

而就在 1935 年瞿秋白被关在囚室，直到他生命的最后一刻，也不曾忘却王剑虹，她始终活在他的心中，写下七首诗词，其中一首《梦回》就是怀念王剑虹的："山城细雨作春寒，料峭孤衾旧梦残。何事万缘俱寂后，偏留绮思绕云山。"

第十一章

瞿秋白与杨之华

之华，你自己的病究竟怎样？我昨天因为兆征死的消息和念着你的病，一夜没有安眠，乱梦和噩梦颠倒神魂，今天觉得很不好过。我钱已经寄到了，一准 21 日早晨动身回莫。你快通知云，叫他找汽车 22 日早上来接我，在布良斯克车站——车到的时刻可以去问一问；我这里是 21 日下午 5 时从利哥夫车站开车。之华，你能来接我更好了！！！

轰动一时的红色恋人

1924 年 11 月，在上海《民国日报》上连续刊登了三天的三则“启事”，成为了当时的“新闻热点”。

这三则“启事”内容是：

杨之华沈剑龙启事：自一九二四年十一月十八日起，我们正式脱离恋爱的关系。

瞿秋白杨之华启事：自一九二四年十一月十八日起，我们正式结合恋爱的关系。

沈剑龙瞿秋白启事：自一九二四年十一月十八日起，我们正式结合朋友的关系。

杨之华，1901 年生于浙江萧山，杨家亦曾是萧山巨富，后来虽然家道中落，但在杨之华出生时，也还足称小康。

沈定一也是萧山人，出身于官僚地主家庭，因排行居三，人称“三先生”。同为萧山富豪，杨家与沈家自然早有来往。

1901 年，沈定一考中秀才，1904 年任云南楚雄府广通县知事，后来因为发动起义，被迫赴日留学。

1916 年，沈定一结束流亡，成为浙江省议长。当时的杨之华还是沈定一的崇拜者和追随者。1919 年，沈定一将杨之华招来上海，在自己主编的《星期评论》为其安排了一份工作。

1920 年，杨之华嫁给了沈定一的长子沈剑龙，成为沈定一的儿媳。并且在沈定一创办的学校任教。

1923 年，已经既为人妻复为人母的杨之华，也进入上海大学，并且很快相识了瞿秋白。

瞿秋白的前妻王剑虹去世后，瞿秋白与杨之华进入恋爱状态。1924 年 11 月初时，瞿秋白与杨之华来到萧山衙前，与沈剑龙谈判。

他们起先在杨家谈了两天，之后，沈剑龙又把瞿秋白、杨之华接到他家去又谈了两天。最后，瞿秋白把沈剑龙和杨之华接到常州去谈。

当时的瞿秋白早已败落，家徒四壁，连张椅子都没有，三个人只好坐在一条破棉絮上谈心。而谈判的结果，正是《民国日报》刊登的三条启事。

11 月 7 日，瞿秋白与杨之华正式结婚。沈剑龙还亲临祝贺，甚至还送给瞿秋白一张六寸照片——沈剑龙剃光了头，身穿袈裟，手捧一束鲜花，照片上写着“鲜花献佛”4 个字。

瞿秋白和杨之华婚后生活得十分美满，瞿秋白还为两人专门刻了一方“秋之白华”印章。

但也因此，沈家不让杨之华去看女儿。这一直是她的心病。

1925 年，实在按捺不住对女儿的思念，杨之华独自回乡看望女儿，但是遭到了沈定一的拒绝。在她痛苦地离开时，碰到了大姨太太，悄悄地带她看望了女儿。然而，女儿却天真地对她说自己的妈妈已经死掉了，杨之华心疼不已。

经过不懈的争取，女儿独伊终于被接到上海与他们共同生活，瞿秋白也对独伊视若己出。

1928年，瞿秋白去了苏联，没多久杨之华带着独伊也到了莫斯科。1930年，他们再次回国，只不过这次他们将女儿留在了莫斯科朋友家中。

1934年，中央红军开始长征时，瞿秋白奉命留在江西。第二年，瞿秋白在福建长汀因叛徒出卖被俘，当年被国民党枪杀。而这一年，女儿独伊14岁，她在《共青团真理报》上看到父亲牺牲的消息后，失声痛哭，晕倒在地……

1941年，杨之华母女回国，但在新疆被捕，抗日战争胜利后，杨之华母女才走出牢笼。

此后，杨之华担任一些行政工作，曾在监察系统一直有很高声望，被时人称为“包公”。1955年，杨之华找到了瞿秋白的骸骨，并将其迎到了北京，安葬在北京八宝山革命公墓。周恩来亲笔题写了“瞿秋白之墓”的碑铭。

“文革”时期，瞿秋白墓被砸，杨之华亦遭诬陷，被“监护”了6年。1973年10月20日去世。

经典情书

/ 1 /

之华：

今天接到你2月24日的信，这封信算是走得很快的了。你的信，是如此之甜蜜，我像饮了醇酒一样，陶醉着。我知道你同着独伊去看《青鸟》，我心上非常之高兴。《青鸟》是梅德林的剧作（比利时的文学家），俄国剧院做得很好的。我在这里每星期也有两次电影看，有时也有好片子，不过从我来到现在，只有一次影片是好的，其余不过是消磨时间罢了。独伊看了《青鸟》一定是非常高兴，我的之华，你也要高兴的。

之华，我想如果我不延长在此的休息期，我 3 月 8 日就可以到莫斯科，如果我还要延长两星期那就要到 3 月 20 日。我如何是好呢？我又想快些快些见着你，又想依你的话多休息几星期。我如何呢？之华，体力是大有关系的。我最近几天觉得人的兴致好些，我要运动，要滑雪，要打乒乓球，想着将来的工作计划，想着如何的同你在莫斯科玩耍，如何的帮你读俄文，教你练习汉文。我自己将来想做的工作，我想是越简单越好，以前总是“贪多少做”。可是，我的肺病仍然是不大好，最近两天右部的胸膛痛得厉害，医生又叫我用电光照了。

之华，《小说月报》怎么还没有寄来，问问云白看！之华，独伊如此的和我亲热了，我心上极其欢喜，我欢喜她，想着她的有趣齐整的笑容，这是你制造出来的啊！之华，我每天总是梦着你或是独伊。

梦中的你是如此之亲热……哈哈。要睡了，要再梦见你。

秋白

1929 年 2 月 26 日晚

/ 2 /

之华：

昨天接到你的三封信，只草草地写了几个字，一是因为邮差正要走了，二是因为兆征死的消息震骇得不堪，钱寄到的时候，我都不知道！（三十元已接到。）

整天的要避开一切人——心中的悲恸似乎不能和周围的笑声相容。面容是呆滞的，孤独的在冷清清的廊上走着。大家的欢笑，对于我都是很可恶的。那厅里送来的歌声，只使我想起：一切人的市侩式的幸福都是可鄙的，天下有什么事是可乐的呢？

1922 年香港罢工（海员）的领袖，他是党里工人领袖中最直爽最勇敢的，如何我党又有如此之大的损失呢？前月我们和史太林谈话时，他所关心的问题，是如何的切合于群众斗争的需要；他所教训我的——尤其是八七之后，是如何的深切。

可是他的死状，我丝毫也不知道，之华，你写的信里说得太不明白了。他是如何死的呢？

之华，你自己的病究竟怎样？我昨天因为兆征死的消息和念着你的病，一夜没有安眠，乱梦和噩梦颠倒神魂，今天觉得很不好过。我钱已经寄到了，一准 21 日早晨动身回莫。你快通知云，叫他找汽车 22 日早上来接我，在布良斯克车站——车到的时刻可以去问一问；我这里是 21 日下午 5 时从利哥夫车站开车。之华，你能来接我更好了！！！

之华，我只是想着你，想着你的心——这是多么甜蜜和陶醉。我的爱是日益的增长着，像火山的喷烈，之华，我要吻你，我俩格外的要保重自己的身体，——我党的老同志凋谢得如此之早啊。仿佛觉得我还没有来得及做着丝毫呢！！

秋白

1929 年 3 月 12 日

/ 3 /

之华：

临走的时候，极想你能送我一站，你竟徘徊着。海风是如此的飘漾，晴朗的天日照着我俩的离怀。相思的滋味又上心头，六年以来，这是第几次呢？空阔的天穹和碧落的海光，令人深深地了解那“天涯”的意义。海鸥绕着桅樯，像是依恋不舍，其实双双栖宿的海鸥，有着自由的两翅，还羡慕人间的鞅掌。我俩只是少健康，否则如今正是好时光，像海鸥样的自由，像海天般的空旷，正好准备着我俩的力量，携手上沙场。之华，我梦里也不能离你的印象。

独伊想起我吗？你一定要将地名留下，我在回来之时，要去看她一趟。

下年她要能换一个学校，一定是更好了。你去那里，尽心的准备着工作，见着娘家的人，多么好的机会。我追着就来，一定是可以同着回来，不像现在这样寂寞。你的病怎样？我只是牵记着。

可惜，这次不能写信，你不能写信。我要你弄一本小书，将你要写的话，写在书上，等我回来看！好不好？

秋白

1929年7月15日

人物评说

瞿秋白与杨之华的婚姻是那个年代曲折的所谓“三角”恋情，可以说是轰动一时，不仅进行了一场奇特的“谈判”，各自推心置腹，互诉衷肠。最后还大胆地在上海《民国日报》上同时刊登三条启事。

民国时期这种颇具“浪漫”与公平公开自由式的恋爱方式，无论如何，惊世骇俗又有着美好结局的爱情故事总是令人仰慕的。

虽然沈剑龙可以放下杨之华，但是杨之华与沈剑龙离婚，作为公公的沈定一很痛心。杨之华曾是他的追随者和崇拜者，他为培养杨之华倾注过不少心血，如今却要离开沈家而别嫁，终不免有肥水竟流外人田之感。以至于不允许让杨之华见孩子，甚至还告诉孩子他们的母亲已经去世，这也是杨之华唯一心痛之处。

但好在瞿秋白和杨之华是夫妻与战友的双重结合，婚后十余年中，不论遇上什么样的困难和逆境，都能始终如一，坚贞不渝，并随着时间的推移而愈加强烈。

瞿秋白牺牲后，杨之华没有再嫁。虽然在那个年代，爱人牺牲是经常发生的事，重新组织家庭也很正常，但杨之华说并不是由于她的封建，而是她感到没有人能够比瞿秋白对自己更好，可见两人感情之深。

第十二章

许地山与周俟松

“夫妇间，凡事互相忍耐；如意见不合，在说大声话以前，各人离开一会；各以诚意相待；每日工作完毕，夫妇当互给肉体和精神的愉快；一方不快时，它方当使之忘却；上床前，当互省日间未了之事及明日当做之事。”还有一两条，不甚重要，不必写。妹妹，你想这几条好不好，咱们试试吧。哥实在没给妹委屈，平心而论。但以后，咱们不会再争吵了，我敢保，我知道妹真爱我。

签署“协议”的夫妻

许地山，1893年生于台湾的台南市。因出生于官宦之家，从小就受到良好的教育，1911年18岁时，还曾在福建漳州担任省立二师范教员。

1913年，许地山受聘到缅甸仰光华侨创办的中华学校任职。期间，受到了一些西方思想影响。1915年12月，许地山回国，在漳州华英中学任教。

回国后，经长辈做主，他曾与台湾的林月森订过婚，但他渴望的是一种新的生活，所以婚后不久，许地山就毅然离家去北平求学。不久，林月森也过早辞世了。

1917年，许地山以优异成绩考入燕京大学文学院，因为他总穿着自己设计的“长仅及膝，对襟不翻领的棉布大衫”，手戴白玉戒指，好谈佛理，喜写梵文，又蓄长发，留山羊须，形态颇似莎士比亚。所以，被同学们视为怪人，戏称为“许真人”、“莎士比亚”。但其实他能诗善文，懂英文、德文、梵文等多种外语与粤、闽多种方言，而且待人和气，十分健谈，学习刻苦，宿舍里堆满了图书，经常读书写作到深夜。

五四运动爆发时，许地山作为学生代表不仅上街演讲，还参加了游行集会。而正是在这次的游行活动中，日后的伴侣周俟松第一次见到了他。当时，周俟松与邓颖超、刘清扬、周铭洗姐妹俩来自天津女子师范，一起挥动小旗，高呼口号。周俟松曾读过许地山的文章，非常欣赏他的文采。

周俟松是湖南省湘阴人。她的父亲是辛亥革命志士，曾为反对袁世凯称帝而被囚禁。民国初年，周俟松和妹妹周铭洗从湖南家乡来到北平，和父亲一块生活，并考入天津女子师范读书。

第二次见到许地山是在接待俄国盲诗人爱罗先珂的欢迎会上，也只是远远地观望这位活跃的助教，两人真正认识是后来在熊佛西家。熊周两家不远，因此两个人经常见面，逐渐互相爱慕。

1923 年，许地山曾赴美国留学，但很快因为经济问题，又因在美国受到歧视，便转往英国牛津大学。

1927 年，许地山学成归来，先后执教于燕大、北大、清华和北师大等京城学府。婚姻之事虽因周家一度反对，最终也水到渠成了。

1929 年 5 月 1 日，许地山和周俟松的婚礼在北京中山公园的来今雨轩举行。除亲戚外，还有蔡孑民、陈援庵、熊佛西、朱君允、田汉、周作人等参加婚礼。以后每年五一结婚纪念日，都要照一张全家合影。

婚后，夫妇俩住在燕京大学的宿舍里。他们生活俭朴，每日粗茶淡饭。周俟松承担了小家庭的家务，许地山则集中精力搞学术研究、文学创作和教育工作。甚至他们还签了个“协议”：夫妻俩人格上平等、互敬互爱、互相谅解；夫妇之间都有义务在肉体上和精神上给对方以满足。

因为周俟松爱看故事，许地山还专门为妻子翻译了孟加拉和印度民间故事。许地山写作时也很喜欢和周俟松讨论，因此，周俟松也是许地山的知音。

1930 年，许地山告别妻儿再度去印度，潜心研究印度文学（梵文）和宗教哲学。1935 年，许地山曾在香港大学任教。

1937年“七七”卢沟桥事变后，许地山义无反顾地投身抗日救亡运动。

1941年7月初，许地山乘着暑假之机，要写作《国粹与国学》及《中国道教源流考》两篇文章，为此专门从香港岛搬到新界沙田一个朋友的别墅，那里环境幽静，便于运思着笔。但8月份时，许地山积劳成疾，导致心脏病逐渐严重，最终因抢救不及而去世。

噩耗传出，宋庆龄、梅兰芳、叶恭绰、郁达夫、徐悲鸿等许多知名人士送了花圈、挽联。

许地山追悼会，由燕大同学会、港大中文学会和中英文化协会三个团体发起。当天，香港所有的机构和学校下半旗，港九钟楼鸣钟致哀！国内及新加坡等地也都隆重集会，痛悼这位新文学运动的先驱者、爱国者！

许地山的墓地位于依山傍海的香港基督教永久坟场，碑上刻有“香港大学教授许公地山之墓”几个大字。

周俟松以非凡的毅力承受了这沉重的打击。她为丈夫治丧后，独自挑起了抚育儿女的重担，并投身抗日救亡运动之中。她一直活到90多岁，始终在默默地做着丈夫未竟的事业，为丈夫编书写文章。

经典情书

/1/

六小姐：

自识兰仪心已默契，故每瞻玉度则愉慰之情甚于饥疗渴止，但以城郊路遥，不便时趋妆次表示眷慕和衷，因是萦回于苦思甜梦间未能解脱丝毫。既案上宝书亦为君掩尽矣，本月二十六日少得一日之暇，如君不计其唐突敢于上午十一时趋府侍君与令七妹先至公园一游，然后往观幕剧。

此敬约万祈赐诺顺颂学安

七小姐乞为叱名问候

许赞

十二月十九日

/ 2 /

六妹，好伴儿：

今天接到你 4 月 13 日底信，想那封飞机信是丢了。昨天接北京汇来英金三十镑，大概是燕京来底，今天不能取，到明天才能知道。那封丢了的信，你大概告诉我小说稿接到了。方才又接到上海的信，傅东华来的，说小说稿已接到，登在七月号上。上两封信给你说的电影计划，进行了没有？我看是很有希望，你想怎样？哥七月底将到家，若钱来得早，早走，也许六月初离此地，游行两星期，七月中到平。

（好像原信中脱落一段——编者注）

妹看好不好？妹请人写起来，挂在卧房里，好不好？

“夫妇间，凡事互相忍耐；如意见不合，在说大声话以前，各人离开一会；各以诚意相待；每日工作完毕，夫妇当互给肉体和精神的愉快；一方不快时，它方当使之忘却；上床前，当互省日间未了之事及明日当做之事。”还有一两条，不甚重要，不必写。妹妹，你想这几条好不好，咱们试试吧。哥实在没给妹委屈，平心而论。但以后，咱们不会再争吵了，我敢保，我知道妹真爱我。

妹，你应当告诉我的许多事，都没告诉我，我在此地，要像在家一样知道家里的事，蕙君常来吗，老太爷心境如何？妹，为何不写信？

人物评说

夫妻之间争吵是家庭常事，许地山与周俟松婚后，两人经常争吵。于是，他们在信中订立了“爱情公约”，此后，两人果然很少吵架，也成为一时之美谈。

许地山和周俟松的感情是令人羡慕的。周俟松爱看故事，许地山就专门为妻子翻译了孟加拉和印度民间故事。许地山写作时很喜欢和妻子讨论，若写到深夜时分，便有种“红袖添香夜读书”的境界。

许地山曾对周俟松说：“泰戈尔是我的知音长者，你是我知音的妻子，我是很幸福的，得一知音可以无恨矣。”周俟松晚年仍深情地说：“虽然我和地山共同生活只有 12 年，但他对我的帮助和情感，是毕生难忘的。”

两人的共同生活虽然只有 12 年，却胜似百年。

第十三章

蒋光慈与宋若瑜

读 8 月 10 日由开封寄来之快信，悲喜交集；吾妹为爱我故，而备受许多之谣言与痛苦，实令我深感不安！吾妹虽备受许多之谣言与痛苦，而仍不减对我之爱情，斯诚令我愉快已极，而感激无尽也。

苦命鸳鸯的悲怆恋歌

蒋光慈，1901年出生于安徽固始县陈淋子镇的一个盐商家庭。16岁时，阅读了《新青年》《每周评论》等进步书刊，接受了新思想。曾组织无政府主义团体“安社”，编印社刊《自由之花》，抨击军阀统治。

1919年，五四运动开始，蒋光慈担任五中学会副会长，他联络其他学校，组织示威游行，声援北京爱国学生运动，率领学生宣传抵制日货，参与义务教育，还在《青年》杂志上发表诗文。

也正因为他发表的一些文章，才深深地吸引了宋若瑜。1920年，宋若瑜向蒋光慈发出了第一封信，从此，两人有了长达六年的通信。

宋若瑜，1903年5月27日出生在河南汝县农村，从小家境贫寒。兄弟姊妹九个，相继故去，只剩下了她。因此，父母含辛茹苦供她读书，希望日后有个靠山。

1919年，宋若瑜参加了以省立二中学生曹靖华为核心的青年学会，成为该会唯一女性，甚至将秘密联络点设在她家，而该会的会刊便为蒋光慈发表文章的《青年》。

1920年，蒋光慈结识了陈独秀、陈望道等革命家，加入上海社会主义青年团。之后随刘少奇、任弼时一起赴莫斯科东方共产主义劳动大学学习。

1924 年，蒋光慈回国，任教于上海大学社会学系，倡导革命文学，并且四处打听宋若瑜的近况。

当时的宋若瑜因为组织学生运动被开除，又因为家庭贫困无法继续上学，只好去信阳二中教书。很快，两个人就再次联系上。频繁的书信往来，他们的感情日趋浓烈。

1925 年，宋若瑜回到了开封父母身边。因好友婚姻不幸，使得她对婚姻有了恐惧感，甚至有独身的想法。这使得蒋光慈十分着急，为此写了封长信，分析婚姻与恋爱和生理的关系，予以劝解。最终，宋若瑜同意邮寄照片给蒋光慈。其实，两个人虽然有书信来往，却连对方长什么样子都不知道。当蒋光慈拿到恋人寄来的照片时，正在栽兰花，而包照片的信纸上印的也是兰花，他为此格外兴奋。

1925 年 4 月，蒋光慈被李大钊分配去冯玉祥部担任苏联顾问的翻译，经常往来于北京、张家口之间。一直把宋若瑜的照片带在身上，一有空就拿出来看看。直到 7 月份，两个人才真正地见面，但也只是匆匆相见，又匆匆分别。

但是，两个人的婚姻却受到了一些波折。原来，蒋光慈读书时，邻村大户王家看中了他，曾经订过婚，蒋光慈为躲婚一直没回过家。后来，蒋家只好把已订婚的未婚媳妇王书英以女儿身份嫁了出去，蒋光慈还以哥哥身份送了 500 银元作陪嫁。

同时，宋若瑜和她的母亲，到蒋家谈论婚事的时候，也不是很顺利。宋若瑜与母亲于 8 月份，由北京动身回开封。回去后，许多捕风捉影的谣言令宋若瑜的父母极为气愤，宋若瑜不得已转赴南京复学。

这时候，蒋光慈已回上海大学教书，常常找机会到南京与恋人相聚。

1926 年，宋若瑜回开封过年，一病不起。蒋光慈立即前往探视，后劝宋若瑜退学到上海休养。于是，宋若瑜一面在上海美术专科学校听课，一面作画治病。两人居住在卡德路（今石门二路）一座石库门房子里，过着温馨和谐的夫妻生活。正如蒋光慈后来回忆说："在法国公园里，我和若瑜并肩坐在荷花池边，互相依偎着，向那欢欣、圆满而晶莹的明月望去，两人默然不语，如被幸福的酒浆所溶解似的，恍惚升入仙境。"

然而，不久宋若瑜的肺病就复发了，甚至出现头昏休克，蒋光慈四处求医，有医师建议到庐山疗养，于是夫妻俩星夜兼程赶赴庐山。

1926 年 8 月 22 日，宋若瑜还给已经返回上海的蒋光慈写信说，自己近几天不发烧了，饭也能吃了，准备住到 10 月份就下山。

9 月 10 日，宋若瑜收到了蒋光慈的照片，回信说，下个月就回上海。到 15 日时，还回信说，不再发烧，等时局平定就回去。

然而，之后不久，宋若瑜一直发烧，精神非常不好，甚至已不能提笔写字。到 11 月 6 日，蒋光慈奔上庐山牯岭医院时，宋若瑜已停止了呼吸，年仅 23 岁。

1931 年 8 月 31 日，蒋光慈忧思成疾，一病而逝，年仅 30 岁。

经典情书

/ 1 /

瑜妹如握：

读 8 月 10 日由开封寄来之快信，悲喜交集；吾妹为爱我故，而备受许多之谣言与痛苦，实令我深感不安！吾妹虽备受许多之谣言与痛苦，而仍不减对我之爱情，斯诚令我愉快已极，而感激无尽也。

北京会晤，畅叙数年相思之情怀，更固结精神之爱恋，诚为此生中之快事。孰知风波易起，谣言纷出，至吾妹感受无名之痛苦，扪心自问，我实负其咎，斯时我身在塞北，恨不能即生双翼至吾妹前，请吾妹恕有我之罪过，而我给吾妹以精神上之安慰。

唯我对吾妹有不能已于言者：社会黑暗，习俗害人，到处均是风波，无地不有荆棘，吾侪若无反抗之大胆及直挠不屈之精神，则将不能行动一步，只随流逐浪为被征服者可矣。数千年男女之习惯及观念，野蛮无理已极，言之令人可笑而可恨。中国人本非无爱情者，惟爱情多半为礼教所侵蚀，致礼教为爱情之霸主。噫！牺牲多矣！今者，吾侪既明爱情之真义，觑破礼教之无人性，则宜行所欲为，不必再顾忌一般之习俗。若一方顾忌习俗，一方又讲恋爱，则精神苦矣。父母固爱子女者，然礼教之威权能使父母牺牲其自身子女而不顾，戕杀其子女而不惜；子女若欲作礼教之驯徒，则只有牺牲爱情之一途。吾妹若真健者，请千万勿为一般无稽谣言及父母指责所痛苦，置之不问可耳。我深不忍吾妹因我而受苦痛！吾妹若爱我，则斩钉截铁爱我可耳，遑问其他。若真因我而受苦痛，而不能脱去此苦痛，则请吾妹将我……

吾妹之受痛苦皆为我故，斯诚为我最伤心之事！我将何以安慰吾妹耶？

近来每一想及我俩身事，辄唏嘘而不知所措。我本一漂泊诗人，久置家庭于不顾；然吾妹奈何？人生有何趣味？恋爱亦有人从中干涉，所谓个人自由，所谓人权云乎哉？噫！今之社会，今之人类！

吾妹！我永远不甘屈服于环境！我将永远为一反抗，为一赞诵革命之诗人！

珍重！珍重！

侠哥

8月13日晚10时

/ 2 /

《牯岭遗恨》

在云雾弥蒙的庐山高峰，
有一座静寂的孤坟。
那里永世地躺着我的她——
我的不幸早死的爱人。

遥隔着千里的云山，
我的心是常环绕在她的墓前。
牯岭的高——高入云天；
我的恨啊——终古绵绵……

（注：1928 年 11 月 6 日，宋若瑜二周年忌日，蒋光慈写出了这首哀切、凄美的诗作。）

人物评说

蒋光慈和初恋情人宋若瑜的伉俪情深曾一度被传为佳话，两人称得上情投意合、两情相悦。二人都有过被开除学籍的经历，一个是因为追求平等、自由伙同同学打了校长。一个是因为思想活跃、追求革命真理，成立“青年学会”，办《青年》刊物而被开除。二人都将自由与平等作为自己的信仰，冲动、激情、倔强、自恋、浪漫。

蒋光慈与宋若瑜这两个自怜情结与自恋情绪极重的人，在茫茫世界中找到了彼此，也找到了惺惺相惜的感觉。

爱情是美好的，所以世人皆在追寻爱情的美妙中尽心尽力，虽然爱情也是让人痛苦的，但是人们总不会放弃对爱情的向往与追求，而爱与死亡一直处于一种极其微妙的关系当中。

宋若瑜是一个面临死亡的肺病患者，那种徘徊在生与死、爱与遗憾中的复杂性考验了蒋光慈的忠贞与英雄情结。在很多文学作品中，爱情以悲剧作为结局。为了给人们对爱情抱以美好的遐想与渴望，文人对于鸳鸯、蝴蝶等雌雄互相依恋的动物以拟人化的赞誉，久而久之，这些动物就成了人们对于美好爱情的最好寄托。

蒋光慈与宋若瑜义无反顾地走到了一起，于是上演了一场充满血色浪漫的生死之恋。

第十四章

高君宇与石评梅

出了德国医院的天辛，忽然又病了，这次不是吐血，是急性盲肠炎。病状很厉害，三天工夫他瘦得成了一把枯骨，只是眼珠转动，嘴唇开合，表明他还是一架有灵魂的躯壳。我不忍再见他，我见了他只有落泪，他也不愿再见我，他见了我也是只有咽泪；命运既已这样安排了，我们还能再说什么，只静待这黑的幕垂到地上时，他把灵魂交给了我，把躯壳交给了死！

海枯石烂，爱情不灭

高君宇，1896 年生于山西省静乐县（今属娄烦县）。1916 年，高君宇考入北京大学，在那里接受了新思想的启蒙教育。

五四运动时，高君宇曾作为北京大学学生会负责人之一，带领爱国学生冲入卖国贼曹汝霖的住宅，痛打了章宗祥并火烧赵家楼曹宅。在中国现代史上留下了“火烧赵家楼，痛打章宗祥”的史话。

1919 年，为了进一步唤醒民众，高君宇和邓中夏等人一起，先在城市组织讲演，后又组织力量深入农村、工厂讲演。就是在一次慷慨、激昂的讲演中深深地吸引了他日后的恋人石评梅。

石评梅，1902 年出生于山西省平定县的书香门第之家。1919 年秋，考入北京女子高等师范学校。此时，恰是五四爱国运动过后不久，因此也受到了一些新思想的影响。她也开始诗歌和散文创作，甚至在北京校园和文学界，同庐隐、陆晶清合称三大“京城才女”，成为颇具影响力的进步女作家。

在高君宇讲演中两人偶遇，从此有了书信联系，逐渐建立了友谊。

两人面对动荡的社会和不可预知的国家未来，在书信当中互相勉励。

尤其是高君宇坚定的语言文字，令石评梅有了希望和力量，不但视高君宇为知己，更将他当作自己精神上的师长。后来，石评梅常在书信文章中称呼高君宇为天辛，而在高君宇眼中，石评梅是一个人品、才情都十分可取的女子，她就是自己爱情的归宿。

于是，两个人很快就走到了一起，当时他们经常相约在北京的陶然亭湖畔散步。

1923 年 10 月 26 日的晚上，石评梅收到了高君宇一封信，里面是一片红叶，上面写着：

满山秋色关不住，一片红叶寄相思。

天辛采自西山碧云寺十月二十四日

明显是高君宇对石评梅爱的告白。然而，由于有过一次初恋的挫折，石评梅的心里仍然有顾虑，丧失了重新追求的勇气。她在红叶的背面写了一句话：枯萎的花篮不敢承受这鲜红的叶儿。然后装入信封送了回去，委婉地拒绝了高君宇的示爱。

作对包办婚姻的受害者高君宇，尽管父亲威逼，但一直在抗婚。认识石评梅后，更加坚定了他打破封建婚姻的束缚、追求自由恋爱的信念。

1924 年，高君宇开始兼任孙中山的秘书，因为广州发生“商团叛乱”，他率领“工团军”参与平叛，掩护孙中山安全脱险。事后他把一个子弹壳连同一枚象牙戒指一起寄给远在北京的石评梅留念。随信写道：“我是有两个世界的，一个世界一切都是属于你的，我是连灵魂都永禁的俘虏；在另一个世界里，我是不属于你的，更不属于我自己，我只是历史使命的走卒！”

1925 年 3 月，高君宇一病不起，住院期间，石评梅几乎每天都来探视。然而，严重的病情还是夺去了高君宇年仅 29 岁的生命。这让石评梅万分痛苦与自责，恨自己当初犹犹豫豫，没有及早地和高君宇结合。

高君宇死后，归葬陶然亭。墓碑上镌刻着石评梅手书的碑文：

我是宝剑，我是火花，
我愿生如闪电之耀亮，
我愿死如彗星之迅忽。

这是高君宇生前自题相片的几句话，死后石评梅替他刊在碑上。

此后，陶然亭畔高君宇的墓前，人们经常会看见憔悴的石评梅前来祭扫。她还在这里亲手种下了几株松柏，也留下了沾满泪水的诗笺，《最后的一幕》《我只合独葬荒丘》《肠断心碎泪成冰》《梦回寂寂残灯后》《墓畔哀歌》等，深沉悲美的文字，都深深地表达了她的哀痛。

此后，石评梅始终独身，心里再容不下别人。

1928 年 9 月 30 日，石评梅因脑膜炎不治逝于协和医院，带着满腔的遗憾和深情，告别了给她希望和苦痛的人间。

经典情书

/ 1 /

《最后的一幕》 / *石评梅*

人生骑着灰色马和日月齐驰，在尘落沙飞的时候，除了几点依稀可辨的蹄痕外，遗留下什么？如我这样整天整夜的在车轮上回旋，经过荒野，经过闹市，经过古庙，经过小溪；但那鸿飞一掠的残影又遗留在哪里？在这万象变幻的世界，在这表演一切的人间，我听着哭声笑声歌声琴声，看着老的少的俊的丑的，都感到了疲倦。因之我在众人兴高采烈，沉迷醺醉，花香月圆时候，常愿悄悄地退出这妃色幕帏的人间，回到我那凄枯冷寂的另一世界。那里有唯一指导我呼唤我的朋友。是谁呢？便使我认识了的生命。

朋友们！我愿你们仔细咀嚼一下，那盛筵散后，人影零乱，杯盘狼藉的滋味；绮梦醒来，人去楼空，香渺影远的滋味；禁得住你不深深地呼一口气，禁得住你不流泪吗？我自己常怨恨我愚傻——或是聪明，将世界的现在和未来都分析成只有秋风枯叶，只有荒冢白骨；虽然是花开红紫，叶浮碧翠，人当红颜，景当美丽时候。我是愈想超脱，愈自沉溺，愈要撒手，愈自系恋的人，我的烦恼便绞锁在这不能解脱的矛盾中。

今天一个人在深夜走过街头，每家都悄悄紧闭着双扉，就连狗都蜷伏在墙根或是门口酣睡，一切都停止了活动归入死寂。我驱车经过桥梁，望着护城河两岸垂柳，一条碧水，星月灿然照着，景致非常幽静。我想起去年秋天天辛和我站在这里望月，恍如目前的情形而人天已隔，我不自禁的热泪又流到腮上。

“珠！什么时候你的泪才流完呢？”这是他将死的前两天问我的一句话。这时我仿佛余音犹缭绕耳畔，我知他遗憾的不是他的死，却是我的泪！他的坟头在雨后忽然新生了一株秀丽的草，也许那是他的魂，也许那是我泪的结晶！

我最怕星期三，今天偏巧又是天辛死后第十五周的星期三。星期三是我和辛最后一面，他把人间一切的苦痛烦恼都交付给我的一天。唉！上帝！容我在这明月下忏悔吧！

十五周前的星期三，我正伏在我那形销骨立枯瘦如柴的朋友床前流泪！他的病我相信能不死，但我想到他死时又觉着不会死。可怜我的泪滴在他炽热的胸膛时，他那深凹的眼中也涌出将尽的残泪，他紧嚼着下唇握着我的手抖颤，半天他才说：

“珠！什么时候你的泪才流完呢！”

我听见这话更加哽咽了，哭的抬不起头来，他掉过头去不忍看我，只深深地将头埋在枕下。后来我扶起他来，喂了点橙汁，他睡下后说了声：“珠！我谢谢你这数月来的看护……”底下的话他再也说不出来，只瞪着两个凹陷的眼望着我。那时我真觉怕他，浑身都出着冷汗。我的良心似乎已轻轻拨开了云翳，我跪在他病榻前最后向他说：“辛，你假如仅仅是承受我的心时，现在我将我这颗心双手献在你面前，我愿它永久用你的鲜血滋养，用你的热泪灌溉。辛，你真的爱我时，我知道你也能完成我的主义，因之我也愿你为了我牺牲，从此后我为了爱独身的，你也为了爱独身。”

他抬起头来紧握住我手说：

“珠！放心。我原谅你，至死我也能了解你，我不原谅时我不会这样缠绵的爱你了。但是，珠！一颗心的颁赐，不是病和死可以换来的，我也不肯用病和死换你那颗本不愿给的心。我现在并不希望得你的怜恤同情，我只让你知道世界上有我是最敬爱你的，我自己呢，也曾爱过一个值的我敬爱的你。珠！我就是死后，我也是敬爱你的，你放心！”

他说话时很（有）勇气，像对着千万人演说时的气概，我自然不能再说什么话，只默默地低着头垂泪！

这时候一个俄国少年进来，很诚恳的半跪着在他枯蜡似的手背上吻了吻，掉头他向我默望了几眼，辛没有说话只向他惨笑了一下，他向我低低说：

“小姐！我祝福他病愈。”说着戴上帽子匆匆忙忙地去了。这时他的腹部又绞痛得厉害，在床上滚来滚去的呻吟，脸上苍白的可怕。我非常焦急，去叫他弟弟的差人还未见回来，叫人去打电话请兰辛也不见回话，那时我简直呆了，只静静地握着他焦炽如焚的手垂泪！过一会弟弟来了，他也莫有和他多说话只告他腹疼的厉害。我坐在椅子上面开开抽屉无聊的乱翻，看见上星期五的他那封家书，我又从头看了一遍。他忽掉头向我说："珠！真的我忘记告你了，你把它们拿去好了，省得你再来一次检收。"

我听他话真难受，但怎样也想不到星期五果然去检收他的遗书。他也真忍心在他决定要死的时候，亲口和我说这些诀别的话！那时我总想他在几次大病的心情下，不免要这样想，但未料到这就是最后的一幕了。我告诉静弟送他进院的手续，因为学校下午开校务会我须出席，因之我站在他床前说了声"辛！你不用焦急，我已告诉静弟马上送你到协和去，学校开会我须去一趟，有空我就去看你。"那时我真忍心，也莫有再回头看看他就走了，假如我回头看他时，我一定能看见他对我末次目送的惨景……

呵！这时候由天上轻轻垂下这最后的一幕！

他进院之后兰辛打电话给我，说是急性盲肠炎已开肚了。开肚最后的决定，兰辛还有点踌躇，他笑着拿过笔自己签了字，还说："开肚怕什么？你也这样脑筋旧。"兰辛怕我见了他再哭，令他又难过；因之，他说过一两天再来看他。哪知就在兰辛打电话给我的那晚上就死了。

死时候莫有一个人在他面前，可想他死时候的悲惨！他虽然莫有什么不放心在这世界上，莫有什么留恋在这世界上；但是假如我在他面前或者兰辛在他面前时，他总可瞑目而终，不至于让他睁着眼等着我们。

/ 2 /

天辛（高君宇）：

到如今我没有什么话可说，宇宙中本没有留恋的痕迹，我祈求都像惊鸿的疾掠，浮云的转逝；只希望记忆帮助我见了高山想到流水，见了流水想到高山。但这何尝不是一样的吐丝自缚呢！

有时我常向遥远的理智塔下忏悔，不敢抬头；因为瞻望着遥远的生命，总令我寒噤战栗！最令我难忘的就是你那天在河滨将别时，你握着我的手说："朋友！过去的确是过去了，我们在疲倦的路上，努力去创造未来吧！"

而今当我想到极无聊时，这句话便隐隐由我灵魂深处溢出，助我不少勇气。但是终日终年战兢兢地转着这生之轮，难免有时感到生命的空虚，像一只疲于飞翔的孤鸿，对着苍茫的天海，云雾的前途，何处是新径，何处是归路地怀疑着，徘徊着。

我心中常有一个幻想的新的境界，愿我自己单独地离开群众，任着脚步，走进有虎狼豺豹的深夜森林中，跨攀过削岩峭壁的高冈，渡过了苍茫扁舟的汪洋，穿过荆棘丛生的狭径……任我一个人高呼，任我一个人低唱，即有危险，也只好一个人量力挣扎与抵抗。求救人类，荒林空谷何来佳侣？祈福上帝，上帝是沉默无语。我愿一生便消失在这里，死也埋在这里，虽然孤寂，我也宁愿享兹孤苦的。不过这怕终于是一个意念的幻想，事实上我又如何能这样，除了蔓草黄土堙埋在我身上的时候。

如今，我并不恳求任何人的怜悯和抚慰，自己能安慰娱乐自己时，就便去追求着哄骗自己。相信人类深藏在心底的，大半是罪恶的种子，陈列在眼前的又都是些幻变万象的尸骸；猜疑嫉妒既狂张起翅儿向人间乱飞，手中既无弓箭，又无弹丸的我们，又能奈何他们呢？辛！我们又如何能不受伤负创被人们讥笑。

过去的梦神，她常伸长玉臂要我到她的怀里，因之，一切的凄怆失望像万骑踏过沙场一样蹂躏着我。使我不敢看花，看花想到业已埋葬的青春；不敢临河，怕水中映出我憔悴的瘦影；更不敢到昔日栖息之地，怕过去的陈尸捉住我的惊魂。更何忍压着凄酸的心情，在晚霞鲜明，鸟声清幽时，向沙土上小溪畔重认旧日的足痕！

从前赞美朝阳，红云捧着旭日东升，我欢跃着说："这是我的希望。"

从前爱慕晚霞，望着西方绚烂的彩虹，我心告诉我："这是我的归宿。"天辛呵！纵然今天我立在伟大庄严的天坛上，彩凤似的云霞依然飘停在我的头上；但是从前我是沉醉在阳光下的蔷薇花，现在呢，仅不过是古荒凄凉的神龛下，蜷伏着呻吟的病人。

这些话也许会令你伤心的，然而我不知为什么似乎一些幸福愉快的言语也要躲避我。今天推窗见落叶满阶，从前碧翠的浓幕，让东风撕成了粉碎；因之，我又想到落花，想到春去的悠忽，想到生命的虚幻，想到一切……想到月明星烂的海，灯光辉煌的船，广庭中婀娜的舞女，琴台上悠扬的歌声；外边是沉静的海充满了神秘，船里是充满了醉梦的催眠。汹涌的风波起时，舵工先感恐惧，只恨我的地位在生命海上，不是沉醉娇贵的少女，偏是操持危急的舵工。

说到我们的生命，更渺小了，一波一浪，在海上留下些什么痕迹！

诞日，你寄来的象牙戒指收到了。诚然，我也愿用象牙的洁白和坚实，来纪念我们自己静寂像枯骨似的生命。

/ 3 /

《缄情寄向黄泉》/ 石评梅

我如今是更冷静，更沉默地挟着过去的遗什去走向未来的。我四周有狂风，然而我是掀不起波澜的深潭；我前边有巨涛，然而我是激不出声响的顽石。

颠沛搏斗中我是生命的战士，是极勇敢，极郑重，极严肃地向未来的城垒进攻的战士。我是不断地有新境遇，不断有新生命的；我是为了真实而奋斗，不是追逐幻象而疲奔的。

知道了我的走向人生的目标。辛，一年来我虽然有不少的哀号和悲忆，你也不须为生的我再抱遗恨和不安。如今我是一道舒畅平静向大海去的奔流；纵然缘途在山峡巨谷中或许发出凄痛的呜咽！那只是积沙岩石旋涡冲击的原因，相信它是会得到平静的，会得到创造真实生命的愉快的，它是一直奔到大海去的。

辛！你的生命虽不幸早被腐蚀而夭逝，不过我也不过分的再悼感你在宇宙间曾存留的幻体。我相信只要我自己生命闪耀存在于宇宙一天，你是和我同在的。辛！你要求于人间的，你希望于我自己的，或许便是这些吧！

深刻的情感是受过长久的理智的熏陶的。是由深谷底潜流中一滴一滴渗透出来的。我是投自己于悲剧中而体验人生的。所以我便牺牲人间一切的虚荣和幸福，在这冷墟上，你的坟墓上，培植我用血泪浇洒的这束野花来装饰点缀我们自己创造下的生命。辛！除了这些我不愿再告你什么，我想你果真有灵，也许赞助我一样的努力。

一年之后，世事几迁，然而我的心是依然这样平静冷寂的，抱持着我理想上的真实而努力。有时我是低泣，有时我是痛哭；低泣，你给予我的死寂；痛哭，你给予我的深爱。然而有时我也很快乐，我也很骄傲。我是睥视世人微微含笑，我们的圣洁的高傲的孤清的生命是巍然峙立于皑皑的云端。

生命的圆满，有几个懂得生命的圆满？那一般庸愚人的圆满，正是我最避忌恐怖的缺陷。我们的生命是肉体和骨头吗？假如我们的生命是可以毁灭的幻体，那么，辛！我的这颗迂回潜隐的心，也早应随你的幻体而消逝。我如今认识了一个完成的圆满生命是不能消灭，不能丢弃，不能忘记；换句话说，就是永远存在。多少人都希望我毁灭，丢弃，忘记，把我已完成的圆满生命抛去。我终于不能。才知道我们的生命并未死，仍然活着，向前走着，在无限的高处创造建设着。

我相信你的灵魂，你的永远不死的心，你的在我心里永存的生命；是能鼓励我，指示我，安慰我，这孤寂凄清的旅途。我如今是愿挑上这副担子走向遥远的黑暗的，荆棘的生到死的道上。一头我挑着已有的收获，一头我挑着未来的耕耘，这样一步一步走向无穷的。

自你死后，我便认识了自己，更深地了解自己。同时朋友中是贤最知道我，他似乎这样说过："她生来是一道大江，你只应疏凿沙石让她舒畅的流入大海，断不可堵塞江口，把水引去点缀帝王之家的宫殿楼台。"

辛！你应该感谢他！他自从由法华寺归路上我晕厥后救护起，一直到我找到了真实生命；他都是启示我，指导我，帮助我，鼓励我。由积沙岩石的旋涡波涌中，把我引上了平坦的海道。如今，我能不怨愤，不悲哀，没有沉重的苦痛永远缠绕的，都是因为我已有了奔流的河床。只要我平静的舒畅的流呵，流呵，流到一个归宿的地方去，绝无一种决堤泛滥之灾来阻挠我。

辛！你应感谢他！你所要在死后希望我要求我努力的前途，都是你忠诚的朋友，他一点一滴的汇聚下伟大的河床，帮助我移我的泉水在上边去奔流，无阻碍奔向大海去的。像我眼下这样夜静时的心情，能这样平淡的写这封信给你，你也会奇怪我吧！我已不是从前呜咽哀号，颓丧消沉的我；我是沉默深刻，容忍含蓄一切人间的哀痛，而努力去寻求生命的真确的战士。

我不承认这是自骗的话。因为我的路是这样自然，这样平坦地走去的。放心！你别我一年多，而我能这般去辟一个理想的乐园，也许是你惊奇的吧！

你一定愿意知道一点，关于弟弟的消息，前三天我忽然接到他一封信，他现在是被你们那古旧的家庭囚闭着，所以他已失学一年多了。这种情形，自然你会伤感的，假如你要活着，他绝对不能受这样的苦痛，因为你是能帮助他脱却一切桎梏而创造新生命的。如今他极愤激，和你当日同你家庭暗斗的情形一样。而我也很相信静弟是能觅到他的光明的前途的，或者你所企望的一切事业志愿，他都能给你有圆满地完成。他的信是这样说的：

自别京地回家之后，实望享受几天家庭的乐趣，以慰我一年来感受了的苦痛。谁知我得到的，是无限量的烦恼！

我回来的时候，家中已决定令我废学，及我归后，复屡次向我表示斯旨，我虽竭词解释，亦无济于事。

读姊来信，说那片荒凉的境地，也被践踏蹂躏而不得安静，我更替我黄泉下的哥哥愤激！不料一年来的变迁，竟有如斯其悲惨！

一切境遇，一切遭逢，皆足以使人伤心掉泪！

我希望于家庭的，是要借得他来援助完成我的志愿，我的事业；但家庭则不然。他使我远近游学的一点心迹，是希望我猎得一些禄位金钱来光荣祖墓家风。这些事我们青年人看起来，就是头衔金银冠里满身，那也算不了什么稀奇的光荣！我每想到环境的压迫，恒愿一死为快。但是到了死的关头，好像又有许多不忍的观念来掣肘似的。我不愿死，我死固不足惜；但我死而一切该死的人不能竟行死去。我将以此不死的躯骸，向着该死的城垒进攻！

我现在的希望已绝，但我仍流连不忍即离去者，实欲冀家庭之能有一时觉悟，如我心愿亦未可定！如或不然，我将决于明年为行期，毅然决然地要离开他，远避他，和他行最后决裂的敬礼。

愿你勿为了一切黑暗的，荆棘的环境愁烦！我们从生到死的途径上，就像日的初升；纵然有时被浮云遮蔽，仍然是要继续发光的。我们走向前去吧！我们走向前去吧！环境的阻挠在我们生命的途中，终于是等若浮云。

辛！是残月深更，在一个冷漠枯寂的初冬之夜，我接读静弟这封依稀是你字迹，依稀是你语句的信。久不流的酸泪又到了眶边，我深深的向你遗像叹息！记得静弟未离京时，他曾告过贤以他将来前途的黯淡，他那时便决心要和家庭破裂。是我和贤婉劝他，能用善良的态度去感化而有效时，千万不要和家庭破裂。因为思想的冲突，是环境时代不同的差别之争。应该原谅老年人们的陈腐思想，是一时代中的产物；并不是他对于子女有意对垒似的向你宣战。因之，能辗转委婉去和家庭解释。令他能觉悟到什么是现代青年人应做的工作，自我的警策。令他知道我们青年人，绝对再不能为古旧的家庭或社会作涂饰油彩的机械傀儡。父母年老，假如一旦你的消息泄露，静弟再远走愤去。那你们家庭的惨淡，黑暗，悲痛，定连目下都不如，这也不是你的愿意和静弟的希望吧！所以我一直都系念着静弟，那最后决裂的敬礼。

认识我们，和我们要好的朋友，现在大半都云散四方，去创造追求各个的生命希望去了。只有你的贤哥，和我的晶妹，还在这块你埋骨的地方，伴着你。朋友们都离京后，时局也日在幻变，陷入死境，要找寻前二年的那种环境和兴趣已不可得。所以连你坟头都那样凄寂。去年那些小弟弟们，知道你未曾见过你的朋友们，他们都是常常在你的墓畔喝酒野餐，痛哭高歌的。帮助我建碑种树修墓的都是他们。如今，连这个梦也闭幕了。

你墓头不再有那样欢欣，那样热闹的聚会了。

他们都走向远方去了。

自从那块地方驻兵后，连我都不敢常去。任你墓头变成了牧场，牛马践踏蹂躏了你的墓砖，吃光了环绕你墓的松林，那块白石的墓碑上有了剥蚀的污秽的伤痕。我们不幸在现代做人受欺凌不能安静，连你做鬼的坟茔都要受意外的灾劫；说起来真令人愤激万分。辛！这世界，这世界，四处都是荆棘，四处都是刀兵，四处都是喘息着生和死的呻吟，四处都洒滴着血和泪的遗痕。我是撑着这弱小的身躯，投入在这腥风血雨中搏战着走向前去的战士，直到我倒毙在旅途上为止。

我并不感伤一切既往，我是深谢着你是我生命的盾牌；你是我灵魂的主宰。从此就是自在的流，平静的流，流到大海的一道清泉。辛！一年之后，我在辗转哀吟，流连痛苦之中，我能告诉你的，大概只有这些话。你永久的沉默死寂的灵魂呵！我致献这一篇哀词于你吐血的周年这天。

十五年十一月十八日

/ 4 /

《我只合独葬荒丘》/ *石评梅*

昨夜英送我归家的路上，他曾说这样料峭的寒风里带着雪意，夜深时一定会下雪的。

那时我正瞻望着黑暗的远道，没有答他的话。今晨由梦中醒来，揭起帐子，由窗纱看见丁香枯枝上的雪花，我才知道果然，雪已在梦中悄悄地来到人间了。

窗外的白雪照着玻璃上美丽的冰纹，映着房中熊熊的红炉，我散着头发立在妆台前沉思，这时我由生的活跃的人间，想到死的冷静的黄泉。

这样天气，坐在红炉畔，饮着酽的清茶，吃着花生瓜子栗子一类的零碎，读着喜欢看的书，或和知心的朋友谈话，或默默无语独自想着旧梦，手里织点东西；自然最舒适了。我太矫情！偏是迎着寒风，扑着雪花，向荒郊野外，乱坟茔中独自去徘徊。

我是怎样希望我的生命，建在美的，冷的，静的基础上。因之我爱冬天，尤爱冬天的雪和梅花。如今，往日的绮梦，往日的欢荣，都如落花流水一样逝去，幸好还有一颗僵硬死寂的心，尚能在寒风凄雪里抖颤哀泣。于是我抱了这颗尚在抖战，尚在哀号的心无目的迷惘中走向那一片冰天雪地。

到了西单牌楼扰攘的街市上，白的雪已化成人们脚底污湿的黑泥。我抬头望着模糊中的宣武门，渐渐走近了，我看见白雪遮罩着红墙碧瓦的城楼。门洞里正过着一群送葬的人，许多旗牌执事后面，随着大红缎罩下黑漆的棺材；我知道这里面装着最可哀最可怕的“死”！棺材后是五六辆驴车，几个穿孝服的女人正在轻轻地抽噎着哭泣！这刹那间的街市是静穆严肃，除了奔走的车夫，推小车卖蔬菜的人们外，便是引导牵系着这沉重的悲哀，送葬者的音乐，在这凄风寒雪的清晨颤荡着。

凄苦中我被骆驼项下轻灵灵的铃声唤醒！车已走过了门洞到了桥梁上。我望着两行枯柳夹着的冰雪罩了的护城河。这地方只缺少一个月亮，或者一颗落日便是一幅疏林寒雪。

雪还下着，寒风刮的更紧，我独自驱车去陶然亭。

在车上我想到十四年正月初五那天，也是我和天辛在雪后来游陶然亭，是他未死前两个月的事。说起来太伤心，这次是他自己去找墓地。我不忍再言往事，过后他有一封信给我，是这样写的：

珠！昨天是我们去游陶然亭的日子，也是我们历史上值得纪念的日子。我们的历史一半写于荒斋，一半写于医院，我希望将来便完成在这里。珠！你不要忘记了我的嘱托，并将一切经过永远记在心里。

我写在城根雪地上的字，你问我：“毁掉吗？”随即提足准备去碴：我笑着但是十分勉强地说：“碴去吧！”虽然你并未曾真的将它碴掉，或者永远不会有人去把它碴掉；可是在你问我之后，我觉着我写的那“心珠”好像正开着的鲜花，忽然从枝头落在地上，而且马上便萎化了！我似乎亲眼看见那两个字于一分钟内，由活体立变成僵尸；当时由不得感到自己命运的悲惨，并有了一种送亡的心绪！所以到后来枯瓣落地，我利其一双成对，故用手杖掘了一个小坑埋入地下，笑说：“埋葬了我们吧！”

我当时实在是祷告埋葬了我那种悼亡的悲绪。我愿我不再那样易感，那种悲绪的确是已像桔瓣一样的埋葬了。

我从来信我是顶不成的，可是昨天发现有时你比我还不成。当我们过了葛母墓地往南走的时候，我发觉你有一种悲哀感触，或者因为我当时那些话说的令人太伤心了！唉！想起了，“我只合独葬荒丘”的话来，我不由得低着头叹了一口气。你似乎注意全移到我身上来笑着唤：“回来吧！”我转眼看你，适才的悲绪已完全消失了。就是这些不知不觉的转移，好像天幕之一角，偶然为急风吹起，使我得以窥见我的宇宙的隐秘，我的心意显着有些醉了。后来吃饭时候，我不过轻微地咳嗽了两下，你就那么着急起来；珠！你知道这些成就得一个世界是怎样伟大么？你知道这些更使一个心贴伏在爱之渊底吗？

在南下洼我持着线球，你织着绳衣，我们一边走一边说话，太阳加倍放些温热送回我们；我们都感谢那样好的天气，是特为我们出游布置的。吃饭前有一个时候，你低下头织衣，我斜枕着手静静地望着你，那时候我脑际萦绕着一种绮思，我想和你说；但后来你抬起头来看了看我，我没有说什么，只拉着你的手腕紧紧握了一下。这些情形和苏伊士梦境归来一样，我永永远远不忘它们。

命运是我们手中的泥，我们将它团成什么样子，它就得成什么样子；别人不会给我们命运，更不要相信空牌位子前竹签洞中瞎碰出来的黄纸条儿。

我病现已算好那能会死呢！你不要常那样想。

两个月后我的恐怖悲哀实现了他由活体变成僵尸！四个月后他的心愿达到了，我真的把他送到陶然亭畔，葛母墓旁那块他自己指给我的草地上埋葬。

我们一切都像预言，自己布下凄凉的景，自己去投入排演。如今天辛算完了这一生，只剩我这漂泊的生命，尚在挣扎颠沛之中，将来的结束，自然是连天辛都不如的悲惨。

车过了三门阁，便有一幅最冷静最幽美的图画展在面前，那坚冰寒雪的来侵令我的心更冷更僵连抖战都不能。下了车，在这白茫茫一片无人践踏，无人经过的雪地上伫立不前。假如我要走前一步，白云里便要留下污黑的足痕；并且要揭露许多已经遮掩了的缺陷和恶迹。

我低头沉思了半晌，才鼓着勇气踏雪过了小桥，望见挂着银花的芦苇，望见隐约一角红墙的陶然亭，望见高峰突起的黑窑台，望见天辛坟前的白玉碑。我回顾零乱的足印，我深深地忏悔，我是和一切残忍冷酷的人类一样。

我真不能描画这个世界的冷静，幽美，我更不能形容我踏入这个世界是如何的冷静，如何的幽美？这是一幅不能画的画，这是一首不能写的诗，我这样想。一切轻笼着白纱，浅浅的雪遮着一堆一堆凸起的孤坟，遮着多少当年红颜皎美的少女，和英姿豪爽的英雄，遮着往日富丽的欢荣，遮着千秋遗迹的情爱，遮着苍松白杨，遮着古庙芦塘，遮着断碣残碑，遮着人们悼亡时遗留在这里的悲哀。

洁白凄冷围绕着我，白坟，白碑，白树，白地，低头看我白围巾上却透露出黑的影来。寂静得真不像人间，我这样毫无知觉地走到天辛墓前。我抱着墓碑，低低唤着他的名字，热的泪融化了我身畔的雪，一滴一滴落在雪地，和着我的心音哀泣！天辛！你哪能想到一年之后，你真的埋葬在这里，我真能在这寒风凛冽，雪花飞舞中，来到你坟头上吊你！天辛！我愿你无知，你应该怎样难受呢！怕这迷漫无际的白雪，都要化成潋滟生波的泪湖。

我睁眼四望，要寻觅我们一年前来到这里的遗痕，我真不知，现在是梦，还是过去是梦？天辛！自从你的生命如彗星一闪般陨坠之后，这片黄土便成了你的殡宫，从此后呵！永永远远再看不见你的颀影，再听不见你音乐般的语声！

雪下得更紧了，一片一片落到我的襟肩，一直融化到我心里；我愿雪把我深深地掩埋，深深地掩埋在这若干生命归宿的坟里。寒风吹着，雪花飞着，我像一座石膏人形一样矗立在这荒郊孤冢之前，我昂首向苍白的天宇默祷；这时候我真觉空无所有，亦无所恋，生命的火焰已渐渐地模糊，忘了母亲，忘了一切爱我怜我同情我的朋友们。

正是我心神宁静的如死去一样的时候，芦塘里忽然飞出一对白鸽，落到一棵松树上；我用哀怜的声音告诉它，告诉它不要轻易泄漏了我这悲哀，给我的母亲，和一切爱我怜我同情我的朋友们。

我遍体感到寒冷僵硬，有点抖战了！那边道上走过了一个银须飘拂，道貌岸然的老和尚，一手执着伞，一手执着念珠，慢慢地到这边来。我心里忽然一酸，因为这和尚有几分像我故乡七十岁的老父。他已惊破我的沉寂，我知此地不可再久留，我用手指在雪罩了的石桌上写了“我来了”三个字，我向墓再凝视一度，遂决然地离开这里。归途上，我来时的足痕已被雪遮住。我空虚的心里，忽然想起天辛在病榻上念茵梦湖：

“死时候呵！死时候，我只合独葬荒丘！”

十五年十二月六日

/ 5 /

《墓畔哀歌》

一

我由冬的残梦里惊醒，春正吻着我的睡靥低吟！晨曦照上了窗纱，望见往日令我醺醉的朝霞，我想让丹彩的云流，再认认我当年的颜色。

披上那件绣着蛱蝶的衣裳，姗姗地走到尘网封锁的妆台旁。呵！明镜里照见我憔悴的枯颜，像一朵颤动在风雨中苍白凋零的梨花。

我爱，我原想追回那美丽的皎容，祭献在你碧草如茵的墓旁，谁知道青春的残蕾已和你一同殉葬。

二

假如我的眼泪真凝成一粒一粒珍珠，到如今我已替你缀织成绕你玉颈的围巾。

假如我的相思真化作一颗一颗的红豆，到如今我已替你堆集永久勿忘的爱心。哀愁深埋在我心头。

我愿燃烧我的肉身化成灰烬，我愿放浪我的热情怒涛汹涌，天呵！这蛇似的蜿蜒，蚕似的缠绵，就这样悄悄地偷去了我生命的青焰。

我爱，我吻遍了你墓头青草在日落黄昏；我祷告，就是空幻的梦吧，也让我再见见你的英魂。

三

明知道人生的尽头便是死的故乡，我将来也是一座孤冢，衰草斜阳。有一天呵！我离开繁华的人寰，悄悄入葬，这悲艳的爱情一样是烟消云散，昙花一现，梦醒后飞落在心头的都是些残泪点点。

然而我不能把记忆毁灭，把埋我心墟上的残骸抛却，只求我能永久徘徊在这垒垒荒冢之间，为了看守你的墓茔，祭献那茉莉花环。

我爱，你知否我无言的忧衷，怀想着往日轻盈之梦。梦中我低低唤着你小名，醒来只是深夜长空有孤雁哀鸣！

四

黯淡的天幕下，没有明月也无星光这宇宙像数千年的古墓；皑皑白骨上，飞动闪耀着惨绿的磷花。我匍匐哀泣于此残锈的铁栏之旁，愿烘我愤怒的心火，烧毁这黑暗丑恶的地狱之网。

命运的魔鬼有意捉弄我弱小的灵魂，罚我在冰雪寒天中，寻觅那凋零了的碎梦。求上帝饶恕我，不要再残害我这仅有的生命，剩得此残躯在，容我杀死那狞恶的敌人！

我爱，纵然宇宙变成烬余的战场，野烟都腥：在你给我的甜梦里，我心长系驻于虹桥之中，赞美永生！

五

我整天踟蹰于垒垒荒冢，看遍了春花秋月不同的风景，抛弃了一切名利虚荣，来到此无人烟的旷野，哀吟缓行。我登了高岭，向云天苍茫的西方招魂，在绚烂的彩霞里，望见了我沉落的希望之陨星。

远处是烟雾冲天的古城，火星似金箭向四方飞游！隐约的听见刀枪搏击之声，那狂热的欢呼令人震惊！在碧草萋萋的墓头，我举起了胜利的金觥，饮吧我爱，我奠祭你静寂无言的孤冢！

星月满天时，我把你遗我的宝剑纤手轻擎，宣誓向长空：愿此生永埋了英雄儿女的热情。

六

假如人生只是虚幻的梦影，那我这些可爱的映影，便是你赠与我的全生命。我常觉你在我身后的树林里，骑着马轻轻地走过去。常觉你停息在我的窗前，徘徊着等我的影消灯熄。常觉你随着我唤你的声音悄悄走近了我，又含泪退到了墙角。常觉你站在我低垂的雪帐外，哀哀地对月光而叹息！

在人海尘途中，偶然逢见个像你的人，我停步凝视后，这颗心呵！便如秋风横扫落叶般冷森凄零！我默思我已经得到爱的之心，如今只是荒草夕阳下，一座静寂无语的孤冢。

我的心是深夜梦里，寒光闪灼的残月，我的情是青碧冷静，永不再流的湖水。残月照着你的墓碑，湖水环绕着你的坟，我爱，这是我的梦，也是你的梦，安息吧，敬爱的灵魂！

我的心是深夜梦里，
寒光闪灼的残月，
我的情是青碧冷静，
永不再流的湖水。

七

我自从混迹到尘世间，便忘却了我自己；在你的灵魂我才知是谁？记得也是这样夜里。我们在河堤的柳丝中走过来，走过去。我们无语，心海的波浪也只有月儿能领会。你倚在树上望明月沉思，我枕在你胸前听你的呼吸。抬头看见黑翼飞来掩遮住月儿的清光，你抖颤着问我：假如这苍黑的翼是我们的命运时，应该怎样？

我认识了欢乐，也随来了悲哀，接受了你的热情，同时也随来了冷酷的秋风。往日，我怕恶魔的眼睛凶，白牙如利刃；我总是藏伏在你的腋下趑趄不敢进，你一手执宝剑，一手扶着我践踏着荆棘的途径，投奔那如花的前程！

如今，这道上还留着你斑斑血痕，恶魔的眼睛和牙齿再是那样凶狠。但是我爱，你不要怕我孤零，我愿用这一纤细的弱玉腕，建设那如意的梦境。

八

春来了，催开桃蕾又飘到柳梢，这般温柔慵懒的天气真使人恼！她似乎躲在我眼底有意缭绕，一阵阵风翼，吹起了我灵海深处的波涛。

这世界已换上了装束，如少女般那样娇娆，她披拖着浅绿的轻纱，蹁跹在她那（姹）紫嫣红中舞蹈。伫立于白杨下，我心如捣，强睁开模糊的泪眼，细认你墓头，萋萋芳草。满腔辛酸与谁道？愿此恨吐向青空将天地包。它纠结围绕着我的心，像一堆枯黄的蔓草，我爱，我待你用宝剑来挥扫，我待你用火花来焚烧。

九

垒垒荒冢上，火光熊熊，纸灰缭绕，清明到了。这是碧草绿水的春郊。墓畔有白发老翁，有红颜年少，向这一抔黄土致不尽的怀忆和哀悼，云天苍茫处我将魂招；白杨萧条，暮鸦声声，怕孤魂归路迢迢。

逝去了，欢乐的好梦，不能随墓草而复生，明朝此日，谁知天涯何处寄此身？叹漂泊我已如落花浮萍，且高歌，且痛饮，拼一醉烧熄此心头余情。

我爱，这一杯苦酒细细斟，邀残月与孤星和泪共饮，不管黄昏，不论夜深，醉卧在你墓碑傍，任霜露侵凌吧！我再不醒。

十六年清明陶然亭畔

人物评说

自古红颜多薄命，向来老天妒英才。高君宇与石评梅的爱情被誉为现代版的“梁祝”，凄凉、绝美。

世界上最悲凄的爱情莫过于，曾有一份真挚的爱摆在你的面前，你没有珍惜，当你决定要用一生去珍惜时，那个人却永远离去！这就是石评梅的爱情写照。

高君宇终究是没有得到他所渴望和一直在追求的爱情，高君宇的一生以悲苦为生命轨迹，以革命为己任，却过早地离开人世，真是造化弄人。

高君宇的永远离开，也带走了石评梅的一切！

每个周末，石评梅都风雨无阻来到陶然亭畔高君宇墓前，默默流泪，一遍遍深情说“我爱你”，可地下的他再也听不到了。

从此，她的作品里充满了“冷月、孤坟、落花、哀鸣、残叶”等词汇，她在《墓畔哀歌》写道：假如我的眼泪真凝成一粒一粒珍珠，到如今我已替你缀织成绕你玉颈的围巾……我愿意燃烧我的肉身化成灰烬，让我再见见你的英魂。

可见石评梅对于高君宇用情之深。石评梅的初恋到失恋、离婚、分手，别人看来很正常，但是她太在意了，身陷其中，不能自拔。更可悲的是，老天没有给她充足的时间，化解心中的苦结，所以，她的爱情注定是苦涩的，苦涩得令人绝望。

第十五章

朱湘与刘霓君

写完这信，晚上做梦，梦到我凫水，落到水里去了；你跳进水里，把我救了出来；当时我感激你，爱你的意思，真是说也说不出来，我当时哭醒了，醒来以后，我想起你从前到现在一片对我的真情，心里真是一股说不出感受。

为了爱情而投江

朱湘，1904 年出生于湖南省沅陵县，自幼天资聪颖，6 岁开始读书，7 岁学作文，11 岁入小学。小时父母先后离世，由哥哥抚养长大。

1919 年，朱湘到南京工业学校预科学习一年，受《新青年》的影响，开始赞同新文化运动。第二年，到清华大学上学。此后几年专心于诗歌创作和翻译，并且渐渐在当地文坛有了些名气。而此时，一个女子的出现，搅乱了朱湘平静的读书生活。她便是两年后成了朱湘妻子的刘霓君。

其实，朱湘和刘霓君曾是双方家长指腹为婚的，朱湘曾极力想摆脱这场包办婚姻。为此，才去清华上学，而躲过了这次“劫难”。

有一次，朱湘哥哥来看望他，他突然发现了站在角落里的刘霓君。刘霓君大胆地向朱湘说自己在报纸上读到朱湘的诗歌，但却并未给朱湘留下好印象。

朱湘本来是想赴美留学的，他认为，离家远了，时间长了，刘家便会自行解约。但因为他抵制学校早点名制度，在留学前被清华开除。

1923 年冬，朱湘离开了清华园，只身来到上海，开始将大部分精力倾注在新诗的创作上。

此时，朱湘才得知，刘霓君的父亲不久前去世，兄长独占了家产，她只能一个人跑到上海来找工作。这不由激起了朱湘的同情心。

1923 年冬日的一天，朱湘来到了一个纱厂的洗衣房，再次见到了刘霓君。此时的刘霓君变得冷淡了许多，两个人几乎是始终沉默，最后刘霓君慢慢转过身去，低着头走回了洗衣房，消失在白腾腾的雾气里。

但在这一刻，朱湘在与刘霓君的婚姻问题上，开始动摇了，并且决定与对方结婚。

结婚后，朱湘进入了诗歌创作的高峰期，创作了《答梦》《情感》《雌夜啼》等大量诗歌，不久后又出版了诗集《草莽集》。并与闻一多、徐志摩等人一起在《晨报副刊》上创办《诗镌》，成为新月派诗歌的代表人物之一。

之后，他还留学美国，但因为无法忍受外国人对自己的歧视，频频转学，先后在威斯康辛州劳伦斯大学、芝加哥大学和俄亥俄大学学习英国文学等课程。在这期间，朱湘给妻子刘霓君写了 100 多封情意绵绵的书信，寄托自己的异国相思之苦。朱湘去世后，他的好友罗念生将这一组情书编辑出版，名为《海外寄霓君》。

1929 年 8 月，因为经济拮据，他未能完成学业回国。之后，在安徽大学教书，但因学校时常拖欠薪水，生活很不宽裕。所生的一个幼儿，未满周岁，就因为没有奶吃哭了七个昼夜，活活饿死。

贫困的生活，自然也严重影响了夫妻感情，后来他离开了安徽大学，更是无立足之地。

之后朱湘开始辗转漂泊于北平、上海、长沙等地，由于性情孤傲，得罪了不少人，谋职四处碰壁，只能依靠写诗卖文为生，到了 1933 年，连诗稿的发表都越来越困难。但他始终生性孤傲，不肯接受嗟来之食。

刘霓君见朱湘整日守着诗稿无事可做，便托朋友帮他找了一份工厂里的临时工作，但遭到了朱湘的拒绝。两人的矛盾也越来越深。

1933年12月5日，朱湘在去南京的渡轮上跳江自杀，口袋中仅有去南京的船票、一瓶酒，以及一包刘霓君平日里最爱吃的饴糖。

朱湘自杀后，据说刘霓君不久后削发为尼，遁入空门，从此再无音讯。

经典情书

/ 1 /

霓君，我的爱妻：

从此以后，我决定自己做饭。每月可以寄二十块美金给你，我自己还可以买点书，我问了他们内行的人知道腌鱼腊肉这面都可以买得到。不过这人不十分可靠，详细情形我以后告诉你。我想这个消息你听了一定很喜欢。一年半载之后，你进了学堂，很可以在这里面省出一笔钱来。现在已经春天，我的衣服没有，美国人又是富，我们中国人到这面来，至少不要穿得像叫花子。并且我那本书寄去上海，可以拿四五十块中国钱，我叫了他们给你寄去，可以支持些时候，所以我不得已，做了春天两套衣裳。阳历四月初一我准寄美金卅块回家。你阳历五月半可以收到。从阳历五月起，每月决定能余廿块，可以两个月寄一回。在美国照相，听说贵得不得了；照六张六寸的，要廿块美金。所以现在是照不起。无论如何，在美国总要照一次作纪念的。早迟那就不敢讲了。鱼肉你现在不必寄。还有罐头之类东西，美国并不贵，也不必托罗先生带了。绣花抽税太高，并且销的不多，也算了罢。我如今读书很快活，并且除去寄钱给你以外，我自己每月还能买些自己要看想买的书，这也叫我高兴。我如今立了一个志向，要把全世界上许多国家的诗都拿来读。这面芝加哥大学的图书馆很大，我要看的这种书大半都有，你想我是多么快活。大前天本是礼拜，我照例应该写信给你的，因为看书有趣，看忘记掉了。我今天虽然看着一本好书（荷兰国的诗），不过我信没写，实在不放心。所以把书放下，赶快写信，省得你记挂。芝加哥这面常常阴天，不像北京，很像南京。长沙我虽然离了好久，我想也是这样。写完这信，晚上做梦，梦到我凫水，落到水里去了；你跳进水里，把我救了出来；当时我感激你，爱你的意思，真是说也说不出来，我当时哭醒了，醒来以后，我想起你从前到现在一片对我的真情，心里真是一股说不出感受。

沅达达二月十六日第二封

/ 2 /

霓君，我的爱妻：

接罗先生信，知道戒指事，那自然是当铺玩的鬼，我已经告诉他多认几个利钱取出来。你托他买东西，不知要买什么。他并不有钱，何必托他买？如若已经买了，钱务必照数还他。两张当票的钱连利钱也要还他。我又作了一本小书（译的诗），可以先拿二十块钱。阳历五月初头，你可以收到这笔钱。我今天看中国诗，有一首看了很感动，那首诗是苏武作的，说："自从我们二人结发作夫妻以后，恩爱两不相疑。但是我明天早晨就要动身去外国了。只有今天一晚同在一起，那么就让我尽量的欢娱罢。我是要动身的人，心里总记挂着上路，怕误了时辰，所以我起来看看如今是什么时候了。你看，天上的参星同辰星都不见了，走了，我要同你分别了。我这是去匈奴（如今的蒙古），那里的人是性情不好的；我们再见的时候我也不敢讲是那一天。我握住你的手，长叹一声，想到别离，不觉落下了泪来。你保重身躯，常常记着我们欢乐的时光。我要是活着，一定早归。要是死了，我做鬼也记到你，不会忘记。”后来这作诗的苏武隔十九年回了本国，作了一个大官。我想到四五年后我们再见的时候，那是多么快活的事情啊。

你的苏武，沅二月廿一日第三封

/ 3 /

我爱的霓妹：

昨晚作了一个梦，梦到你，哭醒了。醒过来之后，大哭了一场。不过不能高声痛快得哭一场，只能抽抽噎噎的，让眼泪直流到枕衣上，鼻涕哽在鼻孔里面。今天是礼拜，我看书看得眼睛都痛了，半是因为昨夜哭过的缘故，今天有太阳，这在芝加哥算是好天气了。天上虽然没有云，不过薄薄的好像蒙上了一层灰，看来凄惨的很。正对着我的这间房（在二层楼上）从窗子中间，看见一所灰色的房子，这是学校的，一点声音也听不见，好像死人一般。房子前面是一块空地基，上面乱堆着些陈旧的木板。我看着这所房，这片地，心里说不出的恨他们。我如今简直像住在监牢里面，没有一个人说一句知心的话，有时看见一双父母带着子女从窗下路上走过去：这是礼拜日，父亲母亲工厂内都放了工，所以他们带了儿子女儿出门散步。我看见他们，真是说不出的羡慕。我如今说起来很好听，是一个留学生，可是想像工人一样享一点家庭的福都不能够，这是多么可怜又多么可恨。我写到这里，就忽地想起你当时又黄又瘦的面貌来，眼眶里又酸了一下。只要在中国活得了命，我又何至于抛了妻子儿女来外国受这种活牢的罪呢。霓君，我的好妹妹，我从前的脾气实在不好，我知道有许多次是我得罪了你，你千忍万忍忍不住了，才同我吵闹的。不过我的情形你应该明白。我实在是在外面受了许多的气，并且那时一屁股的欠债，又要筹款出洋，我实在是不知怎样办法是好。我想你总可以饶恕我吧？这次回家之后，我想一定可以过得十分美满，比从前更好。写这行的时候，听到一个摇篮里的小孩在门外面哭，这是同居的一家新添的孩子，我不知何故，听到他的哭声，心中恨他，恨他不是小沅小东，让我听了。我又想到你的温柔，你对我的千情万意，分开了，不能见面，不能立刻见面，说一句知心话，彼此温存一下，像从前在京城旅馆内初见面时那样温存一下。你还记得当时你是怎样吗？我靠在你身旁坐下，你身上面的一股热气直扑到我的脸上（我想我当时的热气也一定扑到了你的脸上）。我当时心里说不出的痒痒。后来我要摸你的手，我偷偷地摸到握住，你羞怯怯的好像新娘子一样，我当时真是说不出的快活。天哪，天哪，但望两三年后，夫妻都好，再能尝尝那种爱情的美味吧。

沅三月四日第五封

/ 4 /

霓君，我的爱妻：

昨天刚写“第五封”信给你，是寄到菜根香。今天接到你阴历年底从万府上寄来的信。尼庵内住，本不妥当。我们远离，彼此都十分伤心，你怎能住在尼庵里面？不过住在万府上，也不方便。你想进学校，办法比较好些。我并不要你将来做教员经济独立，不过是，你单人租房子住既不妥当，住在万府上也不方便，不如把学堂当作旅馆样住，并且朋友很多，热闹些，可以把别离的苦处稍微忘记一点。小沅小东我想或者可以寄住在万府上，我们自己用工钱雇一个奶娘，并且每月贴补万府上多少钱，作为小沅的饭钱同奶妈的饭钱。小沅将近三岁，能进幼稚园最好进幼稚园。我们要越少惊动亲戚越好。随便你进什么学堂，不过不要进名气不好的。你在学堂里，高兴就读些书，不高兴少读些。这我并不计较，因为我不是想你将来赚钱作家用，不过因为你无处可住，自己单身租房子住既不妥当，住在亲戚家中又不好意思。你进的学堂总要能让你天天看得见小沅同小东才好。

不然，你同我分开了，又要同小沅小东分开，那还不如不进学堂呢。我看在不曾打听进学堂以先，你最好看看，万府上各位是否一齐都欢迎你，你可以向令妹私下商量，说是你同小沅小东可以住在万府上，不过要万府上肯受房饭钱才成，不然你是不能住在万府上的。你可以说万府上人口很多，并且你要住就住的很长久（两三年），你说住十天半个月倒可以承受人情，你要住的很久，并且带了小沅小东，还要雇用人奶妈，一定要他们万府上受房租同饭钱才成，不然你就一定要搬出来，宁可自己租房子住。我每月（从阳历五月起）一定能省美金廿块，除去家用外还很可以省点下来。你为什么要搬去万府上住呢？如是令妹看见你常常独自伤心，不忍得，要你搬去同她一同住，叫你热闹一点，那你就一定要她肯受房钱同饭钱，不然你绝对不能住在万府上。你可以向令妹说万府上自然是不计较的；不过，我朱家不出房租饭钱，是决不能在万府上借住的。我很稀奇你为什么忽然搬去万府上了。说是我不寄钱给你，我又刚寄给了你一百块中国钱，至少总能用三个月。我又寄了两本书回中国，叫他们把钱直接寄给你，那总有八十块钱，再能用两个多月（这是预支的稿费四分之一，以后还有）。用到阳历六月半，这时我阳历五月初头寄你的钱你刚好收到。这一接上，以后每月四十块中国钱，是决定不会误的。所以我想你搬去万府上一定不会是因为钱的缘故。那么为何呢？我想一定是令妹一片热心，姊妹情长，看见你常常想起我流泪，又住在尼庵附近，更易伤心，所以劝你搬去一同住，好减去你的伤心。这是令妹同万府上的一片好意，我们十分感激。不过这是两三年的事，并非十天半个月的事。万府上固然不计较，我朱家却承不了这大的人情呀。并且还有两个小孩子，还要雇奶妈同女工。所以，万府上如若不肯受我们的房租饭钱，那你就决定不能住在万府上。你在外边租房子住，如若租得到满意的，常有亲戚朋友来往，你不至于寂寞孤单，那就好。我并不一定要你抛开了小沅小东进学堂，我是怕你太觉孤零了，进学堂热闹些。

这是我替你想的，你总该明白。我在美国住不好的房子，自己做饭，省下来钱寄给你（这次做衣，是因为春天没有衣穿，你总该明白），你对我的一片心总该知道。你为什么要说“将来我们共同生活，金钱独立，人穷志短，可以收回”这种话伤我的心呢？你写这封信时候，刚在过年，你看到别人热闹，自然难免伤怀。这我并不怪你，你不必因此心中不安，不过以后你总要少说些伤我心的话才好，（你信内常说你寄人篱下，你怎能这样说呢？我们不是夫妻吗？那么，你怎能说你寄我篱下，你我非外人呀。）你要知道，我在这里举目无亲，又没朋友，就是靠着看看你的信，才减去点寂寞伤感。如若你的信内写些伤我心的话，我就更觉孤单了。二嫂今天也来了一封信，她信内并且附寄来了你给她的一封信，你向她说，叫她问我可收到了你的信没有，这叫我十分难受。她以为我不曾写过几封信给你，叫我同你多多写信，这我不是冤枉吗？我每礼拜都有信给你。有时四天五天，就写一封给你。你的信我一共也收到了九封。你要知道美国的信到中国长沙要四五十天，长沙信来美国又要四五十天，所以一个来回要九十天，也难怪我急着要看你的信。但是你这一问二嫂，好像我不曾写过信给你似的，这我真是冤枉。我虽然难过了半天，不过也不十分怪你，因为夫妻隔得太远，有些时候难免发生误会。以后你要多相信我些才好。我对你就是十分相信。我们夫妻明明感情很好，二嫂却以为我不曾多写信给你，这都是因为你不相信我，常常写信给二嫂说我没有信给你，不然她何至于把你的信寄给我看，叫我多同你通信呢？以后这种地方你应当小心，省得伤我的心。你知道我是好人，我也知道你是好人，我们要彼此多相信点才好。憩轩四兄第一次替你打的信封是不错的。你的信寄去那里是会十分妥当转来给我的。我在美国一切都很小心，身体很强壮，决不会害病（除了相思病），绣花枕头抽税很大，不必寄了，到时等罗先生揽松虾寄到上海，寄给他，带给我。腊鱼肉等今年冬天再说。美国画片我等有钱时候买很多很多寄给你，自己留些，再拿些送亲戚朋友。

如今先把我来美国坐火车路上买的一些明信片寄给你（有八张是在日本买的。有一些张同我以前寄给你的那本书中间的一些画是一样的）。你可以看着拿些送亲戚朋友。这封信写得太长，让我简单说几句：如今的办法有四条：（一）你带小沅小东住在万府上，自己雇奶妈女工，付房租饭钱，最好是他们有几间空房租给你，自己的女工做饭。（二）你进学堂（要每天能看小沅小东），小沅小东寄住在万府上，我们自己雇奶妈，并且每月送万府上多少钱作为奶妈饭钱（小沅能进幼稚园最好，不能进也要算饭钱给万府上）。（三）在外面找妥当房子，常同亲戚朋友来往，省得孤单。（四）进学堂，小沅小东寄养在别人家。这四条办法中，第（三）条最好。第（一）条第二，第（二）条第三，第（四）条第四。望早日定规，告诉我听。还有一件事：小沅名海士，字伯智；小东名雪，字燕支（就是胭脂）。定名如此的原因，下次告诉你。

沅三月五日第六封

/ 5 /

霓妹亲爱：

接到你正月廿晚的信说，有十天没有接到信，到电影院看电影看得很伤心。那些信纸上面有许多红印子，那自然是你流的眼泪了，我极其难受。亲爱的妹妹，我不曾害病，外面我少出门，汽车等等危险也没遇到，你放心吧。那时我刚从亚坡屯到芝加哥来，忙了一阵，所以十天你不曾接到我的信。这封信是第九封。九封以前，我曾经从芝加哥写过阳历一月六日、十五日、廿一日、卅一日，四封信给你。二月六日起，是第一封。所以我到芝加哥以后，总共写过十三封信给你，平均是六天一封。不知你都收到了没有。你做梦梦见我很瘦，你不忍心，可见你对我的心肠极好，我听到了是多么快活高兴。我们的爱情是天长地久，只要把这三年过了，便是夫妻团圆，儿女齐前，那是多么快活的事情。能够早回，一定早归。外国实在不如我们在一起时那么有味；举目无亲，闷时只有看书。身体还好，倒免得你记挂。我自然要考到了一个名气再回国，不然落人耻笑，也混不了饭吃。外国照相贵得不得了，但是我总要照一次，大概等三个月，阳历六月总可以照好寄给你。芝加哥大学与别的学堂不同。别的学堂都是一年分两学期，另有暑假，芝加哥大学是一年分作四学季，夏天也算一学季，用功的学生夏天也可以念书，这样多念功课，可以早些毕业。我的身体如若不坏，夏天我是照常上课，那样我在明年阳历八月底便可毕业得学士。得了学士以后，念三季的书，便得硕士，那就是后年阳历六月半。考到硕士以后，考不考博士呢？那就临时再讲罢。考博士要大后年阳历一九三一年（就是辛未年）年底才能回国。这是说加工读书，暑假都不停的话。

如若身体受不住这番苦工，或是我们分离过久，彼此想得太厉害，那时候我恐怕考完硕士，由欧洲经过英国、法国、意大利等等回中国。从前说的两年得博士，那是笑话，因为初来美国，情形不明白；如今知道，是决办不到的。无论何人来美国，都是四五年才考到博士，有的学医，简直要八年。如今春天了，常常出太阳，心里觉得爽快许多。从前来芝加哥是冬天，阴沉沉的，实在不舒服。我翻译了两首中国诗，登在芝加哥大学学生出的《凤凰杂志》上，想必你听到了快活，所以我特别告诉你。熟人请我去了博物馆，那房子不用说是很大，里面都是些动物的标本模型，有一架鲸鱼头的骨头总有一丈长，那整个鲸鱼活的时候至少总有四丈长。你还记得我们从天津到上海的船上看见的鲸鱼吗？我这次在太平洋上作了一首诗，里面有几句是这样：

我要乘船舶高航，
在这汪洋：
看浪花丛簇，
似白鸥升没，
看波澜似龙脊低昂，
还有鲸雏，
戏洪涛跳掷癫狂。

这里面末了两句你看见了一定还记得当时的情景。博物馆中狮子老虎自然是有的，还有一架骨头，颈子特别长，与身子高一般，总共算起来，从头到脚至少有一丈。这兽在外国叫“吉拉伏”，如今已是绝种了，就是我们中国说的麒麟。吉拉伏性子是很温和的，它那么长的颈子是用来伸到树上吃树叶子的。我们中国说麒麟不吃肉，光吃草叶，正是一样，还有一个怪兽（这是标本，同活的一般，便是活的拿药水做出，再也不会烂）。这兽很像熊，有狗那么大，最奇怪的是它的嘴，有一两尺长，像一柄锥子一样。这东西名叫“食蚁兽”，那细而长的嘴，就是用来伸进蚂蚁洞中去吃蚂蚁的。蚂蚁那么小的东西居然把它养得同狗一样大，你看这奇怪不？还有许多鸟，挂在玻璃窗橱之内，那橱总有一丈宽一丈高，五尺深。有的拿真的树做成树林，背后两边再画一张假树林加了天罗山罗，鸟儿有的歇在枝上，有的飞在空中。水鸟的橱窗是用真水做出一个池塘，有真水草，背后两边也有一张画的风景。鸟儿有的站在水里，有的藏在草中。你看这是多么巧妙。博物馆中也有中国东西，不过不算很多，最有趣的是把中国的宝塔做出些五尺高的模型来，下面注明这是什么城的。

这博物馆下次我再去的时候问问他们有照片没有，如有我买了寄给你。你绣给我的相架我把我们同在北京照的那张相剪下你的相来，用这种信纸剪出一个蛋形的洞，把纸套在相上插进架中，今天早上被管家婆看见了，她稀奇的不得了，说你长得美丽之至，花也绣得美丽之至。我告诉她这是中国绣花的一种，那是你的，那是我的名字。她问是谁绣的，我说是我的太太；她又问那相是谁，我也说是我的太太。

沅三月廿四日第九封

/ 6 /

霓妹亲爱：

你的用我写的纸条寄来之信已经收到。我早不住在那里了，以后望不要再用那些纸条。还是你拿些信封托憩轩四兄打头一次他打的那些一样，就是留美学生监督处，不过上面的门牌号数本是二三一二；你这次托他打，可以请他改作二三〇〇（就是二千三百）。上一次他打的信封如若你不曾用完，还照旧可以用得，信不会掉的。你以后写信，千万不要忘记写日子，阳历就一直写阳历。我好知道你的信是哪天写的，多少天到美国。我在此念书，等两年以后，再看考博士不考。我希望我的身体好，我们彼此相思不要多于过度，那便能在外国多住一年半或两年考博士。我前两天又作了一个梦同你相会，梦中我们同说了一番话缠绵悱恻，后来哭醒了。

霓妹，霓妹，我看你信中口气，你大概忙碌得很，这又何苦呢。小沅小东已经很够你忙的了。我从前不是早就写过信叫你不要绣花不要忙别的事，省得太劳碌了，生病，又要我记挂忧愁。你前一封信内说你害了病，幸亏就好了。这都是你太劳碌了，所以害病。我求你千万不要再多劳了罢。每月我希望你至少有三封信给我，里面你可以说你自己怎样，做些什么事，小沅小东说些什么话做些什么事；你同他们两个的生活琐事我听来也颇有情趣，你说我的信很可爱，这是因为你是一个可爱的人，所以我写给你的信也跟着可爱了。霓妹我的爱人，我希望这四年快点过去，我好回家抱你进怀，说一声：“妹妹，我爱你！我永远爱你！”如今春天，外国有一种鸟处处看见，有麻雀那么大，嘴尖子漆黑，身子是灰鼠色，唯独胸口通红，这鸟的名字是“抱红鸟”，这名字是我替它起的，它原来的名字叫“红胸”。四年以后，我们夫妻团圆，那时候我抱你进胸怀，又软和，又光滑，又温暖，像鸟儿的毛一样，那时候我便成了抱红鸟了。我买画片给你，这信已经写了，画片大概十天以后可以寄给你。你信中说你没有学问，这算得什么？你对我的心肠这好，你这样会管家，会带孩子，你的相貌又很美丽，我还不满意吗？这层你千万不要多心。

沅四月七日第十一封

/ 7 /

我最亲爱的霓妹妹：

你四月二号信，我已收到。果然不出我所料，你是害了病，这病看是操劳过度，忧愁过度，我说不出的伤心。我决定把功课快些念完，明年阳历八月底大学毕业，得一学士便回家。因为我不忍心让你一人在家操心劳力，万一因此害了一场大病，我心中怎么过得去！并且大学里得了学士，饭总不愁了。只要我们夫妻爱情浓厚，别的名利一切我们也可以看轻些。博士也未尝不可以考；但是离现在还要三年半多，这三四年让你一人在家操劳，万一有一长两短，那我终身多要恨我自己了。我如今觉得，我们结婚来的几年，我对你不起的地方很不少。我想赶紧回家补救以往的过错，教你知道，许多年来你因为我受苦含辛，我是百分感激，敬爱的。想到你这次害病，我不禁流了很多的眼泪。我想你这次忽然晕倒在地上，万一有个一长两短，你心里不要有点埋怨我吗？那我在这几十年中不是要日日伤心，朝朝流泪吗？

就说我要终身不另娶妻，但万里之外我不能飞到你面前去再见一面，这是多么伤心，过得越久，我越多看见你的好处。你对我的浓情蜜爱，你一种只顾夫君只顾子女不顾自己的精神，我如今看来，教我替你做奴隶我多不够资格，何况我居然能得你称呼我作亲哥哥，居然能抱在你怀中，这我是多大福气！我最亲最爱世界上更无第二个的霓妹妹，我最敬重的爱妻，你信里说："哥哥那里去了？哥哥那里去了？我可同去否？我可同行么？又想我是无学问，不能同行，恐终身为此坠落，何等痛苦！"我刚才看到这里，眼泪忍不住淌了下来。由此看，可见你对我之爱情是怎样怎样深，你只记我的好处，你自己的过人之处，别人再也赶不上你的地方，你却一点也不提。最亲的霓妹妹，我如今凭了最深的良心告诉你，你有爱情，你对我有最深最厚的爱情，这爱情就是无价之宝。你居然把它给了我，我便已经十分福气了。我对你只要爱情，不要别的。那斑白胡须的老先生学问最好，我假如要学问，我去找那些老头子好了。我自己也有学问，很够用了，我为什么还要学问呢？我只要爱情！假的我不要，我单要真的爱情。我的亲妹妹，你居然把你千真万确的爱情给我了，这我是多么的福气啊！你如今想必知道了，男子汉实在不如女子。因为男子汉有时心野，我以前之事，就请你当作是我嫖了一次婊子一样，请你大量饶恕了我，你肯不肯呢？我把我这颗心献给你，请你收下，你肯不肯呢？你对我这样，我怎样还忍心疑心你？罗先生处我不过是怕你钱迟一点寄，他是穷的，教他为难不方便。我决无别意，请你放心。我这一片意思你在以前各信之内想必也看得出，不过我再在此处多说一句，省得你记挂。你寄鱼肉给他，是很明理的，他从前帮了我们许多忙，并且我记得我以前曾经写过信给你，教你寄鱼肉给他。你抄了那许多的信给我，真是犯不着。假如你拿那些力量，多写一封信给我，那多好呀！哈哈，我又把你那封信看了一遍（这不是第五遍，就是第六遍），你说到后来，怕我不放心，特意写一句"哈哈一笑"这可见你对我是多么体贴细心。我亲滴滴的爱人呀，让我明年秋天回家时候，着实感谢你一番罢。

你懂得我是什么意思吗？哈哈，昨天我想起来，小沅小东叫你妈妈的时候，你心中不知是怎样一个味道。很想早早回家去，看你那时候是个什么模样（如今你病已好了，小东务必要回来雇奶妈带），我这几天又十分想你。……我在外国天天喝牛奶，（中国牛奶不干净。外国制过了，卫生。）所以身体很好，我很想早日回家。

永久是你的亲爱，沅五月九日第十七封

/ 8 /

我最亲最爱的霓妹妹：

我把你这封信又看了一遍，有四个字，我这次看时特别留起神来，那就是你说你"昏昏沉沉"。你这封信是半夜写的，说不定是精神不好了。也说不定是你先哭了一场，所以头脑发胀。我想你的时候，哭起来，总觉得头胀得多大，眼睛也难受。看书，总有一两天眼痛。你近来又忧愁，又操劳，身体一定大不如前了。好妹妹，我千求你，万求你，一从今天起，以后再也不要多劳了罢。你喜欢做事，这自然是很好，不过把自己太劳累了，惹得你的沅哥哥沅弟弟心中不安，那想必你是一定不愿意罢。

我如今身体很好，一点没有瘦。你也要爱惜千金身子才对呀。你可知道，娘从前就是过于操劳，去世太早。霓妹，你千万不要再多劳了，免得我后来伤心。我自己怨我害了你。现在让我们两个商量定妥，你也保重自家身子，我也保重自家身子，将来见面之时，我们这一对夫妻面对面的哈哈一笑，那是多么有味哟。现在我有一个好消息告诉你，就是这所房子，好像北京公寓一样，租住的房客很多。里面另有两个中国人共住一间房，这间住房很小，只够放两张床，不过连着住房另有一间大房也在内，这大房间里有煤油火灶可以做饭。他们两个中间有一个走了，那一个今天同我谈起，睡房中多少有点臭虫，不过我现在这间房里有时也有臭虫，只要他们房中臭虫不太多，我等几天就搬去和那张先生同住。要是搬过去，又可以多省些钱，那时每月总能省下美金三十块寄给你，你看这是多好。我们这样省几年，再邀几个朋友，尽可以开一个书店了。（以上廿三日）

霓妹妹：如今树一齐都绿了，我每天下午到草地上去散步半点钟。精神很好。妹妹，最亲的妹妹，我想到几年（如考博士就是四年）之后，回家时候，见到你，那是多么有味啊。日里我出去教书，或是在家作文，吃早饭是拿腌的白菜萝卜豇豆扁豆（还有几个红辣椒）下饭，中饭是拿豆腐，红烧肉丸做菜。你在家里主持家务，那时候小沅小东都大了，我们夫妻两个教他们书。偷到了空工夫，我就坐在你身旁，捱在一起，你的热气飘到我身上来，我的热气飘到你身上去，我还握紧你的手，尽望着你，望着你，低声说些嘁嘁话，温柔话，说我怎么爱你，怎么敬你，在美国时候怎么想你。

到了晚上，小孩子同一家人都睡了的时候，我们一个枕头，帐子放下来了，你把头枕在我的臂膀上。哎呀，那时候那种亲热恩爱，怎么是这支秃笔所写得出的啊。霓妹妹，我最恩爱最敬重的霓妹妹，我们耐心等着罢。

永远是你的恩爱丈夫，沅五月廿六日第廿封

/ 9 /

妹妹，最亲爱的妹妹：

我接到你四月廿六日一封长信，我真是快活得说不出。发网以后再买去。你信中教我寄大画片给你，要山水，最美的母亲同小孩，各种风景，那知道这些正是我寄给你的，并且还有猫罗，狗罗，欧洲各国有名古迹房子，日本、印度、非洲的埃及、美国各地风景古迹都有。那许多画都是西方最有名的画家所画，我想这总该中了我妹妹的意罢。我屈指一算，今天是六月二日，我是四月十七寄钱到培丽公司去的，他们四月廿日总可以寄画片了，路上三十来天，应该上一礼拜就接到了。我想到你看见画片之时多么高兴，我也高兴起来。是呀，妹妹，你看就是了，霓哥哥这几年之内一定要想出许多方法来让你高兴。回国以后也要想出许多方法来让你高兴。是呀，霓妹妹不是这世界上我最亲最爱的人吗？我应当想出方法来让她快活才对。那些画片有些多买了五张，那是由你出名送三姊，刘四太太，万五太太，每人两张，再凑上那些风景画，花鸟，每人一份，或是八张，或是四张，由你自己定准罢。七妹也可以给她几张，省得别人说闲话。这些画我以后可以另买，所以现在拿些送亲戚，并不要紧。每张画左边下头有英文字是“培丽画片”第几号，按那画码再责，决不会错。我想每人至少送八张，多的随你，你以为如何？真心对你的好朋友你想送时，那更完全是你一人的事，用不着我多嘴。这九十几张画片都是你买的（我好像当差），一笑。那六张大画，算我赠送与你的赠品，这六张你可不要送把别人。尤其是一张画了一对情人，那张你如若送把人，我一定不依。这家公司还有许多别种画片，我现在暂且不说，免得说破法术，戏法不灵了。汽车我很小心，并且我很少上街，平均一个月上一次街，我还不曾看过一次电影，别的可想而知。我因为汽车太贵，以后再也不曾坐过它。

我如今只想多余几个钱寄给你，别的我都不看在眼里。我读书决不太用心就是，请你放心。我每天下午到草坪中散步一点钟，精神很好。我同朋友都少来往，旁事更不用说。好了，唐先生柳先生都要来了，又多两个熟人在这里，闲空时有人可以谈谈。小沅乖巧，我听得十分快活，并不一定要进幼稚园。到了四岁，你自己很可以到商务印书馆买一付活字块，一面是字，一面是画，教小沅认认字。不过不要放纵他。并不限定要打他，随时告诉他读书明理就是。他要是好强，那就是最好不过。他做错事情，只要说他失了面子，他一定就会改了。你近来喜欢小东，我听到更快活，因为我知道小沅你是很爱，我不必记挂，唯有小东我很怕你不爱她。如今你既爱她，我的心更放下来了。小东也像我，这可见得你一心一意对我，想我，所以生下女儿来，都像我。我如今很不赞成你去江西，因为家用不愁，并且长沙你很多亲戚朋友，何必走那远路回去？以后我回了国，挣出了一个名字来，那时我们再一同下乡去热闹一番，那倒有意思。

沅六月二日第廿一封

/ 10 /

最爱我我也最爱的霓妹妹：

屈指一算，应当十二天前你就接到了那一百多张画片，今天你也该接到了我这次寄给你的三十圆美金。妹妹，你信里埋怨我不该思家，但是我不想你，教我想谁呢？妹妹，我想你，我就应该顾念你体惜你，我决不半路回家。我决定考出个名义以后，才回去，好教你面上光荣。妹妹，你放心好了。我近来身体很好，精神也旺，你也可以放心。有时候忽然想起来要抱着你，教你的头靠在我胸口上，听我在你耳朵里面说我怎样爱你，怎样敬你。我要听你低声回答我，我要看你那一双可爱的眼睛里边射出爱之光来，射到我心上，勾起一股麻辣辣的滋味。我如今看你写的字都爱，因为你这些字好像一个女孩子写的，十分可爱。我可想到这一笔字并无老师教，都是你自己练习出来，这又十分可敬。妹妹，我们虽然远离，我们感情浓厚，一天强似一天。你说的很对：“旁人哪知道我夫妻感情，哪知道我们亲密恩爱？”是的，那枕边一段恩情，我结婚以来头一次看到你对我痴心的模样，我到死也不会忘记。

这一段私情，就是你我两人知道，除此外还有天地知道罢了，妹妹，你从前一点菜不肯吃，只是操劳，这叫我很不放心，以后务必鸡蛋豆子油水各种荤菜多吃些才好。你自己身体务必多调养，不要太劳了。这面学校还有两天就考了，考两天，以后放假一礼拜就是暑季开学。夏天本可以不念书的，不过我想快些赶完功课，早日回家，所以我还是念书。

沅六月七日第廿二封

/ 11 /

霓君我最亲爱的妹妹：

我近来虽然忙点，精神却十分健旺。自己做饭，很有趣味，用的煤气，方便得很。外国牛奶干净，我定了长期，每天八分一瓶，有我那漱口盂（就是你那长沙带到北京的）一盂还稍为多一点。我每天吃鸡蛋，三分一个。白菜是贵些。七分半一斤。肉因为不干净难洗，我只买点火肉（假火腿）吃。这里有一个好处，就是大街上（离学堂有半点钟电车）可以买到酱油、虾米、香菌等等，那是广东人开的店，比在中国自然贵得多，一瓶酱油要四角钱，别的可想而知，不过味道很好。我有一次拿葱用酱油炒火肉，香得很，我吃得很快活。女房东说我会做菜，味道做得很香。其实呢，就是那酱油虾米的香味，我何尝会做菜呢？我吃面包，因为煮饭费事，并且饭不如面食补。妹妹，到了阳历十月时候你不妨少寄点腌鱼腊肉八豆给我，看他到底要抽多少税，少寄一点，要是抽税还不很多，以后还能寄的。阳历九月听说还热，你阳历十月底寄罢。再迟些也不要紧，因为这面春天来得很晚。妹妹，我很快活，因为我从此能够多寄钱给你。妹妹，我们初结婚的时候，我不知人世艰难，预先说能赚多少钱一个月，到后来一场空，倒惹得旁人疑心。所以我临出洋时候，不敢说定每月能寄多少钱给你，怕到了美国以后，万一寄不了那么多，你不是要疑心我吗？

那时候你应该是十分心中难受，因为我既不在你身边，你又疑心我在外荒唐，不顾你。我如今知道一定能寄多少钱给你了，所以当时告诉你，让你也高兴高兴。今年这个夏天，这面下了很多雨，凉爽之至，据说好多年来都没有这样。你把戒指换了，我听得心中难受，这都是我不能寄钱回家的过错。你说小沅过三周岁（照算是四岁）时候，说得我真动心，可见你一心一意对着我，无论什么时候都想起我来。古人说得很对："自伯之东，首如飞蓬；岂无膏沐，谁适为容？"意思是说："自从我夫君去了东方，我头发乱得同稻草一样。难道我没有生发膏搽头发，没有水洗吗？不是的——只是一样：我夫君出门了，我何必打扮，我打扮给哪个看呢？"霓妹妹，你在小沅生日，那么热闹的时候，你还是想着我，我这是多么中心感谢你啊。岳母大人近来身体忽然好了，这真是天大的喜讯。不过你还是住在长沙好。如今用费并不愁了，何必再打扰亲戚呢。我并不要你进学堂了，因为现在一切不愁了。你好好教教小沅小东东，我就放心。这个你也早知道了，不用我说，算我多嘴罢。说得很久了，下次再谈。四天后寄钱。

你一心一意想着的，沅

/ 12 /

霓君我最爱的小妹妹：

今天是美国独立纪念节，所以能偷空写信给你。昨天下午我寄美金三十给你，想必这两天你就收到了。我从前教培丽公司寄的画片你已经收到了吗？不见你来信说，我很记挂。下次我买几张很大的寄给你。赵先生来信说我两本译的诗都寄到你那里了，你收到了吗？望你替我存着，将来回国时候再印。妹妹，我今天做的面疙瘩吃，也是拿蛋和的，加白菜用牛奶煮，煮了半点钟，涨得很厉害，简直成了一小锅，中午吃了一半，味道不错。等写完这封信，就做晚上的一半吃。美国苹果汁多，香蕉也不错。今天他们过节，也放爆竹，就是砰东响一声，就完了，没有一点花头，连个天地响都没有，更不要说别样，远不如我们中国。这两天热，我把头发剪了。我忽然想到穿中国衣服真舒服，不如等竹布大褂来了以后，我看看大小，再告诉你，由你明年春天替我做两件纺绸大褂寄给我，就是要抽税也管不了那许多了。他们外国女人真舒服，男人真受罪，上课时候，教习不单黑衣黑裤，里面还穿着黑背心，真是文质彬彬，有礼得很，不过身体可受罪了。

（七月四日）

昨天五号接到你三封信，快活得很。我过得再好不过。吃面包：一则补，二则省事买现成的。菜也补，请你千万放心。我礼拜并不用出去玩，因为一动就是花钱，并且我如今念书念得有味，也不想玩。衷情小说看了恐怕会伤精神，你不要看了罢。要是你觉得太闷，不如在学堂里每天念两点钟书（不要太多，因为小沅小东你得看管）。朋友多些，或者好点，再不然就每天做个两三点钟的工。一忙了，就可少相思一点，妹妹，你想我是我最高兴的事，不过几年之内我是决定不能回家，我很想考个博士回去，教你面上光荣。所以这几年内我们两个都要想法让日子过去，越快越好。四年后我们就永远不分开了，你也永远作“博士太太”了。我想这个方法最好，你不过千万不要再像从前那样做工做到半夜，你那样把自己身子弄坏了，我是决定不答应的。我并不是要你读书做事，不过这样混过日子混得最快。爱情小说你千万不要看了。妹妹，我这面有时虽然热点，比北京我们住东老胡同时却好得多，做饭也省事，一切方便现成，可以请你千万不要焦愁。小沅小东东都很懂事，我很爱。这一对好孩子，不是我那好妹妹，谁养得出？妹妹，我自己做饭并不费力，你放心好了。我每日不用愁衣愁食，有现成钱寄来，我近来精神很好，我做饭也极其有趣。妹妹，不用多心了。我决不会害病（除了相思病），一笑。枕头不要寄了，因为用不着，并且抽税很重。你说的绣花寄到美国来卖，我也问过许多人，都说抽税太大，一时不提罢。你打的信封很大方，我看见很高兴，这是你能干。法国同美国不一样，法国人随随便便，美国人最怕人赚他们的钱。画片他们寄的大半不错，因为寄到中国要邮费，我当时以为不要邮费呢。以后你写信，在日子后面最好注明第几封，省得彼此不放心。你自己可以拿一张纸上面写明那天发第几封信，这张纸自己留着，不用寄，我自然会告诉你。

沅七月六日第廿八封

/ 13 /

亲爱的霓妹妹：

今天上午把三样功课都考了，心放下了。我近来身体好，望你不要记挂。夏天书已念完一半，快得很，就要秋天了。一到秋天，精神更好，等阳历十一月我去找一家照相馆照一张便宜一点的相。你自己身体也要保重，省得我记挂。爱情小说千万不要看了。如若有时闷点，到亲戚朋友家中走动走动。小沅小东近来都很好吗？夏天里不要买街上零食给他们，最危险，最容易传染病，年纪越小，越要多睡觉。夏天里房中可以常常多洒些臭药水，这几个钱决不可省，雇老妈子雇奶妈子都要老实，干净，千万不能要脸上身上长了疤疤结结，长了疮的，那最危险。我接到你6月12号的信说你不怪我当初，我听到真快活。我说的比方嫖婊子，是比方，并不是我同某某某有什么不干不净，不过那时候我心中有时对不起你，这是我请你忘记的事情。

你头痛是因为过于操心，又过于想我。最爱最亲爱的妹妹，再过几年我们就永远团圆，我们放宽了心，耐烦等着吧，你自己调养自己，爱惜身子，就如爱惜我的身子一样。因为你的身子就是我的身子。我也当然爱惜我的身子，因为我的身子就是你的身子。我们两个本是一个分离不开的。你务必把心放开一些，高高兴兴，把这几年过了，那时我们就享福了。

永远是你的亲亲沅

7月25日

/ 14 /

霓妹妹我的孟母：

正月初六的信同相片收到。我真说不出的欢喜。你那封信写得真好。我以前要回国，并非为了对你疑心；你知道的，我向来不曾疑心过你。你信来的时候，我正写情给彭先生说你在上海怀着小东受了多大的苦，我如何的爱你敬你怜你。我自然要毕业才回国，博士大概不考了。我想年后春夏天一定回家，刚好在外国三年，如今已过去半年多了。我回家后一定要好好的作些书，一方面也教书，让你面上光荣，让你同小沅小东过一辈子好日子。我如今对你同小沅小东的爱情实在是说不出的浓厚。我一定要竭力的叫你们享点福。我想在外国的这两年把英文操练好，翻译中文诗作英文诗，以后回中国也照旧做下去。这不单名誉极好，并能得到很大的稿费。将来运气好，说不定我要来美国作大学教授，你真要来美国呢。（不必向别人说，怕的万一不成功，落人笑话）你说你肯在梦中来陪伴我，这是再好不过的呀。你是要坐飞机呢，还是要坐轮船呢？都好。从前我听到一个笑话，说一个乡下人听到别人讲世上最快的东西要算电报，他说我的妻子在几千里外，我想看她，不如把我一电报送到她那里去吧。你要是肯由电报打来美国，那更快呀。还有一件事要小心，你哪一夜来美国？哪一夜来美国，要早些时候用无线电告诉我，我到了长沙，你来了芝加哥，那不是反来错过了吗？那张相片我看了说不出的欢喜。说来有趣，从前我是长头发，如今我的头发被剃头的不知道剪短了许多，你的头发变长了。这真是夫妻一对。你的面貌虽然极其正经，像教子的孟母，我看来你的脸还像一个女孩子的，一点不现老。

小沅那调皮的模样，将来长大了一定聪明的。你看他那像是笑又不像是笑的嘴，抬起来的眉毛，真是一个活泼箱神的样子。将来小东你们三个一定要同照一相再寄给我。我回家后要好好教小沅小东读书。我决定自己作些书给他们念。小沅很胖，我很欢喜。小东你务必请奶妈，不然我一定不依。我本想早些回家看你同小沅小东，不过我在罗伦士学校白念了半年书，来芝加哥，因为是很大的大学，只插进了三年级，要两年毕业。不过我想自己译些中文诗作英文诗，只好等后年春夏天再回家了。这两年半让我们多通些信，好容易过去些，你的信里可以多讲些你自己同小沅小东的事情，好让我看着快活。你住在万府上，是暂时的事情，如若我们自己的房子这半年之内能够搬进去住，那是最好的，不然还是照我前面说的办法进行为要。你住在万府上究竟是怎样一个办法，我很想知道。我这就写信给稚壮。不过信内说不了多少什么话。要等你回信后，我才能详细的写信给他。住在亲戚家里，如若他们不肯收房租饭钱，那是决不可以的。另有给憩轩四兄同季眉姊夫的信。上海的钱你一收到就写信告诉我，省得我记挂。

沅

3月7日

人物评说

1933年12月5日，一个初冬的清晨，从上海开到南京的客船“吉和”号，年仅29岁的青年诗人朱湘，穿着简陋、清瘦憔悴，伫立在甲板的边沿，一边饮酒，一边吟诗；猝然间，他往前一跳，投入滔滔长江，当即亡命浪底，尸骨无存。

这位被鲁迅誉为“中国的济慈”的诗人，是在生活潦倒、爱情无望的境况下，手持海涅诗集和自己的诗作投湖自尽的。诗人朱湘纵身一跳，终于得到了解脱，但在他身后，留下苦命的年轻的妻子，与一对可怜的幼小的儿女。

从安徽大学离职后，向来清高的朱湘竟毫无生计，四处流浪。时人回忆，这位曾经穿着笔挺西服、神情傲慢的大学教授，一度住在黑暗狭小的码头饭店里，低声下气地问人借钱。而他一个未满周岁的儿子，因为没有奶吃，哭了7天后活活饿死。

人们说“贫贱夫妻百事哀”，朱湘与刘霓君便是最好的体现。朱湘原本是拒绝包办婚姻的，但自从在上海洗衣房，在烟雾蒸腾之中看到刘霓君那凄凉的背影，朱湘的内心深深地被牵动了，由同情到爱恋，到困苦地争吵，到绝望自杀，虽然与诗人孤僻、决绝、敏感、狂狷、清高、刚正的性格不无关系，但终究是令人叹息。

离开人世的前一晚，朱湘用口袋中仅有的一些钱，拿出一部分买了去南京的船票和一瓶酒，剩下的买了一包刘霓君平日里最爱吃的饴糖。或许，他想死后唯一能够给刘霓君留下的就是那几颗她最爱吃的饴糖吧。或许，是他在死前再尝一尝妻子最爱吃的饴糖，便仿佛再次体会到了两个人曾经的美好！

第十六章

朱生豪与宋清如

不许你再叫我朱先生，否则我要从字典上查出世界上最肉麻的称呼来称呼你。特此警告。

你的来信如同续命汤一样，今天我算是活过来了，但明天我又要死去四分之一，后天又将成为半死半活的状态，再后天死去四分之三，再后天死去八分之七等等，直至你再来信，如果你一直不来信，我也不会完全死完，第六天死去十六分之十五，第七天死去三十二分之三十一，第八天死去六十四分之六十三，如是等等，我的算学好不好？

红袖添香译“莎翁”

朱生豪，1912年2月2日生于一个破落的商人家庭。10多岁时，父母先后去世。中学毕业之后，被推荐保送杭州之江大学深造并享受奖学金待遇。1931年“九一八”事变后，曾积极投入抗日救国活动。

1932年，杭州之江大学国文系来了一位衣着平凡、独立不羁的女学生。“认识我的是宋清如，不认识我的，我还是我”的言论让同学关注，尤其是她的诗作，颇受众人赞赏。她就是才女宋清如。

宋清如，1911年生于地主家庭，家境殷实，排行第二。7岁开始启蒙学习，饱读诗书，曾在苏州省立女中师范部、苏州女子师范上学。

在之江大学诗社欢迎新社员的大会上，宋清如也第一次看到了被称为“之江才子”的四年级学生朱生豪。从此，他们开始了频繁的诗词书信来往。

朱生豪瘦弱苍白，寡言内向，曾被朋友笑谑为“没有情欲”的才子，但却向宋清如写了不少动情的诗和信。

自此之后，宋清如和朱生豪经历了10年恋情，其间有着漫长的离别和坎坷的生活奔波。

直到1942年5月1日，经旁人提议，才匆匆完婚。但两人都已是大龄青年了。

因时局的动荡，朱生豪曾一度失业。但结婚后没多久，他们依然决定一起进行了一项艰巨的文学工程——翻译《莎士比亚戏剧集》。

其实，朱生豪早就做过这项工作，但是在 1937 年和 1941 年，他的译稿曾两度在日军炮火中被毁。

翻译《莎士比亚戏剧集》是劳累而紧张的，但精神生活是丰富的。为了调剂工作和生活节奏，他俩根据自己的爱好，一起选编了《唐宋名家词四百首》作“课间休息”。

为了躲避日军的骚扰，宋清如和朱生豪婚后即去了常熟宋清如老家。即使如此，朱生豪在常熟也不安全，为此还化名朱福全，从不上街。

两个人过着十分节俭的生活，每月上旬，总先把米买好，其他开支能省的一律省去。他们甚至有时用盐代替牙粉，朱生豪头发长了，便由宋清如用剪刀修剪。宋清如负责每天的烧饭、买菜、洗衣。偶有空闲，便帮工做衣，补贴家用。家里没有钟，起床以天明为准。电灯没有，灯油也是省着用。普通的生活中，宋清如成了朱生豪潜心翻译的重要支柱。

两个人的感情也是日久愈深，一次，宋清如有事回了趟娘家，朱生豪竟每天在雨中的门口青梅树下等候，每天捡一片落叶，写一首诗。

朱生豪在翻译到《亨利四世》时，突然肋间剧痛，出现痉挛。经诊治，确诊为严重肺结核及并发症。到 1944 年 11 月底，朱生豪病情加重，日夜躺着，无力说话，更无力看书了。他对日夜守护他的宋清如说：“莎翁剧作还有 5 个半史剧没翻译完毕，早知一病不起，就是拼着命也要把它译完。”

临终前两天，朱生豪喃喃地说：“我的一生始终是清白的。”晚上，朱生豪叫了声“清如，我要去了！”宋清如连忙大声呼叫，他才渐渐苏醒。24 日中午，朱生豪两眼直视，口中念着英语，声音由低渐高，宋清如辨出他在背诵莎士比亚戏剧的台词。26 日中午，朱生豪忽然叫道：“小青青，我去了！”这一年，朱生豪和宋清如都只有 32 岁。

1987 年 11 月宋清如将朱生豪生前的《莎士比亚全集》亲笔译稿 31 部，

全部捐赠国家。

经典情书

/ 1 /

小亲亲：

昨夜写了一封信，因天冷不跑出去寄，今天因为觉得那信写得……呃，这个……那个……呢？有点……呃……，这个……所以，……所以扣留不发。

天好像是很冷是不是？你有没有吱吱叫？

因为……虽则……但是……所以……然而……于是……哈哈哈！

做人顶好不要发表任何意见，是不是？

我不懂你为什么要……你才要什么？

有人喜欢说这样的话，“今天天气好像似乎有点不大十分很热”，“他们两口子好像似乎颇有点不大十分很要好似的样子”。

你如不爱我，我一定要哭。你总不肯陪陪我玩。

小瘌瘌头三月二日

/ 2 /

阿姐：

不许你再叫我朱先生，否则我要从字典上查出世界上最肉麻的称呼来称呼你。特此警告。

你的来信如同续命汤一样，今天我算是活过来了，但明天我又要死去四分之一，后天又将成为半死半活的状态，再后天死去四分之三，再后天死去八分之七等等，直至你再来信，如果你一直不来信，我也不会完全死完，第六天死去十六分之十五，第七天死去三十二分之三十一，第八天死去六十四分之六十三，如是等等，我的算学好不好？

……

朱一日

/ 3 /

你相不相信“一见钟情”这句话？如果不相信，我希望你相信。因为昨天有一个人来看我，我们看影戏，我们逛公园，她非常可爱，我交关喜欢她。我说，她简直跟你一样好，只不知道她是不是便是你？也许我不过做了个梦也说不定。

亲爱的小鬼，我要对你说些什么肉麻的话才好耶？我只想吃了你，吃了你。

鸭廿五

/ 4 /

弟怨不欲生，阿姐是否被大狼衔去了乎？

纸上洒几滴水，当作眼泪。

廿九五点钟

/ 5 /

清如：

要是我死了见上帝，一定要控诉你虐待我。

人已做到了山穷水尽的地步，再有何说？要是我进了修道院，我会把圣母像的头都敲下的。

总之你是一切的不好，怨来怨去想不出要怨什么东西好，只好怨你。

今天提篮桥遇见苏女士，照理一年不见了应该寒暄几句，可是她问我哪里去，我想不出答案，便失神似地说回去，她似乎觉得这话有点可笑，我只向她笑笑而已，一切全是滑稽。

愿上帝祝福所有的苦人儿！

如果穷人都肯自杀，那么许多社会问题，都可不解决而自解决，我以为方今之世，实在提倡自杀的必要。

总之你太不好，我这样不快活！

再没有好日子过了，再不会笑笑了，糖都要变成苦味了，你也不会待我好了。

总之这样下去是不成的，我宁愿出监牢。

为什么你要骂我？为什么你……人家都给他们吃，只不给我吃，我昨天不也给你吃花生？

我神神秘秘地告诉你，你不要告诉人家，我是很爱很爱你的。

我是深爱着青子的，像鹞鹰渴慕着青天，

青子呢？

睡了。

鹞鹰呢？

渴死了。

没有茶吗？

开水是冷的。

我要吃 ice cream。

我要打宋清如，那尼姑。

天如愿地冷了，不是吗？

我一定不笑你，因为我没有资格笑你。我们都是世上多余的人，但至少我们对于彼此都是世上最重要的人。

我一天一天明白你的平凡，同时却一天一天愈更深切地爱你。你如照镜子，你不仅会看得见你特别好的所有，但你如走进我的心里来时，你一定能知道自己是怎样好法（这是一个很古怪的说法，不是？）。

一切不要惶恐，都有魔鬼做主。

我真的非常想要看看你，怎么办？你一定要非常爱你自己，不要让她消瘦，否则我不依，我相信你是个乖。

Lucifer

/ 6 /

好：

我希望世上有两个宋清如，我爱第一个宋清如，但和第二个宋清如通着信，我并不爱第二个宋清如，我对第二个宋清如所说的话，意中都指着第一个宋清如，但第一个宋清如甚至不知道我的存在。要你知道我爱你，真是太乏味的事，为什么我不从头开始起就保守秘密呢？

为什么我一想起你，你总是那么小，小得可以藏在衣袋里？我伸手向衣袋里一摸，衣袋里果然有一个宋清如，不过她已变成一把小刀（你早时候送给我的）。

我很悲伤，因为知道我们死后将不会在一起，你一定到天上去无疑，我却已把灵魂卖给魔鬼了，不知天堂与地狱之间，许不许通信。

我希望悄悄地看见你，不要让你看见我，因为你不愿意看见我。

我寂寞，我无聊，都是你不好。要是没有你，我不是可以写写意意地自杀了吗？

想来你近来不曾跌过跤？昨天我听见你大叫一声。假的，骗骗你。

愿你好好好好好好好。

米非士都非勒斯十三

/ 7 /

接到你的信，真快活，风和日暖，令人愿意永远活下去。世上一切算什么，只要有你。

我是，我是宋清如至上主义者。

人去楼空，从此听不到“爱人呀，还不回来呀”的歌声。

愿你好。

Sir Galahad

/ 8 /

回答我几个问题：

1. 我与小猫哪个好？

2. 我与宋清如哪个好？

3. 我与一切哪个好？

如果你回答我比小猫比宋清如比一切好，那么我以后将不写信给你。

4. 我要不要认得你？

5. 小猫要不要认得你？

6. 小猫要不要认得我？

说起来很惭愧，昨夜我做梦，梦里我总是英雄，而且比醒的时候多情得多，因为英雄自古必多情，醒时不过是阿 Q 的兄弟阿 R，自然只好不多情了。想想看多么好笑！我不给你信你就会干死枯死，那么我即使不爱你也只得爱你了。好，后天晚上同你捷克斯拉夫京城里看电影去。

/ 9 /

老姐：

来信只有“□□□□□□□若说□□□□□□□□□□□□没有写别字的先生，那么写别字的学生”一句话算是可爱的诡辩，此外似乎很有些缺少 sportsmanship 的样子。

你自己对于自己的批评我是向来不要听的，你说你笨，你坏，你不好，你无情，你凶，都是太恭维了你自己，因为我最佩服这类人，而你则尚不够资格。至于说我给你装饰，那么不知道几时我曾给你涂过脂粉画过眉毛？

你知不知道一句古老的话，太阳底下没有新的事物？我不用再告诉你宇宙是一个大的鸟笼了，你是年青得可怕！

我不许你不许我这样不许我那样。

Lucifer

中华民国 5×5 年 5 月 5×5 日 5 时 5×5 分

P.S. 我的自名为“Lucifer”不过是僭窃名号，聊以自娱而已，但比起你来，确乎我更有做魔鬼的资格，而只好委屈你做天使了。

/ 10 /

宋：

要是这世上只有我们两个人多么好，我一定要把你欺负得哭不出来。

我爱宋清如，因为她是那么好。比她更好的人，古时候没有，以后也不会有，现在绝对再找不到，我甘心被她吃瘪。

我吃力得很，祝你非常好，许我和你偎一偎脸颊。

无赖星期日

/ 11 /

宋：

才板着脸孔带着冲动写给你一封信，读了轻松的来书，又使我的心驰放了下来。叫他们拿给你看的那信已经看到？有些可笑吧，还是生气？实在是，近来心里很受到些气闷，比如说有人以为我不应该和你交往之类。而两个多月来的离群索居的生活，使我脱离了一向沉迷着的感伤的情绪的氛围，有着静味一切的机会，也确使我对过去的梦发生厌弃，而有努力做人的意思。

我真希望你是个男孩子，就这一年匆匆的相聚，彼此也真太拘束得苦。我只希望把你当作自己弟弟一样亲爱，论年岁我不比你大什么，忧患比你经得多，人生的经验不见比你丰富什么，但就自己所有的学问，几年来冷静的观察与思索，以及早人世诸点上，也许确能做一个对你有一点益处的朋友，不只是一个温柔的好男子而已。

对于你，我希望你能锻炼自己，成为一个坚强的人，不要甘心做一个女人（你不会甘心于平凡，这是我相信的），总得从重重的桎梏里把自己的心灵解放出来，时时有毁灭破旧的一切的勇气（如其有一天你觉得我对于你已太无用处，尽可以一脚踢开我，我不会怨你半分），耐得了苦，受得住人家的讥笑与轻蔑，不要有什么小姐式的感伤，只时时向未来睁开你的慧眼，也不用担心什么恐惧什么，努力使自己身体感情各方面都坚强起来，我将永远是你的可以信托的好朋友，信得过我吗？

也许真会有那么海阔天空的一天，我们大家都梦想着的一天！我们不都是自由的渴慕者吗？为了你，我也有走向光明的热望，世界不会于我太寂寞。来信与诗，都使我快活。每回你信来，往往怀着感激的心情不只是欢喜而已。诗以较高的标准批评起来，当然不算顶好，但以你的旧诗的学力而言，是很可以满意的了。第一首一、二两字平仄略不顺，不大要紧，第二句固是好句子，但蹈袭我的句子太甚，把犹袭二字改为空扑吧。三四句平顺无疵。

总观四句，略欠呼应，天上人间句略嫩，听之，此诗改为：霞落遥山黯淡烟，残香空扑采莲船，晚凉新月人归去，天上人间来许圆。两人字重复，因此读来觉不顺口。倘把人归去的人改为郎字，却是一首轻倩的民歌。也许你会嫌太佻，但末句本不庄，故前面的人字不能改为君字。

第二首全体妥。靡字用得新，也许你用时是无意的。第三首第二句微波漪涟重复，漪字平仄不叶，第四句万般往事俗，改为年年心事即佳。无端明月又重圃，波面流晶漾细涟，如此溪山浑若梦，年年心事逐轻烟。

三首诗情调轻灵得很，虽然还少新意，不愧是我的高足，我该自傲不是？前次绝句二十首之后，又做了十一首，没有给你看。前面几首较好：春水桥头细柳魂，绿芜园内鹧鸪痕，蜀葵花落黄峰静，燕子搂深白日昏。倚剑朗吟卍字栏，晚禽红树北梦残，何当跃马横戈去，易水萧萧芦叶残。半臂晕红侧笑嫣，绿时时掀采莲船，莲魂依魂花依色，蛙唱满湖莲叶圆。迟雪冲寒鹤羽毵，偶尔解渴落茅庵，红梅白梅相对冷，小尼洗砚蹲寒潭。略有宋诗调子，第三四两首都故作拗句。又第九首：秋花消瘦春花肥，一样风烟雨露霏，萧郎吟断数根须，懊恼花前白袷衣。

第十一首：燕子轻狂蝴蝶憨，满园花舞一天蓝。仙人年幼翅如玉，笑澈银铃酡颜酣。则是我诗里特有的童话似的情调。天凉气静，愿安心读书。好好保重。

朱朱

1933年秋23夜

/ 12 /

时间过得却快，现在3点半钟了。好友，我对你只有感激的宽慰和祝福的诚挚。几天的希望，换得一整天的相聚的愉快，虽而今遗留给我的只是无穷的惆怅，我已十分满足。我不欲再留恋于此，已定坐7点15分快车，一个人悄悄地离校。我知道这次我不该来，在外边轻易引不起任何的感伤，一到此便轻轻拨起了无可奈何的恋旧之思。这是我自寻烦恼，你不用为我不安（老鼠爬到身上来）。这环境于我不适，我宁愿回到嚣尘的沪上。望就给信我（老鼠爬到头上）。

我不能眷恋已往的陈骸，只寄希望于将来，总有一天，生活会对于我不复是难堪的drudgery（苦役）。我十分弱，但我有求强的意志，寂寞常是啮着我，唯你能给我感奋。

不多写，你全明白我。现在我走了，我握你的手。

朱

1933年11月2日晨4时

/ 13 /

清如：

我知道你不爱见我，但不曾想到你要逃避我，我只是你一个平常的朋友，没有要使你不安或怅惘的理由。见一见你，我认为或者是尚可容许的我的仅余的权利，当然我也辨不出是悲是喜，但我总不能抑制着不来看你，即使自己也知道是多事。倘使我的必须是被剥夺去一切人生的乐趣，永远在沙漠中的命运，必须永远不再看见一面亲爱的人，那么我等候你的吩咐，我希望那会使你不感到不安。

我不要休息，也不能休息。有钱的人，休息的意义是享福，可以把身体养得胖些；对于我们这种准无产阶级者，休息的意义是受难，也许是挨饿。我相信我更需要的是一些鼓舞，一点给人勇气的希望。我太缺少一切少年人应该有的热情。

在你母亲的身旁，不要想到我，我不要损害你神圣的快乐。为你祝福。

朱

1934 年 1 月 19 日

/ 14 /

清如：

气好了吧？即使不是向我生气，我也很怕。什么委屈大概你不肯向我说。虽我很愿知道。我心里很苦，很抑郁，很气而又不知要气谁。很委屈而不知委屈从何而来。很寂寞，生活的孤独并非寂寞，而灵魂的孤独无助才是寂寞。我很懂得寂寞之来，有时会因与最好的朋友相对而加甚。实际人与朋友之间，即使最知己的，也隔有甚远的途程，最多只能如日月之相望，而要走到月亮里去总不可能。所以一切的友谊都是徒劳的，至多只能与人由感觉所生的相当的安慰，远非实际的。所谓爱尽是对影子的追求，而根本并无此物。人间的荒漠是具有必然性的，只有苦于感情的人才不能不恃憧憬而生存。

愿你快乐，虽我的祝福也许是无力而无用的。

汝友

/ 15 /

你简直是残忍，一天难挨过似一天，今天我卜过仍不会有你的信来。如果到 30 岁我还是这样没出息，我真非自杀不可。所谓有出息不是指赚三百块钱一月，有地位有名声这些，常常听到人赞叹地或感慨地说，“什么人什么人现在很得法了”，我就不眼红那种得法，我只要能自己觉得并不无聊就够了。像现在的样子，真令人丧气。读书时代自己还有点自信和骄矜，而今这些都没有了，自己讨厌自己的平凡卑俗，正如讨厌别人的平凡卑俗一样，趣味变得低级了，感觉也变滞钝了。从前可以凭着半生不熟的英文读最艰涩的 Browning 的长诗，而得到无限的感奋，现在见了诗便头痛，反之有时看到了那些傻又蠢气的电影，倒要流流眼泪，那时我便要骂我自己：“你看看你这个无聊的家伙，有什么好使你感动的呢，那些无灵魂的机械式的表演？”真的我并不曾感动，然而我却感动了。一个人可以和妻子离婚，但永远不能和自己脱离关系，我是多么讨厌和这个无聊的东西天天住在一个躯壳里！

如果我想逃到你的身边，他仍然紧跟着我，因此我甚至不敢来看你，因为不愿带着他来看你。我多么想回到我们在一处作诗（不管是多么幼稚）的“古时候”，我一生中只有那一年是真的快乐，真的满足，满足自己也满足世界，除了太过渺茫了的我的童年，那还是太古以前的事，几乎是不复能记忆了。你知道火炉会使人脸孔变惨白，但你不知道人即使在火炉旁也会冻死的，如果有人不理他。杭州已下雪了，这里只有雨，那种把人灵魂沾满了泥泞的雨。冬天唯一的好处是没有臭虫，夜里可以做梦，虽然我的梦也生了锈了。

/ 16 /

Darling Boy:

千言万语，不知从何处说起。第一你说我是不是个好孩子，一到上海，连两三点钟都不放弃，寓所也没去，就坐在办公室里了。这简直不像是从前爱好逃学旷课的我了，是不是？事实是，下车时 1 点钟，因为车站离家太远，天又在临下阵头雨之际，便在北四川路广东店里吃了饭并躲雨，而且吃冰淇淋。雨下个不停，很心焦，看看稍小些，便叫黄包车回泵。可是路上又大落特落起来，车篷遮不住迎面的雨，把手帕覆在脸上，房屋树木街道都在一片白蒙蒙中去，像一个小孩子似的，衷心感到喜悦（这是因为我与雨极有缘分的缘故，我的诗中不是常说雨吗？）。本来在汽车中我一路像受着极大的委屈似的，几回滴下泪来，可是一到上海，心里想着毕竟你是待我好的，这次来游也似乎很快乐，便十分高兴起来。——车过了书局门口，忽然转计想就在这里停下吧，因此就停下了。

为着礼貌的缘故，但同时也确是出自衷心的容我先道谢你们的招待。你家里的人都好，我想你母亲一定非常好，你的弟弟给我的直接印象，比之你以前来信中所说及的所给我的印象好得多。

唉，我先说什么呢？我预备在此信中把此时的感想，当时欲向你说，因当着别人而讲不出来的话，实际还元宁是当时的未形成语言的思想，以及一切的一切，都一起写下来。明明见了面而不说话，一定要分手之后再像个健谈者那样絮絮叨叨起来，自然有些反乎常情，然而有什么办法呢？我一点不会说话！你对别人有许多话说，对我又说不出什么话来。又有什么办法呢？横竖我们会少离多，上帝（魔鬼也好）要是允许给我一支生花妙笔，比之单会说话不会动笔也许确要好得多，无如我的笔并不能表达出我所有的感情思想来何？但无论如何，靠着我们这两张嘴决不能使我们谅解而成为朋友，然则能有今日这一天，我能在你宝贵的心中占着一个位置（即使是怎样卑微的位置都好），这支笔岂不该值千万个吻？我真想把从前写过给你的信的旧笔尖都宝藏起来，我知道每一个甲过的笔尖都曾为我作过如此无价的服务。

最初，我想放在信的发端上说的，是说你借给我的不是两块钱而是十块钱这一回事是绝大的错误，当我一发现这，我简直有些生气，我想一回到上海之后，但立刻把我所不需要的八块钱寄还给你，说这种方面的你的好意非我所乐意接受，那只能使我感到卑辱。如果我所需要的是要那么多，为什么我不能便向你告借那么多呢？如果我不需要那么多，你给我不需要的东西做什么呢？如果我这样，你会不会嫌我作意乖僻？我想我总不该反而嫌怪起你的好意（即使这样的好意我不欢迎）来而使你懊恼，因此暂时保存着尽力不把它动用（虽然饭店里已兑碎了一块，那我想象是你请我的客，因此吃得很有味），以后尽早还你。本来这月的用途已细心计划好，因为这次突然的决心，又不知道车费竟是那么贵。所以短绌了些，便除非必要，我总不愿欠人家一块钱，即使（尤其）是最好的朋友；这个“好”脾气愿你了解我。你要不要知道我此刻的全部财产？自从父亲死了之后，家里当然绝没有什么收入，祖产是有限得可怜，仅有一所不算小的房子，一部分自居，一部分分租给三家人家和一爿油行，但因地僻租不起钱，一年统共不过三百来块钱，全部充作家中伙食和祭祀之用，我们弟兄们都是绝不动用分文的。母亲的千把块钱私蓄一直维持我从中学到大学，到毕业为止计用空了百把块钱；兄弟的求学则赖着应归他承袭的叔祖名下一注小小的遗产。此刻我已不欠债，有二百几十块钱积蓄，由表姊执管着，我知道我自己绝对用不着这些钱，不过作为交代而已。如果兄弟读书的钱不足的话，可以补济补济，自己则全然把它看作不是自己的钱一样。除了这，那么此刻公司方面欠我稿费百元，月薪四十三元，我欠饭钱未付的十二元，此外别人向我借去的约五六十元，我不希望他们还了。这些都不算，则我此刻有现金 $ 7.25，欠宋清如名下 $ 10.00，计全部财产为 $ -2.75。你想我是不是个 unpractical 的人？

话一离题，便分开了心，莫名其妙地说了这些不相干的话。我说，这回到常熟来我很有点感到寂寞，最颓丧的是令弟同我上茶馆去坐的那我也不知多少时候，那时我真是 literally（简直、完全）一言不发（希望他原谅我性子的怪僻），坐着怨恨着时间的浪费。昨晚你们的谈天，我一部分听着，一部分因为讲的全是我所不知道的人们，又不全听得明白，即使听着也不能发生兴趣，因此听见的只是声音而不是言语，很使我奇怪人们会有这么多的 nonsense（废话）爱谈这个人那个人的平凡琐事。但无论如何，自己难得插身在这一种环境里，确也感到有些魅力，因为虽然我不能感到和你心灵上的交流，如同仅是两人在一起时所感到的那样，但我还能在神秘的夜色中瞻望你的姿态，聆听你的笑语，虽然有时不知道你在说些什么，但我以得听见你的声音为满足，因为如果音乐是比诗更好，那么声音确实比言语更好，也许你所说的是全无意思的话，但你的语声可以在我的心上绘出你的神态来。半悲半喜的心情，觉得去睡觉是一件很不情愿的事，因为那时自己所能感触到的，就只有自己的饥渴的寂寞的灵魂了。after 怨恨自己不身为女人（为着你的缘故，我宁愿作如此的牺牲，自己一向而且仍然是有些看不起女人的），因为异性的朋友是如此之不痛快多拘束，尽管在不见面时在想象中忘记了你是女人，我是男人，纯情地在无垢的友情中亲密地共哭共笑，称呼着亲爱的名字，然而会面之后，你便立刻变成了宋小姐，我便立刻变成了朱先生，我们中间不能不守着若干的距离，这种全然是魔鬼的工作。当初造了亚当又造夏娃的家伙，除了魔鬼没有第二个人，因为作这样恶作剧的，决不能称之为上帝。——之后，我便想：人们的饥渴是存在于他们的灵魂内里，而引起这种饥渴来，使人们明白地感到苦恼，otherwise hidden and unfelt（相反，在隐而不觉时）的，是所谓幸福，凡幸福没有终极的止境，因此幸福愈大则饥渴愈甚。因是我在心里说：因为我是如此深爱你，所以让我们（我宁愿）永远维持着我们平淡的友谊啊！

撇开这些傻话，我觉得常熟和你的家虽然我只是初到，却一点没有陌生之感。当前天在车中向常熟前行的时候，我怀着雀跃似的被释放了的一颗心，那么好奇地凝望着一路上的景色，虽然是老一样的绿的田畴白的云，却发呆似地头也不转地看着看着，一路上乡人们天真的惊奇，尤其使我快活得感动。在某车站停车时，一个老妇向车内的人那么有趣地注视着时，我真不能不对她 beam a smile（发笑）；那天的司机者是一个粗俗的滑稽的家伙，嘴巴天生的合不拢来，因为牙齿太长的缘故，从侧面望去，真“美”。他在上海站未出发之前便好多次学着常熟口音说“耐伲到常熟”，口中每每要发出“× 那娘”的骂人话，不论是招呼一个人，或抱怨着过站停车的麻烦时。他说：“过一站停三分钟，过十几站便要去了半个钟点。”其实停车停得久一些的站头固然也有，但普通只停一分钟许；没有人上下的，不停的也有，因此他的话是有点夸张的，总之是一个可爱的家伙，当时我觉得。过站的时候，有些挥红绿旗的人因为没有经验，很有些手足无措的样子，而且所有的人都有些悠闲而宽和的态度，说话与行动都很文雅。有一个人同着小孩下车，那小孩应该是要买车票的却没有买，收票的除了很有礼地说一声“要买车票”之外就一声不响地让他走了。有两站司机人提醒了才晓得收票。某次一个乡妇下车后扬长而去，问那土头土脑的收票者，他说那妇人他认识。最可笑的是有一个乡下人，汗流浃背地手中拿着几张红绿钞票，气急匆忙地要上车子，开到半路，忽然他在车窗外看见了熟人，车子正在疾驰的时候，他发疯似的向窗外喊着，连忙要司机把车子停下放他下车，吃了几句臭骂，便飞奔出去了，那张车票所花的冤钱，可有些替他肉痛。——这一切我全觉得有趣。

可是唯一使我快活的是想着将要看见你，我对自己说，我要在下车后看见你时双手拉住你端详着你的“怪相”，虽然明知道我不会这样的，当然仍带着些忧虑，因为不知道你身体是否健爽。实在，如果不是星期六接到你的信和知道你又在受着无情的折磨，也许我不会如此急于来看你，为着钱的问题要把时间捺后一些；而且你说过你要来车站接我，我怎么肯使你扑空呢？车子过了太仓之后，有点焦躁而那个起来，直到了常熟附近的几个村站，那照眼的虞山和水色，使眼前突然添加了无限灵秀之气，那时我真是爱上了你的故乡。到达之后，向车站四周走了一转，看不见你，有点着急，担心你病倒，直至看见了你（真的看见了你），well then，我的喜乐当然是不可言说的，然而不自禁地有些 timid（羞怯）起来。回去就不同了，望了最后的一眼你，凄惶地上了车，两天来的寂寞都堆上了心头，而快乐却忘记了，我真觉得我死了，车窗外的千篇一律的风景使我头大（其实即使是美的风景也不能引起我的赞赏了），我只是低着头发着痴。车内人多很挤，而且一切使我发恼。初上车，还有一个漂亮的少女（洋囡囡式的），她不久下车，此后除了一个高个儿清秀的少年之外，车上都是蠢货商人市侩之流。一个有病的司机人搭着我们这辆车到上海，先就有点恶心。不久又上来了一个三家村学究四家店朝奉式的人，因为忙着在人缝里轧座位，在车子颠簸中浑身跌在一个女人的身上，这还不过令人发笑（虽然有些恶心）而已，其后他总是自鸣得意地遇事大呼小叫，也不管别人睬不睬他，真令人不耐。在我旁边的那个人，打瞌铳常常靠压到我的身上，也惹气得很。后来有几个老妇人上来，我立起身来让了座，那个高个儿少年也立起，但其他的一些年轻力壮的男人们，却只望着看看，把身体坐得更稳些。我简直愤慨起来，而要骂中国人毫无规矩，其实这不是规矩，只是一种正当的冲动。我以为让老弱坐，让贤长者坐，让美貌的女郎及可爱的小孩子坐，都是千该万该的，让贤长者坐是因为尊敬，让美貌的女郎坐是因为敬爱（我承认我好色，但与平常的所谓好色有所不同。我以为美人总是世间的瑰宝，而真美的人，总是从灵魂里一直美到外表上，而灵魂美的人，外表未有不美者，即使不合机械的标准与世俗的准绳，若世俗所惊眩之美貌，一眼看去就知道浅薄庸俗的，我决不认之为美人），让小孩坐是因为爱怜，让老弱者坐是因为怜悯。一个缠着小脚步履伶仃的乡村妇人，自然不能令人生出好感，但见了她不能不起立，这是人类之所以为人类的地方，但中国人有多数是自私得到那么卑劣的地步。这种自私，有人以为是个人主义，那是大谬不然。个人主义也许并不好，但绝不是自私，即使是自私，也是强性的英雄式的自私，不是弱性的卑劣的自私，个人主义要求超利害的事物，自私只是顾全利害。中国没有个人主义，只有自私。

对于常熟的约略的概念，是和苏州相去不远，有闲生活和龌龊的小弄崎岖的街道，都是我所不能惬意之点。但两地山水秀丽，吃食好，人物美慧（关于吃食，我要向你 complain〔抱怨〕，你不该不预备一点好吃的东西给我吃，甚至于不好吃的东西也不给我吃，今天早晨令弟同我出去吃的鸭面，我觉得并不好吃，而且因分量太多，吃不下，只吃了二分之一；至于公园中的菱，那么你知道，嘉兴唯一的特产便是菱了，这种平庸的是不足与比的，虽然我也太难得吃到故乡的菱了。买回的藕，陆师母大表满意，连称便宜，可是岂有此理的她也不给我吃。实在心里气愤不过，想来想去要恨你），都是可以称美的地方。如果两地中我更爱常熟，那理由当然你明白，因为常熟产生了你。

常熟和我乡比起来，自然更是个人文之区。以诗人而论，嘉兴只有个朱竹垞可以和你们的钱牧斋一较旗鼓，此外便无人了。就是至今你到吾乡去，除了几个垂垂老者外，很难找出一打半风雅的人来；嘉兴报纸副刊的编辑，大概属于商人阶级或浅薄少年之流，名士一名词在嘉兴完全是绝响的，子女们出外读书，大多是读工程化学或者无线电什么之类，读文学是很奇怪的。确实的，嘉兴学生的国文程度，皆不过尔尔的多，因为书香人家不甚多，有的亦已衰微，或者改业商了。常熟也许士流阶级比商人阶级更占势力，嘉兴则全是商人的社会，因此也许精神方面要比前看整饬一点，略为刻苦勤勉一点。此外则因为同属于吴语区域，一切风俗都没有什么两样。要是我死了，好友，请你亲手替我写一墓铭，因为我只爱你的那一手“孩子字”，不要写在什么碑版上，请写在你的心上，“这里安眠着一个古怪的孤独的孩子”，你肯吗？我完全不企求“不朽”，不朽是最寂寞的一回事，古往今来一定有多少天才，埋没而名不彰的，然而他们远较得到荣誉的天才们为幸福，因为人死了，名也没了，一切似同一个梦，完全不曾存在，但一个成功的天才的功绩作品，却牵索着后世人的心。试想，一个大诗人知道他的作品后代一定有人能十分了解它，也许远过于同时代的人，如果和他生在同时，一定会成为最好的朋友，但是时间把他们隔离得远远的，创作者竟不能知道他的知音是否将会存在，不能想象那将是一个何等相貌性格的人，无法以心灵的合调获取慰勉，这在天才者不能不认为抱憾终天的事，尤其如果终其生他得不到人了解，等死后才有人崇拜，而被崇拜者已与虫蚁无异了，他怎还能享受那种崇拜呢？与其把心血所寄的作品孤凄凄地寄托于渺茫中的知音，何如不作之为愈呢？在天才的了解者看来呢，那么那天才是一个元上的朋友，能传达出他所不能宣述的隐绪，但是他永远不能在残余的遗迹以外去认识，去更深地同情他，他对于那元上的朋友，仅能在有限的范围之内作着不完全的仰望，这缺陷也是终古难补的吧？而且，他还如一个绝望的恋人一样，他的爱情是永远不会被她知道的。

说着这样一段话，我并不欲自拟为天才（实在天才要比平常人可怜得多），但觉得一个人如幸而能逢到一个倾心相交的友人，这友人实比全世界可贵得多；自己所存留的忆念，随着保有这些忆念的友人的生命而俱终，也要比“不朽”有意思一些。我不知道我们中谁将先谁而死，但无论是谁先死都使我不快活。要是我先死的话，那么我将失去可宝贵的与你同在的时间之一段。要是你先死的话，那么我将孤零地在忆念中度着无可奈何的岁月。如果我有希望，那么我希望我们不死在同一空间，只死在同一时间。

话越说越傻了，我不是很有些 sentimental？请原谅我。这信是不是我所写给你的信中的最长的，然而还是有许多曾想起而遗落了的思想。

在你到杭州前，我无论如何还希望见你一面。愿你快快痊愈，我真不能设想你要忍受这许多痛苦与麻烦。

无限热烈的思念。盼你的信息。

朱朱

26 日夜

/ 17 /

你们称呼第三身“他”为 gay，很使我感到兴味，大约是“佢渠”之转。我所以拙于说话的原因，第一是本来懒说话，觉得什么话都没有意思，别人都那样说我可不高兴说。第二是因为脑中的话只有些文句，说出来时要把它们翻成口语就费许多周章，有时简直不可能。第三我并不缺少

sense of humor（幽默感），也许比别人要丰富些，但缺少 readywit（机智），人家给我讲某事的时候，有时猝然不知所答，只能应着唯唯，等到恩到了话说出来时，已经用不着说了，就是关于常识方面的也是如此。陆先生曾问起我最近从飞机堕下跌死的滑稽电影明星 Will Rogers 的作风如何，他有什么片子到过上海，一下子我只能说他善于描述人情世故，以乡曲似的形式出现在银幕上，作品的名字一时记不起来，我还不曾看过他的片子。等到想要补充着说他是美国电影中别树一帜的幽默家，富于冷隽的趣味，为美国人最爱戴的红星之一，但在中国却颇受冷落。他的作品较近而成功的有 *Handy Andy*（《人生观》）、*Judge Priest*（中译名不详）等等，凡我的"渊博"的头脑中所有关于这位我并未与谋一面的影星的知识时，这场谈话早已结束了。——此外，我纵声唱歌时声音很高亮，但说话时则低得甚至于听不清楚。姑母说我讲起话来像蚊子叫，可是唱起歌来这股劲儿又不知从哪里来的。我读英文也能读得很漂亮，但说话绝对不行。大概在说话技术方面太少训练。每年中估计起来成天不说话的总有一百天，每天说不上十句话的约有二百天。说话最多的日子，大概不至于过三十句。

虽然再想不出什么话来，可是提着笔仍旧恋恋着不肯放下来。快两点钟了，你睡得好好儿的吗？我可简直的不想睡。昨夜我从两点钟醒来后，安安静静的想着这样那样，一直到看天发亮，今天又是汽车中颠了三个钟点，然而此刻兴奋得毫不感到疲乏，也许我的瘦是由于我过度的兴奋所致。我简直不能把自己的精神松懈片刻，心里不是想这样，就是想那样。永远不得安闲，一闲下来，便是寂寞得要命，逢到星期日没事做，遂我的心意，非得连看三场电影不可。因此我在茶馆里对着一壶茶坐上十五分钟，简直是痛苦。喝茶宁可喝咖啡，茶那样带着苦意的味道，一定要东方文明论者才能鉴赏，要我细细地品，实在品不出什么来，也许觉得开水倒好吃些。我有好多地方真完全不是中国人，我所嗜好的也全是外国的东西，于今已有一年多不磨墨了，在思想上和中国的传统思想完全相反，因为受英国文学的浸润较多，趣味是比较上英国式的。至于国粹的东西无论是京戏胡琴国画国术等一律厌弃，虽然有一时曾翻过线装书（那也只限于诗赋之类），但于今绝对不要看这些，非孔孟，厌汉字，真有愿意把中国文化摧枯拉朽地完全推翻的倾向，在艺术方面，音乐戏剧的幼稚不用说，看中国画宁可看西洋画有趣味得多。至于拓几笔墨作兰花竹叶自命神韵的，真欲嗤之以鼻，写字可以与绘画同称为姊妹艺术，我尤其莫名其妙。这些思想或者有些太偏激，但目睹今日之复古运动与开倒车，不能对于这被诩为五千年的古文化表示反对。让外国人去赞美中国文化，这是不错的，因为中国文化有时确还可以补救他们之弊，但以中国人而嫌这种已腐化了的中国文化还不够普及而需待提倡，就有夜郎自大得丧心病狂了。我想不说下去了，已经又讲到文化的大问题，而这些话也还是我的老生常谈，卑之无甚高论。你妈来了没有，妈来了你可要她疼疼你了，可是我两点半还没睡，谁来疼我呢！

1935 年 8 月

/ 18 /

宋：

以后我接到你信后，第一件事便是改正你的错字，要是你做起先生来，老是写别字可很有些那个。

可是我想了半天，才想出“颟顸”两个字，你是写作“瞒旰”的。你有些话我永远不会同意，有时是因为太看重你自己的 ego（自我）的缘故。例如你自以为凶（我觉得许多人说你凶不过是逗逗你，他们不会真的折服于你的威势之下的），其实我永远不相信会有人怕你（除了我，因为我是世上最胆怯的人)。

关于你说你对我有着相当的好感，我不想 grudge(妒忌)，因为如果“绝对”等于一百，那么一至九十九都可说是“相当”。也许我尽可以想象你对于我有九十九点九分的好感。我觉得我们的友谊并不淡，但也不浓得化不开，正是恰到好处，合于你的“中庸之道”。

“妒”是一种原始的感情，在近代文明世界中有渐渐没落的倾向。它是存在于天性中的，但修养、人生经验、内省与丰富的幽默感，可以逐渐把它根除。吃醋的人大多是最不幽默、不懂幽默的人，包括男子与女子。自来所谓女子较男子善妒是因为社会和历史背景所造成，因为接触的世界较狭小，心理也自然会变得较狭小。因此这完全不是男或女的问题。值得称为“摩登”的姑娘们。

当然要比前一世纪闺阁小姐们懂事得多，但真懂事的人，无论男女至今都还是绝对的少数，因而吃醋的现象仍然是多的。至于诗人大抵是妒心格外强烈一些，如果徐志摩是女子，他也会说 nothing or all，你把他这句话当做男子方面的例证，是不十分令人心服的。根本在徐志摩以前就有好多女子说过这句话了。我希望你论事不要把男女壁垒立得太森严，因为人类用男女分类根本是不很妥当的。

关于“爱和妒是分不开的”一句话，我的意见是——所谓爱就程度上分可以归为三种：

1. primeval love, or animal love, or love of passion, or poetic love;(原始的爱，或者动物的爱，或者激情的爱，或者诗意的爱)

2. sophisticated love, or “modern” love;(深于世故的爱，或者“现代的”爱)

3. intellectual love, or philosophical love;(理智的爱，或者哲学的爱)

此外还有一种并不存在的爱，即 spiritual love, or “platonic” love

or love of the religious kind,（精神的爱，或者“柏拉图”式的恋爱，或者宗教类的爱）那实在是第一种爱的假面具，可以用心理方法攻破的。

妒和第一种爱是成正比例的，爱愈甚则妒愈深，但这种爱与妒能稍加节制，不使流于病态，便成为人间正常的男与女之间的关系，完全无可非议。第一种和第三种爱是对立的，但第二种爱则是一种矛盾错综的现象，在基础上极不稳固，它往往非常富于矫揉造作的意味，表面上装出“懂事”的样子而内心的弱点未能克服，同时缺乏第一种的真诚与强烈。此类爱与妒的关系是表面上无妒，内心则不能肯定。第三种的爱是高级的爱，它和一般所谓精神恋爱不同，因为精神恋爱并不超越 sex（性）的界限以上，和一个人在现实生活中不能获得满足而借梦想以自慰一样，精神恋爱并不比肉体恋爱更纯洁。但这种“哲学的爱”是情绪经过理智洗礼后的结果，它无疑是冷静而非热烈的，它是 non-sexual（非性）的，妒在它里面根本不能获得地位。

胡言乱语而已。也也。

人物评说

朱生豪是中国翻译莎士比亚作品较早和最多的一人，译文质量和风格卓具特色，为国内外莎士比亚研究者所公认。

莎士比亚是浪漫的，朱生豪也是浪漫的。在他给宋清如的书信中，对宋清如的称呼就至少六十种，包括“阿姊、傻丫头、青女、无比的好人、宝贝、小弟弟、小鬼头儿、昨夜的梦、宋神经、DARLING BOY、小妹妹、哥儿、清如我儿、女皇陛下”等。而在每封信的结尾处，他对自己风趣的自称更是达到了一百种之多，什么“你脚下的蚂蚁、伤心的保罗、快乐的亨利、丑小鸭、吃笔者、阿弥陀佛、综合牛津字典、和尚、绝望者、蚯蚓、老鼠、堂·吉诃德、罗马教皇、魔鬼的叔父、哺乳类脊椎动物之一、臭灰鸭蛋、牛魔王”等，让人忍俊不禁。

不得不让朱生豪的许多朋友感慨，在现实生活中沉默寡言，极不合群的朱生豪在恋爱方面却是极端的高手。即使是书写相同内容的文字，也不会让人看着有重复的意思，在名称这样的细节方面同样处处注意，正是力求让自己心爱的人宋清如感受到自己对她的重视。

朱生豪对宋清如的爱甚至有一种清教徒式的意味，在大部分时间里更像是精神上的恋爱，他们交流诗歌、文学、电影的种种，而真正在一起的时光只有两年多。

朱生豪这位译莎才子在世的日子非常短暂，生前寂寂，死后成名，他得的是当时的顽疾——肺结核，可以归之为积劳成疾，加上战争动乱，缺食少药。他说：饭可以不吃，莎剧不能不译。

朱生豪猝逝后，宋清如可算是尽了心力，抚养幼子，出版遗作，把漫漫的一生交付给了他。这便是忠贞不贰，矢志不渝，亦是现代人所需求与寻找的。

第十七章

庐隐与李唯建

血与泪是我贡献给你的呵！唯建！你应看见我多伤的心又加上一个症结！自然我也知道这不是你的错，你对我的真诚我不该怀疑，然而呵，唯建，天给我的宿命是事事不如人，我不敢说我能得到意外的幸福，纵然这些幸福已由你亲手交给我过！唉，唯建！唯建！我是断头台下脱逃的俘虏呵，你原谅我已经破裂的胆和心吧！我再不能受世上的风波，况且你的心是我生命的发源地，你要我忘了你，除非你毁掉我的生命！

悲情才女，红颜多舛

庐隐，1898 年 5 月 4 日生于福建闽侯县。因在出生时恰巧祖母去世，所以母亲认定她是灾星，将她交给奶妈喂养。1902 年，举家前往长沙时，4 岁的庐隐因为哭闹，还险些被父亲扔进滔滔波浪之中。

7 岁时，庐隐父亲去世，母亲只好带着 5 个未成年的孩子投奔在北京的哥哥。因为被母亲厌恶，所以庐隐入学很晚。直到 1912 年，14 岁的庐隐在大哥黄勉的帮助下，考取了北京女子师范学校附设高等小学五年级，才让亲戚们刮目相看。1913 年，她又考取享受官费待遇的女子师范，更使家人惊奇不已。

期间，庐隐认识了表亲林鸿俊，其虽然家境贫寒但聪明俊朗。两个人在接触中，逐渐亲密了起来。林鸿俊甚至还向庐隐求婚，但被庐隐母亲和哥哥拒绝。为此，向来遭受不公待遇早就有着逆反心理的庐隐跟母亲唱起了对台戏。最后，母亲妥协，但要求只能在林鸿俊大学毕业后举办婚礼。

1917 年，19 岁的庐隐从女子师范毕业。母亲特意为她谋到北京女子中学的教员职位，教授体操、园艺和家事。但这些工作与庐隐的理想差距太大，于是到学期结束时悄然辞职。后来受朋友邀请，在安徽省安庆女子师范学校附属实验小学任教，但也只待了半年。后来听说河南开封女子师范学校正在招聘教师，庐隐与同学一同前往，但当地的教员并不太欢迎他们，所以熬了一个学期后再次离职。为此，表姊妹们称呼她为“学期先生”。

1919 年，北京女子师范学校升格为国立女子高等师范学校，开始招收女学生。庐隐专门跑到安庆任教赚取学费，但等她回来时已经错过考期，不过在母校教师的通融下，她以旁听生的资格回校就读，一学期后转为正式生。

因为受到五四运动思想的影响，庐隐很快成为校内外的活跃分子。庐隐在一次参加同乡会时，认识了北京大学政治学系的学生郭梦良。

郭梦良是福建闽侯县郭宅村（今福州市仓山区盖山镇郭宅村）人，与庐隐同岁。其实他在到北大就读之前，已经在父母的包办下结婚。两个人认识不久，就感情突飞猛进。而当年与庐隐订婚的林鸿俊写信让其回去完婚，也遭到了她的拒绝。林鸿俊一气之下，立即与工作的糖厂老板女儿结婚。

虽然，亲朋好友反对，但庐隐依然随郭梦良南下，并于 1923 年夏天在上海远东饭店举行了婚礼。然而，当她随着郭梦良回福建探亲，与其原配妻子同在一个屋檐下时才感觉到身份的尴尬，而且经常受到他人的奚落，但是郭梦良并没有特别地维护她。让她切身感觉到这并不是自己理想的那种婚姻。

1925 年 10 月 6 日，积劳成疾并且营养不良的郭梦良突然去世，撇下庐隐和 10 个月的女儿。悲伤的庐隐抱着孩子把亡夫的灵柩送回福建老家，把幼女托付给婆婆抚养，自己孤身前往福建女子师范学校任教。

直到 1928 年，庐隐才认识了比她小 9 岁的清华大学的西洋文学系学生、乐天派诗人李唯建。他们相识不久即陷入热恋。从 1929 年到

1930年，两个人频繁地书信来往，记录了两人从相识、相知到相爱的过程。

1930年8月，庐隐不顾一切，宣布与李唯建结婚。同时，她毅然辞去教职，和丈夫、女儿东渡日本。然而，没多久，因为经济压力，又回国住在了杭州西湖，之后庐隐又有了第二个女儿。

这次结婚后，既是庐隐一生最快乐、最幸福的时光，也是她文学创作丰盛之期。

为了养家，庐隐生完孩子不到两个月，就去教学。一家人也由杭州迁到了上海。

1934年5月13日，庐隐第三次临产，但为了节省费用在自家弄堂的小屋里分娩。当她分娩力竭时，子宫破裂导致大出血，等李唯建意识到事态严重将她转送医院时，已经抢救不及。这位年仅36岁的女作家，就这样离去了。

葬礼那天，李唯建将她的全部作品放进棺内，与其永世相伴。

经典情书

/1/

庐隐致李唯建

心爱：

血与泪是我贡献给你的呵！唯建！你应看见我多伤的心又加上一个症结！自然我也知道这不是你的错，你对我的真诚我不该怀疑，然而呵，唯建，天给我的宿命是事事不如人，我不敢说我能得到意外的幸福，纵然这些幸福已由你亲手交给我过！唉，唯建！唯建！我是断头台下脱逃的俘虏呵，你原谅我已经破裂的胆和心吧！我再不能受世上的风波，况且你的心是我生命的发源地，你要我忘了你，除非你毁掉我的生命！唉，唯建！你知道当我想象到将来有一天，我从你那里受了最后的裁判时，我不能再苟延一天在这个世界上，我只有丢下一切走，我不能用我的眼睛再看别人是在你温柔的目光里，我也不能听别人是在甜美的声唤中！总之，我是爱你太深，我的生命可以失掉，而不能失掉你！我知道你现在是爱我的，并且你也预备永远爱我，然而我爱你太深，便疑你也深，有时在你觉得不经意的一件事，而放在我的身上成了绝对的紧张和压迫了。唯建，你明白地告诉我，我这样的痴情真诚的心灵中还容不得你吗？人生在世上所最可珍贵的，不是绝对的得到一个人无价的诚挚的心吗？唉，唯建！我的心痛楚，我的热血奔腾，我的身体寒战，我的精神昏沉；我觉得我是从山巅上陨落的石块，将要粉碎了！粉碎了呵！唯建！你是爱护这块石头的，你忍心看他粉碎吗？并且是由你掌握之下，使他粉碎的呵！唉！多情多感的唯建！我知你必定尽全力来救护我的，望你今后少给我点苦吃，你瞧我狼狈得还成样子吗？现在我的心紧绞如一把乱麻，我的泪流湿了衣襟，有时也滴在信笺上。亲爱的唯建呵！这样可怜的心要吐的哀音正不知多少，但是我的头疼眼花手酸喉哽，我只有放下笔倒在床上，流我未尽的泪吧！

唉！唯建！你是绝顶的聪明人，你能知道我的心纵使沉默你也是能了然的！

你可怜的庐隐书于柔肠百转中

/ 2 /

异云：

我本是抱定决心在人间扮演，不论悲欢离合甜酸苦辛的味儿，我都想尝，人说这世界太复杂了，然而我嫌它太单调，我愿用我全生命的力去创造一个福音博和的世界；我愿意我是为了这个愿望而牺牲的人，我愿意我永远是一出悲剧的主人；我愿我是一首又哀婉绮丽的诗歌；总之，我不愿平凡！——纵使平凡能获得女玉的花冠，我亦将弃之如遗。啊异云，你不必替我找幸福，不用说幸福是不容易找到，我也不见得会收受。你要知道，有了绝大的不幸，才有冷鸥，冷鸥便是一切不幸的根蒂。唉，异云，我怨吗？我恨吗？不，不，绝不，我早知道我的生是为呕吐心血而生的。我是点缀没有生气的世界而来的，因之荆棘越多，我的血越鲜红，我的智慧也越高深。

我怀疑做人——尤其怀疑做幸福的人：什么夫荣妻贵？子孙满堂？他们的灵魂便被这一切的幸福遮蔽了，哪里有光芒？哪里有智慧？到世界上走一趟，结果没有懂得世界是什么样？自己是什么东西？啊，那不是太滑稽得可怜了吗？异云，我真不愿意是这一类的人！在我生活的前半段几乎已经陷到这种可悲的深渊里了，幸亏坎坷的命运将我救起，我现在既然已经认识我自己了，我又哪敢不把自己捉住，让他悄悄地溜了呢？

世俗上的人都以为我是为了坎坷的命运而悲叹而流泪，哪里晓得我仅仅是为了自己的孤独——灵魂的孤独而太息而伤心呢？可是人到底是太蠢了；为什么一定要求人了解呢？孤独岂不更隽永有味吗？我近来很觉悟此后或者能够做到不须人了解而处之泰然的地步，异云，那时便是我得救的时候了。我的心波太不平静忽然高掀如钱塘潮水，有时平静如寒潭静流；所以我有时是迷醉的，有时是解脱的，这种梦幻不定的心，要想在人间求寄托，不是太难了吗？——啊，我从此将如长空孤雁永不停住于人间的橱上求栖止，人间自然可以遗弃我的，我呢，也应当学着遗弃人间。

异云，我有些狂了，我也不知说什么疯话，请原谅我吧！昨天你对我说暑假后到广东去，很好！只要你觉得去于你是有兴趣的，你就去吧；我现在最羡慕人有奔波的勇气，我呢，说来，可怜便连这一点兴趣都没有！——我的心也许一天要跑十万八千里，然而我的身体是一块朽了的木头，不能挪动，一挪动，好像立刻要瓦解冰消，每天支持在车尘蹄迹之下奔驰，已经够受，哪里还受得起惊涛骇浪的折腾？哪里还过得起戴月披星的生活？啊异云，我本是秋风里的一片落叶，太脆弱了！

异云，我写到这里，不期然把你昨天给我的信看了一遍，不知哪里来的一股酸味直冲上来，我的眼泪满了眼眶，——然而我咽下去那咸的涩的眼泪——我是咽下去了哟！唉！这世界什么是值得惊奇的？什么是值得赞美的？我怀疑！——唉！一切都是让我怀疑！什么恋爱？什么友谊？都只是一个太虚渺的幻影！啊！我曾经追寻过，也曾经想捉着过，然而现在，至少是此刻，我觉得我不需要这些！——往往我需要什么呢？我需要失却知觉，啊，你知道我的心是怎样紊乱呢？除了一瞑不视，我没有安排我自己的方法。

但是异云，请你不必为我悲伤。这种不可捉摸的心波，也许一两天又会平静，一样的酬应于大庭广众之中，欢歌狂吟，依然是浪漫的冷鸥。至于心伤，那又何必管它呢？或者还有人为了我的疯笑而忌妒我的无忧无虑呢？啊，无穷的人生，如此而已，哓哓不休，又有什么意思？算了吧，就此打住。

冷鸥书

人物评说

庐隐从小就生活凄苦，但也注定了她叛逆的性格。也许是命中注定，庐隐从来不愿意脚踏实地地生活。她在爱情中一次比一次表现得盲目浪漫。

从 1929 年春天到 1930 年春天，自称“冷鸥”的庐隐与自称“异云”的李唯建，用 68 封来往书信，记录了他们的情感经历。

李唯建了解庐隐的坎坷经历后，给予她极大同情。随着两个人心灵探索的步步深入，李唯建大胆表白：“我愿你把你心灵的一切都交给我，我虽是弱者，但担负你的一切我敢自夸是有余的！”接下来更是顶礼膜拜：“你是我的宗教，我信任你，崇拜你，你是我的寄托。”面对李唯建的步步紧逼，已经有过两段婚恋经历的庐隐先是婉拒，后是疑虑，最终不顾一切：“请你用伟大的同情来抚慰我吧！”

冯沅君说：“她那微近男性的谈吐，她那时似傲慢的举措，她那对于爱的热烈追求，这些使她的老友对她常有微词的地方都可以显示她是有个性的，有使她不落于庸俗的个性。”谢冰莹也说：“庐隐就是这么一个很痛快的人，高兴起来，就哈哈大笑；烦闷的时候，就痛饮几杯；伤心的时候就大哭一场，看不顺眼的事情，就破口大骂，毫不顾到什么环境不环境。”

所以，庐隐不顾一切，宣布与李唯建结婚。她毅然辞去教职，带着“小丈夫”和女儿东渡日本。用庐隐自传中的话说：“什么礼教，什么社会的讥弹，都从我手里打得粉碎了。我们潇洒地离开，宣告了以真情为基础的结合，翱翔于蓬莱仙境，从此以后，我的笔调也跟着改变。”

她在婚恋关系上任性而为，追求乌托邦式理想婚恋的结果，最终送上了自己年轻的生命。正如庐隐自己所说：“我想游戏人间，反被人间游戏了我！”“我就是喜欢玩火，我愿让火把我烧成灰烬。”虽然，她几经坎坷，一生受了很多苦，甚至付出了生命，但她与李唯建婚后的四年，是她一生最快乐最幸福的四年，这已足够。

你瞧我狼狈得还成样子吗？
现在我的心紧绞如一把乱麻，
我的泪流湿了衣襟，
有时也滴在信笺上。

第十八章

萧红与萧军

现在我很难过，很想哭。想要写信钢笔里面的墨水没有了，可是怎样也装不进来，抽进来的墨水一压又随着压出来了。

华起来就到图书馆去了，我本来也可以去，我留在家里想写一点什么，但那里写得下去，因为我听不到你那噔噔上楼的声音了。

黄金时代里的乱世情缘

萧红，1911 年出生于黑龙江省哈尔滨市呼兰区。从小就学习刻苦，成绩优秀。1927 年，在哈尔滨的中学读书期间，接受了一些五四运动的新文化思想。

1928 年，萧红被许配给了哈尔滨的汪恩甲。1929 年，祖父去世，萧红十分悲痛，与父亲关系僵冷。随后，萧红投奔表哥。但表哥早有家室，更受到两边家庭反对，最后两人关系冷淡。

1931 年 1 月，萧红返家后曾被软禁在家。但没多久，她再次去了北京。汪恩甲的哥哥对萧红去北平读书不满，代弟弟解除了婚约。

后来萧红返回哈尔滨时，因为生活困苦，不得已跟汪恩甲一起住在了道外十六道街的东兴顺旅馆。但在萧红怀孕临产期时，汪恩甲由于没钱给旅馆，弃萧红而去。

萧红独自困居旅馆，处境艰难，只好写信向哈尔滨《国际协报》副刊编辑裴馨园求助，裴馨园多次派萧军到旅馆给萧红送书刊，两人日久生情，互相爱慕。

萧军，1907 年 7 月 3 日出生于辽宁省义县沈家台镇下碾盘沟村，笔名三郎、田军等。

1932 年 8 月，松花江决堤，洪水泛滥市区。由于萧红欠旅馆的钱太多，旅馆不让她离开，于是她便趁机让萧军夜里租了一条小船，用绳子把她从窗口救了下来。

但两人生活依然艰辛，有时连生火的木柈都没有，经常饿得肚子痛。有时候一块黑面包，撒上盐，两个人你一口我一口地吃。偶尔奢侈的时候，到小饭馆只能将馒头、小菜、丸子汤混一起吃饱，虽然过得特别艰辛，但互相依靠，有了生存下去的希望。

萧军是报社的编辑，时有文章发表，于是也鼓励萧红创作。

1934 年 10 月，在鲁迅的支持下，他们来到了上海。当时，鲁迅特别赞赏萧红的成名作《生死场》。他们经常到鲁迅家做客，向鲁迅请教。两人也经常参与一些革命的社会活动，在许多作品里也揭露了日伪统治下社会的黑暗，为此引起过特务的注意，两人为了躲避谋害，还搬迁到青岛生活。

1936 年 7 月，因感情问题，萧红远渡日本创作、疗养。期间，仍思念着萧军，频频地给萧军写信。同年 10 月 19 日，鲁迅在上海逝世。噩耗传到日本，萧红悲痛不已。

1937 年 1 月，萧红回国，到上海后便去拜谒鲁迅的墓。同时，也跟萧军的关系有所好转。“卢沟桥事变”后，他们撤离到武汉，认识了端木蕻良。

端木蕻良，出生于 1912 年 9 月 25 日，因长篇小说《科尔沁旗草原》颇受文坛瞩目。端木身材瘦高，说话和声细语，性格内向，文质彬彬，与萧军的粗犷、好强、豪放、野气形成鲜明对比。

当时，萧军一直不服萧红的成就高过他，但是端木经常赞扬萧红的作品超过了萧军的成就。为此，萧红对端木渐生好感。

1938 年初，萧军要去参军，两人在西安分手。同年，萧红与端木蕻良回武汉结婚。

但不久，日军迫近武汉三镇。在往重庆撤离的时候，朋友只搞到一张票，萧红认为自己怀孕，有诸多不便，所以让端木先走。9 月份时，萧红才在朋友帮助下去重庆，但在经过宜昌时，不小心在码头上跌了一跤，因有九个月的身孕半天没能起来。之后，萧红的心情十分阴郁，脾气也变得暴躁易怒。

1940 年 1 月底，萧红随端木蕻良离开重庆，飞抵香港，住在九龙尖沙咀乐道 8 号。第二年，日军进攻香港，炮火连天，全城惊慌失措。而此时的萧红因病已卧床半年、不能走动。端木和骆宾基一起陪同照顾她。

25 岁的骆宾基来香港找工作，后来找端木才谋得一席之地。受端木委托，一同照顾萧红。萧红因不方便走动，非常担心自己被弃之不管。端木蕻良曾有几天不在她身边，萧红以为自己被抛弃，非常绝望，待其返回后，情绪才稳定下来。

1942 年 1 月 12 日，日军占领香港。萧红病情加重，被送进香港跑马地养和医院，还被庸医误诊，甚至在喉咙开了刀。18 日中午时，萧红转到玛丽皇后医院，此时她已不能言语，只好以纸笔与他们交谈。21 日时，因日军占领了医院，萧红被转移到了红十字会设在学校中的临时医院。22 日，萧红从 6 点左右昏迷不醒，最终与世长辞。享年 31 岁。

1942 年 1 月 24 日，萧红遗体火化后葬于浅水湾。

经典情书

/ 1 /

第一信

由船上寄——上海（1936 年 7 月 18 日发）

君先生：

海上的颜色已经变成黑蓝了，我站在船尾，我望着海，我想，这若是我一个人怎敢渡过这样的大海！

这是黄昏以后我才给你写信，舱底的空气并不好，所以船开没有多久我时时就好像要呕吐，虽然吃了多量的胃粉。

现在船停在长崎了，我打算下去玩玩。昨天的信并没写完就停下了。

到东京再写信吧！祝好！

莹　七月十八日

源先生好！　莹

第二信

日本东京——上海（1936 年 7 月 26 日发，7 月 31 日到）

均：

现在我很难过，很想哭。想要写信钢笔里面的墨水没有了，可是怎样也装不进来，抽进来的墨水一压又随着压出来了。

华起来就到图书馆去了，我本来也可以去，我留在家里想写一点什么，但那里写得下去，因为我听不到你那噔噔上楼的声音了。

这里的天气也算很热，并且讲一句话的人也没有，看的书也没有，报也没有，心情非常坏，想到街上去走走，路又不认识，话也不会讲。

昨天到神保町的书铺去了一次，但那书铺好像与我一点关系也没有，这里太生疏了，满街响着木屐的声音，我一点也听不惯这声音。这样一天一天的我不晓得怎样过下去，真是好像充军西伯利亚一样。

比我们起初来到上海的时候更感到无聊，也许慢慢就好了，但这要一个长的时间，怕是我忍耐不了。不知道你现在准备要走了没有？我已经来了五六天了，不知为什么你还没有信来？

珂已经在十六号起身回去了。

不写了，我要出去吃饭，或者乱走走。

吟上　七月廿十时半

第三信

日本东京——青岛（1936 年 9 月 9 日发，9 月 15 日收到）

三郎：

稿子既已交出，这两天没有事做，所以做了一张小手帕，送给你吧！

《八》既已五版，但没有印花的。销路总算不错。现在你在写什么？

劳山我也不想去，不过开个玩笑就是了，吓你一跳。我腿细不细的，你也就不用骂！临别时，我不让你写信，是指的啰里啰嗦的信。

黄来信，说有书寄来，但等了三天，还不到。《江上》也有，《商市街》也有，还有《译文》之类。我是渴想着书的，一天二十四小时，既不烧饭，又不谈天，所以一休息下来就觉得天长得很。你靠着电柱读的是什么书呢？普通一类，都可以寄来的，并不用挂号，太费钱，丢是不常丢的。唐诗也快寄来，读读何妨？我就是怎样一个庄严的人，也不至于每天每月庄严到底呀？尤其是诗，读一读就像唱歌似的，情感方面也愉乐一下，不然，这不和白痴过的生活一样吗？写当然我是写的，但一个人若让他一点点也不间断下来，总是想和写，我想是办不到，用功是该用功的，但也要有一点娱乐，不然就像住姑子庵了，所以说来说去，唐诗还是快点寄来。

胃还是坏，程度又好像深了一些，饮食我是非（常）注意，但还不好，总是一天要痛几回。可是回去，我是不回去，来一次不容易，一定要把日文学到可以看书的时候，才回去，这里书真是多得很，住上一年，不用功也差不了。黄来信，说你十月底回上海，那么北平不去了吗？

祝好！

莹　九月九日

东亚补习学校，昨天我又跑去看了一次，但看不懂，那招生的广告我到底不知道是招的什么生，过两天再去看。

第四信

日本东京——青岛（1936 年 9 月 19 日发，9 月 26 日到）

均：

前一封信，我怕你不懂，健康二字非作本意来解。

学校我每天去上课，现在我一面喝牛奶一面写信给你，你十三和十四发来的信，一齐接到，这次的信非常快，只要四五天。

我的房东很好，她还常常送我一些礼物，比(如)方糖、花生、饼干、苹果、葡萄之类，还有一盆花，就摆在窗台上。

我给你的书签也不谢，真可恶！以后什么也不给你。

我告诉你，我的期限是一个月，童话终了为止，也就是十月十五前。

来信尽管写些家常话。医生我是不能去看的，你将来问华就知道这边的情形了。

上海常常有刊物寄来，现在我已经不再要了。这一个月，什么事也不管，只要努力童话。

小花叶我把它放到箱子里去。

祝好。

小鹅　九月十九日

第五信

日本东京——青岛（1936 年 9 月 23 日发）

均：

昨天下午接到你两封信。看了好几遍，本来前一信我说不在（再）往青岛去信了，可是又不能不写了。既接到信，也总是想回的，不管有事没有事。

今天放假，日本的什么节。

第三代居然赶上一部快完了，真是能耐不小！大概我写信时就已经完了。

小东西，你还认得那是你裤子上剩下来的绸子？

坏得很，跟外国孩子去骂嘴！

水果我还是不常吃，因为不喜欢。

因为下雨所以你想我了，我也有些想你呢！这里也是两三天没有晴天。

不写了。

莹　九月廿二日

第六信

日本东京——上海（1936 年 10 月 21 日发，10 月 26 日到）

均：

昨天发的信，但现在一空下来就又想写点了。你们找的房子在哪里？多么大？好不好？这些问题虽然现在是和我无关了，但总禁不住要想。真是不巧，若不然我们和明他们在一起住上几个日子。

明，他也可以给我写点关于他新生活的愿望吗？因为我什么也不知道。小奇什么样？好教人喜欢的孩子吗？均，你是什么都看到了，我是什么也没看到。均，你看我什么时候总好欠个小账，昨天在夜市的一个小摊子上欠了六分钱，写完了这一页纸就要去还的。

前些日子我还买了一本画册打算送给 L。但现在这画只得留着自己来看了。我是非常爱这画册，若不然我想寄给你，但你也一定不怎么喜欢，所以这念头就打消了。

下了三天昼夜没有断的小雨，今天晴了，心情也新鲜了一些。小沙发对于我简直是一个客人，在我的生活上简直是一件重大的事情，它给我减去了不少的孤独之感。总是坐在墙角在陪着我。

奇什么时候南来呢？

祝好。

吟　十月廿一日

第七信

日本东京——上海（1936 年 10 月 24 日发）

军：

关于周先生的死，二十一日的报上，我就渺渺茫茫知道一点，但我不相信自己是对的，我跑去问了那唯一的熟人，她说："你是不懂日本文的，你看错了。"我很希望我是看错，所以很安心地回来了，虽然去的时候是流着眼泪。

昨夜，我是不能不哭了。我看到一张中国报上清清楚楚登着他的照片，而且是那么痛苦的一刻。可惜我的哭声不能和你们的哭声混在一道。

现在他已经是离开我们五天了，不知现在他睡到哪里去了？虽然在三个月前向他告别的时候，他是坐在藤椅上，而且说："每到码头，就有验病的上来，不要怕，中国人就专会吓呼（唬）中国人，茶房就会说：验病的来啦！来啦！……"

我等着你的信来。

可怕的是许女士的悲痛，想个法子，好好安慰着她，最好是使她不要静下来，多多地和她来往。过了这一个最难忍的痛苦的初期，以后总是比开头容易平伏下来。还有那孩子，我真不能够想象了。我想一步踏了回来，这想象的时间，在一个完全孤独了的人是多么可怕！

最后你替我去送一个花圈或是什么。

告诉许女士：看在孩子的面上，不要太多哭。

红　十月二十四日

第八信

日本东京——上海（1936 年 11 月 2 日发）

三郎：

廿四日的信，早接到了，汇票今天才来。

于（郁）达夫的讲演今天听过了。会场不大，差一点没把门挤下来，我虽然是买了票的，但也和没有买票的一样，没有得到位置，是被压在了门口，还好，看人还不讨厌。

近来水果吃得很多，因为大便不通的缘故，每次大便必要流血。

东亚学校，十二月二十三日第一期终了，第二期我打算到一个私人教授的地方去读，一面是读读小说，一方面可以少费一些时间，这两个月什么也没有写，大概也许太忙了的缘故。

寄来那张译的原稿也读过了，很不错，文章刚发表就有人注意到了。

这里的天气还不算冷，房间里生了火盆，它就像一个伙伴似的陪着我。花，不买了，酒也不想喝，对于一切都不大有趣味，夜里看着窗棂和空空的四壁，对于一个年轻的有热情的人，这是绝大的残酷，但对于我还好，人到了中年总是能熬住一点火焰的。

珂要来就来吧！可能照理他的地方，照理他一点，不能的地方就让他自己找路走，至于“被迫”，我也想不出来被什么所迫。

奇她们已经安定下来了吧？两三年的工夫，就都兵荒马乱起来了，牵牛房的那些朋友们，都东流西散了。

许女士也是命苦的人，小时候就死去了父母，她读书的时候，也是勉强挣扎着读的，她为人家做过家庭教师，还在课余替人家抄写过什么纸张，她被传染了猩红热的时候是在朋友的父亲家里养好的。这可见她过去的孤零，可是现在又孤零了。孩子还小，还不能懂得母亲。既然住得很近，你可替我多跑两趟。别的朋友也可约同他们常到他家去玩，L. 没完成的事业，我们是接受下来了，但他的爱人，留给谁了呢？

不写了，祝好。

荣子　十一月二日

第九信

日本东京——上海（1936 年 11 月 19 日发）

均：

因为夜里发烧，一个月来，就是嘴唇，这一块那一块的破着，精神也烦躁得很，所以一直把工作停了下来。想了些无用的和辽远的想头。文章一时寄不去。

买了三张画，东墙上一张北墙上一张，一张是一男一女在长廊上相会，廊口处站着一个弹琴的女人。还有一张是关于战争的，在一个破屋子里把花瓶打碎了，因为喝了酒，军人穿着绿裤子就跳舞，我最喜欢的是第三张，一个小孩睡在檐下了，在椅子上，靠着软枕。旁边来了的大概是她的母亲，在栅栏外肩着大镰刀的大概是她的父亲。那檐下方块石头的廊道，那远处微红的晚天，那茅草的屋檐，檐下开着的格窗，那孩子双双的垂着的两条小腿。真是好，不瞒你说，因为看到了那女孩好像看到了自己似的，我小的时候就是那样，所以我很爱她。投主称王，这是要费一些心思的，但也不必太费，反正自己最重要的是工作——为大体着想，也是工作。聚合能工作一方面的，有个团体，力量可能充足，我想主要的特色是在人上，自己来罢，投什么主，谁配做主？去他妈的。

说到这里，不能不伤心，我们的老将去了还不几天啊！

关于周先生的全集，能不能很快的集起来呢？我想中国人集中国人的文章总比日本集他的方便，这里，在十一月里他的全集就要出版，这真可配（佩）服。我想找胡、聂、黄等诸人，立刻就商量起来。

商市街被人家喜欢，也很感谢。

莉有信来，孩子死了，那孩子的命不大好，活着尽生病。

这里没有书看，有时候自己很生气。看看《水浒》吧！看着看着就睡着了，夜半里的头痛和噩梦对于我是非常坏。前夜就是那样醒来的，而不敢再睡了。

我的那瓶红色酒，到现在还是多半瓶，前天我偶然借了房东的锅子烧了点菜，就在火盆上烧的（对了，我还没告诉你，我已经买了火盆，前天是星期日，我来试试）。小桌子，摆好了，但吃起来不是滋味，于是反受了感触，我虽不是什么多情的人，但也有些感触，于是把房东的孩子唤来，对面吃了。

地震，真是骇人，小的没有什么，上次震得可不小，两三分钟，房子格格地响着，表在墙上摇着。天还未明，我开了灯，也被震灭了，我梦里梦中（懵）的穿着短衣裳跑下楼去，房东也起来了，他们好像要逃的样子，隔壁的老太婆叫唤着我，开着门，人却没有应声，等她看到我是在楼下，大家大笑了一场。

纸烟向来不抽了，可是近几天忽然又挂在嘴上。

胃很好，很能吃，就好像我们在顶穷的时候那样，就连块面包皮也是喜欢的，点心之类，不敢买，买了就放不下。也许因为日本饭没有油水的关系，早饭一毛钱，晚饭两毛钱，中午两片面包一瓶牛奶。越能它，我越节制着它，我想胃病好了也就是这原因。

但是闲饥难忍，这是不错的。但就把自己布置到这里了，精神上的不能忍也忍了下去，何况这一个饥呢？

又收到了五十元的汇票，不少了。你的费用也不小，再有钱就留下你用吧，明年一月末，照预算是够了的。

前些日子，总梦想着今冬要去滑冰，这里的别的东西都贵，只有滑冰鞋又好又便宜，旧货店门口，挂着的崭新的，简直看不出是旧货，鞋和刀子都好，十一元。还有八九元的也好。但滑冰场一点钟的门票五角。还离得很远，车钱不算，我合计一下，这干不得。

我又打算随时买一点旧画，中国是没处买的，一方面留着带回国去，一方面围着火炉看一看，消消寂寞。

均：你是还没过过这样的生活，和蛹一样，自己被卷在茧里去了。希望顾（固）然有，目的也顾（固）然有，但是都那么远和那么大。人尽靠着远的和大的来生活是不行的，虽然生活是为着将来而不是为着现在。

窗上洒满着白月的当儿，我愿意关了灯，坐下来沉默一些时候，就在这沉默中，忽然像有警钟似的来到我的心上："这不就是我的黄金时代吗？此刻。"于是我摸着桌布，回身摸着藤椅的边沿，而后把手举到面前，模模糊糊的，但确认定这是自己的手，而后再看到那单细的窗棂上去。是的，自己就在日本。自由和舒适，平静和安闲，经济一点也不压迫，这真是黄金时代，是在笼子过的。从此我又想到了别的，什么事来到我这里就不对了，也不是时候了。对于自己的平安，显然是有些不惯，所以又爱这平安，又怕这平安。

均：上面又写了一些怕又引起你误解的一些话，因为一向你看得我很弱。

前天我还给奇一信。这信就给她看吧！

许君处，替我问候。

吟　十一月十九日

第十信

日本东京——上海（1936 年 12 月 15 日发）

三郎：

我没有迟疑过，我一直是没有回去的意思，那不过偶尔说着玩的。至于有一次真想回去，那是外来的原因，而不（是）我自己的自动。

大概你又忘了，夜里又吃东西了吧？夜里在外国酒店喝酒，同时也要吃点下酒的东西的，是不是？不要吃，夜里吃东西在你很不合适。

你的被子比我的还薄，不用说是不合用的了，连我的夜里也是凉凉的。你自己用三块钱去买一张棉花，把你的被子带到淑奇家去，请她替你把棉花加进去。如若手头有钱，就到外国店铺买一张被子，免得烦劳人。

我告诉你的话，你一样也不做，虽然小事，你就总使我不安心。

身体是不很佳，自己也说不出有什么毛病，沈女士近来一见到就说我的面孔是膨胀的，并且苍白。我也相信，也不大相信，因为一向是这个样子，就没稀奇了。

前天又重头痛一次，这虽然不能怎样很重地打击了我（因为痛惯了的缘故），但当时那种切实的痛苦无论如何也是真切地感到。算来头痛已经四五年了，这四五年中头痛药，不知吃了多少。当痛楚一来到时，也想赶快把它医好吧，但一停止了痛楚，又总是不必了。因为头痛不至于死，现在是有钱了，连这样小病也不得了起来，不是连吃饭的钱也刚刚不成问题吗？所以还是不回去。

人们都说我身（体）不好，其实我的身（体）是很好的，若换一个人，给他四五年间不断的头痛，我想不知道他的身体还好不好？所以我相信我自己是健康的。

周先生的画片，我是连看也不愿意看的，看了就难过。海婴想爸爸不想？

这地方，对于我是一点留恋也没有，若回去就不用想再来了，所以莫如一起多住些日子。

现在很多的话，都可以懂了，即是找找房子，与房东办办交涉也差不多行了。大概这因为东亚学校钟点太多，先生在课堂上多半也是说日本话的。现在想起初来日本的时候，华走了以后的时候，那真是困难到极点了。几乎是熬不住。

珂，既然家有信来，还是要好好替他打算一下，把利害说给他，取决当然在于他自己了，我离得这样远，关于他的情形，我总不能十分知道，上次你的信是问我的意见，当时我也不知为什么他来到了上海。他已经有信来，大半是为了找我们，固然他有他的痛苦，可是找到了我们，能知道他接着就不又有新的痛苦吗？虽然他给我的信上说着“我并不忧于流浪”，而且又说，他将来要找一点事做，以维持生活，我是知道的，上海找事，哪里找去。我是总怕他的生活成问题，又年轻，精神方面又敏感，若一下子挣扎不好，就要失掉了永久的力量。我看既然与家庭没有断掉关系，可以到北平去读书，若不愿意重来这里的话。

这里短时间住住则可，把日语学学，长了是熬不住的，若留学，这里我也不赞成，日本比我们中国还病态，还干苦（枯），这里没有健康的灵魂，不是生活。中国人的灵魂在全世（界）中说起来，就是病态的灵魂，到了日本，日本比我们更病态，既是中国人，就更不应该来到日本留学，他们人民的生活，一点自由也没有，一天到晚，连一点声音也听不到，所有的住宅都像空着，而且没有住人的样子。一天到晚歌声是没有的，哭笑声也都没有。夜里从窗子往外看去，家屋就都黑了，灯光也都被关于板窗里面。日本人民的生活，真是可怜，只有工作，工作得和鬼一样，所以他们的生活完全是阴森的。

中国人有一种民族的病态，我们想改正它还来不及，再到这个地方和日本人学习，这是一种病态上再加上病态。我说的不是日本没有可学的，所差的只是他的不健康处也正是我们的不健康处，为着健康起见，好处也只得丢开了。

再说另一件事，明年春天，你可以自己再到自己所愿的地方去消（逍）遥一趟。我就只消（逍）遥在这里了。

礼拜六夜（即十二日）我是住在沈女士住所的，早晨天还未明，就读到了报纸，这样的大变动使我们惊慌了一天，上海究竟怎么样，只有等着你的来信。

新年好。

荣子　十二月十五日

"日本东京　町区"只要如此写，不必加标点。

第十一信

北京——上海（1936 年 4 月 25 日发，4 月 29 日到）

军：

现在是下午两点，火车摇得很厉害，几乎写不成字。

火车已经过了黄河桥，但我的心好像仍然在悬空着，一路上看些被砍折的秃树，白色的鸭鹅和一些从西安回来的东北军。马匹就在铁道旁吃草，也有的成排的站在运货的车厢里边，马的背脊成了一条线，好像鱼的背脊一样。而车厢上则写着津浦。

我带的苹果吃了一个，纸烟只吃了三两棵。一切欲望好像都不怎样大，只觉得厌烦，厌烦。

这是第三天的上午九时，车停在一个小站，这时候我坐在会客室里，窗外平地上尽是些坟墓，远处并且飞着乌鸦和别的大鸟。从昨夜已经是来在了北方。今晨起得很早，因为天晴太阳好，贪看一些野景。

不知你正在思索一些什么？

方才经过了两片梨树地，很好看的，在朝雾里边它们隐隐约约的发着白色。

东北军从并行的一条铁道上被运过去那么许多，不仅是一两辆车，我看见的就有三四次了。他们都弄得和泥猴一样，它们和马匹一样在冒着小雨，它们的欢喜不知是从那里得来，还闹着笑着。

车一开起来，字就写不好了。

唐官一带的土地，还保持着土地原来的颜色。有的正在下种。有的黑牛或白马在上面拉着犁杖。

这信本想昨天就寄，但没找到邮筒，写着看吧！

刚一到来，我就到了迎贤公寓，不好。于是就到了中央饭店住下，一天两块钱。

立刻我就去找周的家，这真是怪事，哪里有？洋车跑到宣外，问了警察也说太平桥只在宣内，宣外另有个别的桥，究竟是个什么桥，我也不知道。于是跑到宣内的太平桥，二十五号是找到了，但没有姓周的，无论姓什么的也没有，只是一家粮米铺。于是我游了我的旧居，那已经改成一家公寓了。我又找了姓胡的旧同学，门房说是胡小姐已经不在，那意思大概是出嫁了。

北平的尘土几乎是把我的眼睛迷住，使我真是恼丧，那种破落的滋味立刻浮上心头。于是我跑到李镜之七年前他在那里做事的学校去，真是七年间相同一日，他仍在那里做事，听差告诉我，他的家就住在学校的旁边，当时实在使我难以相信。我跑到他家里去，看到了儿女一大群。于是又知道了李洁吾，他也有一个小孩了，晚饭就吃在他家里，他太太烧的面条。饭后谈了一些时候，关于我的消息，知道得不少，有的是从文章上得知，有的是从传言。九时许他送出胡同来，替我叫了洋车我自归来就寝，总算不错，到底有个熟人。

明天他们替我看房子，旅馆不能多住的，明天就有了决定。

并且我还要到宣外去找那个什么桥，一定是你把地址弄错，不然绝不会找不到的。

祝你饮食和起居一切平安。

珂同此。

荣子　四月二十五日夜一时

第十二信

北京——上海（1937年4月27日发）

均：

前天下午搬到洁吾家来住，我自己占据了一间房。二三日内我就搬到北辰宫去住下，这里一个人找房子很难，而且一时不容易找到。北辰宫是个公寓，比较阔气，房租每月二十四也或者三十元，因为一间空房没有，所以暂且等待两天。前天为了房子的事，我很着急。思索了半天才下了决心，住吧！或者能够做点事，有点代价就什么都有了。

现在他们夫妇都出去了，在院心我替他们看管孩子。院心种着两棵梨树，正开着白花，公园或者北海，我还没有去过，坐在家里和他们闲谈了两天，知道他们夫妇彼此各有痛苦。我真奇怪，谁家都是这样，这真是发疯的社会。可笑的是我竟成了老大哥一样给他们说着道理。

淑奇这两天来没有来？你的精神怎么样？珂的事情决定了没有？我本想寄航空信给你，但邮政总局离得太远，你一定等信等得很急。

“八月”和“生”这地方老早就已买不到了，不知是什么原因，至于翻版更不得见。请各寄两本来，送送朋友。洁吾关于我们的生活从文字上知道的。差不多我们的文章他全读过，就连“大连丸”他也读过，他长长（常常）想着你的长相如何？等看到了照相看了好多时候。他说你是很厉害的人物，并且有派（魄）力。我听了很替你高兴。他说从《第三代》上就能看得出来。

虽然来到了四五天，还没有安心，等搬了一定的住处就好了。

你喝酒多少？

我很想念我的小屋，花盆浇水了没有？

昨天夜里就搬到北辰宫来，房间不算好，每月二十四元。

住着看，也许住上五天六天的，在这期间我自己出去观看民房。

到今天已是一个礼拜了，还是安不下心来，人这动物，真不是好动物。

周家我暂时不去了，等你来信再说。

写信请寄到北平东城北池子头条七号李家即可。

你的那篇东西做出去没有？

荣子　四月廿七日

人物评说

萧红临终前曾说：一生最大的痛苦和不幸，就因为自己是个女人。

萧红生性叛逆，来自男权社会的伤害，生为女人的无奈，也带给她无限痛楚。

她从祖父那里，“知道了人生除掉了冰冷和憎恶而外，还有温暖和爱”。然而，“世间死了祖父，剩下的尽是些凶残的人了”。

小时候挨父亲打，都是祖父安慰她：“快快长吧！长大就好了！”1936年底，萧红独居东京，难抑凄伤：“‘长大’是‘长大’了，而没有‘好’。”

民国才女当中，萧红的经历亦算是最为曲折悲苦的了。萧红的一生，短命，穷困，奔波，她从十九岁离家出走，这一走便再没回头。

因个性独特导致的非理性选择，也让她不止一次置身绝境，仿佛立在悬崖，脚下的石头正摇摇欲坠。

小时候，她寻找着自己的出路，长大后她寻找着自己的爱情，但出路最终没有，而爱情却让她伤痕累累。

萧军是出现在她生命中最为艰辛，也同她一起度过最为困苦生活的男人。虽然我们曾说过，贫贱夫妻百事哀，有诗人为此自杀，但是萧红和萧军却是相濡以沫，从萧红的个别文字中亦能看到，哪怕是两个人蘸着盐，只吃一块面包也是幸福的，最终也度过了那段艰辛的日子，但却因为理念的不同不得不分道扬镳。

但无论是当年义无反顾奔赴的表哥、从东兴顺旅馆走出后再也没有回来的汪恩甲，还是艰难岁月当中相濡以沫的萧军，抑或是在她生命最后时期的端木蕻良，想必都深深地爱过这位才华横溢却又身世飘零的女子吧。

参考书目

[1]徐志摩，等. 旧时光的爱恋：遗落在岁月中的老情书[M]. 北京：中国华侨出版社，2014.

[2]徐志摩. 爱眉小札[M]. 上海：良友图书印刷有限公司，1936.

[3]谢冕. 徐志摩名作欣赏[M]. 北京：中国和平出版社，2010.

[4]黄旭东. 民国课堂：大先生的情书[M]. 南宁：广西人民出版社，2014.

[5]黎阳，殷世江. 秋的怀念：韩菁清梁实秋纯美爱恋真情纪事[M]. 北京：华文出版社，2005.

[6]黄柏莉. 你好吗？我很想你：许多许多年前的老情书[M]. 长春：时代文艺出版社，2011.

[7]陈明. 我与丁玲五十年：陈明回忆录[M]. 北京：中国大百科全书出版社，2010.

[8]丁玲. 魍魉世界 风雪人间：丁玲的回忆[M]. 北京：人民文学出版社，1997.

[9]王鸣剑. 民国的才子佳人：现代作家的婚恋与创作[M]. 北京：团结出版社，2008.

[10]解玺璋. 梁启超传[M]. 上海：上海文化出版社，2012.

[11]叶细细. 民国女子：此情可待成追忆[M]. 桂林：广西师范大学出版社，2009.

[12]朱自清. 朱自清散文集[M]. 北京：西苑出版社，2006.

[13]忧伤的飞鱼. 但愿从未让你知道，我曾那么爱你[M]. 长春：北方妇女儿童出版社，2010.

[14]陈福康，丁言模. 杨之华评传[M]. 上海：上海社会科学院出版社，2005.

[15]王彬彬．并未远去的背影[M]．广州：广东人民出版社，2010.
[16]中国社会科学院近代史研究所．民国人物传：第一卷[M]．北京：中华书局，1978.
[17]中国社会科学院近代史研究所．民国人物传：第二卷[M]．北京：中华书局，1980.
[18]中国社会科学院近代史研究所．民国人物传：第三卷[M]．北京：中华书局，1981.
[19]中国社会科学院近代史研究所．民国人物传：第四卷[M]．北京：中华书局，1984.
[20]中国社会科学院近代史研究所．民国人物传：第五卷[M]．北京：中华书局，1986.
[21]中国社会科学院近代史研究所．民国人物传：第六卷[M]．北京：中华书局，1987.
[22]中国社会科学院近代史研究所．民国人物传：第七卷[M]．北京：中华书局，1993.
[23]中国社会科学院近代史研究所．民国人物传：第八卷[M]．北京：中华书局，1996.
[24]中国社会科学院近代史研究所．民国人物传：第九卷[M]．北京：中华书局，1997.
[25]中国社会科学院近代史研究所．民国人物传：第十卷[M]．北京：中华书局，2000.
[26]中国社会科学院近代史研究所．民国人物传：第十一卷[M]．北京：中华书局，2002.
[27]中国社会科学院近代史研究所．民国人物传：第十二卷[M]．北京：中华书局，2005.
[28]桑妮．若无相欠，怎会相见[M]．南京：江苏文艺出版社，2015.

[29]朱湘. 那些不舍的爱与孤独[M]. 武汉：长江文艺出版社，2012.
[30]宋连生. 民国奇情大案[M]. 北京：人民出版社，2014.
[31]庐隐，李唯建. 云鸥情书集[M]. 深圳：海天出版社，1992.
[32]萧红. 痴爱：萧红情书集[M]. 北京：中国国际广播出版社，2015.
[33]萧红. 萧红文集[M]. 北京：中国戏剧出版社，2003.
[34]许燕吉. 我是落花生的女儿[M]. 长沙：湖南人民出版社，2013.
[35]丘铸昌. 台湾近代三大诗人评传[M]. 武汉：华中师范大学出版社，2011.
[36]落华生. 缀网劳蛛[M]. 天津：百花文艺出版社，2006.
[37]石评梅. 石评梅散文[M]. 北京：中国广播电视出版社，1996.
[38]许地山. 许地山经典全集[M]. 哈尔滨：哈尔滨出版社，2013.
[39]庐隐. 庐隐自传[M]. 昆明：云南人民出版社，2011.
[40]梁启超. 饮冰室合集[M]. 北京：中华书局，1989.
[41]刘宜庆. 红尘往事：民国时期文人婚恋传奇[M]. 上海：东方出版中心，2009.
[42]李子迟，冯松，莫休. 细说清华学者们的爱情往事[M]. 北京：东方出版社，2011.
[43]唐达君，刘屏. 鸿雁心曲[M]. 北京：中共中央党校出版社，1997.
[44]林徽因，等. 百年情书[M]. 武汉：长江文艺出版社，2012.
[45]沈从文，等. 小情书：民国才子才女情书选[M]. 重庆：重庆大学出版社，2013.
[46]《伴随》编辑部. 情书 · 名人 · 美文[M]. 哈尔滨：北方文艺出版社，2011.